光文社古典新訳文庫

ロシア革命とは何か　トロツキー革命論集

トロツキー

森田成也訳

kobunsha classics

JN166569

光文社

Title : WHAT IS THE RUSSIAN REVOLUTION ?

Author : Л. Д. Троцкий

凡例

一、本書の底本は以下の諸文献である。

・「総括と展望」……Н. Троцкий, *Наша Революция*, С-Петербург, 1906.

・「権力のための闘争」……Н. Троцкий, Основные вопросы: I-Борьба за власть, *Наше Слово*, no.217, 17 Октябрь 1915.

・「『総括と展望』ロシア語版序文」……Л. Троцкий, *Итоги и перспективы*, Москва, 1919.

・「十月革命とは何か——ロシア革命の擁護」……Л. Троцкий, ЧТО ТАКОЕ ОКТЯБРЬСКАЯ РЕВОЛЮЦИЯ?, *Архив Л.Д. Троцкого*, Том 6, 2005.

・「スターリニズムとボリシェヴィズム」……Л. Троцкий, Сталинизм и большевизм, *Бюллетень оппозиции*, No. 58–59, 1937.

・「ロシア革命の三つの概念」……Л. Троцкий, *Сталин*, Том 2, Москва, 1996.

二、翻訳にあたって以下の外国語文献を参考にした。

・「総括と展望」「権力のための闘争」「『総括と展望』ロシア語版序文」……Leon Trotsky, *Results and Prospects and the Permanent Revolution*, Pathfinder Press, 1969.

・「十月革命とは何か――ロシア革命の擁護」……*Leon Trotsky Speaks*, Pathfinder Press, 1972; Leo Trotzki, Die russische Revolution, https://www.marxists.org/deutsch/archiv/trotzki/1932/11/koprede.htm

・「スターリニズムとボリシェヴィズム」……https://www.marxists.org/archive/trotsky/1937/08/stalinism.htm

・「ロシア革命の三つの概念」……https://www.marxists.org/archive/trotsky/1939/xx/3concepts.htm

三、翻訳にあたって以下の日本語訳を参照した。

・「総括と展望」……『わが第一革命』現代思潮社、一九六九年
・「権力のための闘争」「『総括と展望』ロシア語版序文」……『一九〇五年革命・結果と展望』現代思潮社、一九六七年
・「十月革命とは何か――ロシア革命の擁護」……『トロツキー研究』第五号、一九九二年
・「スターリニズムとボリシェヴィズム」……『トロツキー著作集 1937－38』下、柘植書房、一九七四年
・「ロシア革命の三つの概念」……『トロツキー著作集 1938－39』下、柘植書房、一九七二年

四、訳注番号は（1）（2）（3）として各章ごとに付し、各章末に訳注を示した。
五、原注箇所には＊を付し、直後の段落の前に原注部分を訳した。
六、引用文中の省略部分は「……」で表現した。トロツキーが引用した文章にはしばしば省略記号が省かれているので、引用元の文章が確認できた範囲で、該当箇所に

この省略記号を適宜入れている。

七、強調（傍点部分）は、とくに断りがないかぎり、トロツキー自身のものである。

八、「…」は原文通りで、基本的に余韻、皮肉などを意味する。

目次

ロシア革命とは何か

トロツキー革命論集

第１部　総括と展望

1 総括と展望——ロシア革命の推進力（一九〇六年）

【解説】本稿は、当時まだ二七歳の若きトロツキーが一九〇五年革命の経験を踏まえて、ロシアにおける革命の発展の展望について永続革命の見地から最も総括的に述べた論文である。「結果と展望」とも訳される。獄中で書かれたこの論文は、一九〇六年に出版された『わが革命』の最終章として公表された。その一部は、一九〇五年六〜七月に書かれた「ラサール『陪審裁判演説』序文」（『トロツキー研究』第四七号に訳載）と、一九〇五年一二月に書かれた「マルクス『フランスにおける内乱』序文」（トロツキー『わが第一革命』現代思潮社に訳載）にもとづいており、とくにその核心をなす永続革命論的な内容を展開した部分はかなり重なっている（直接、それらの文献から引用の形式を取っている場合もあれば、そういう形式を取っていない場合もある）。だから、この

「総括と展望」自体は一九〇六年の作品なのだが、その主要部分は一九〇五年の半ばから末にかけて書かれたと言うことができる。
この「総括と展望」は後に、十月革命後の一九一九年になってから独立の小冊子として再版され、各国語に翻訳されて世界に普及した。その際、新たな序文が付され、付録として一九一五年に『ナーシェ・スローヴォ』紙に発表された論文が収録されている。どちらも本書の第1部に訳出しておいた。

ロシアの革命は社会民主主義者以外のすべての者にとって思いがけないものだった。以前からマルクス主義はロシア革命の必然性を予見していた。それは、発展しつつある資本主義の力と、すっかり停滞している絶対主義の力とが衝突する結果として勃発せざるをえなかった。マルクス主義は来たるべき革命の社会的内容をあらかじめ見定めていた。それをブルジョア革命と呼ぶことによって、マルクス主義は、革命の直接的な客観的課題が全体としてのブルジョア社会の発展のための「正常な」条件をつくり出すことにあると指摘していた。

マルクス主義の正しさは明らかになった——そして、もはやこのことを反駁したり証明したりする必要はない。マルクス主義者の前にある課題は、まったく別種のものである。発展しつつある革命の内的メカニズムを分析することによって革命の「可能性」を明らかにすること、これである。わが国の革命を一七八九〜九三年の諸事件［フランス大革命］や一八四八年の諸事件［ドイツとオーストリアの革命］と単純に同一視することは、ひどい誤りであろう。歴史的アナロジーは自由主義にとっての糧であるが、社会的分析の代わりにはなりえない。

ロシア革命はまったく独特の性格を有しており、その独特さは、わが国における社会的・歴史的発展全体の特殊性の結果であって、それはまた、まったく新しい歴史的展望を切り開くものでもある。

第一章　歴史的発展の特殊性

ロシアの社会的発展とヨーロッパ諸国の発展とを——後者にあって最も類似した共

通の特徴をなすもの、その歴史をロシアの歴史から区別するものを一くくりにした上で——比較するならば、ロシアの社会発展の基本的特徴は、その相対的な原初性と緩慢さであると言うことができる。われわれはここでこの原初性の自然的諸原因について詳しく述べることはしないが、ロシア社会がより原始的でより脆弱な経済的土台の上に形成されたという事実そのものは、疑う余地のないことだと思われる。

マルクス主義は、社会的・歴史的運動の土台には生産力の発展があることを教えている。経済的諸集団・諸階級・諸階層の形成は、生産力が一定の高さにまで発展した場合にのみ可能となる。階層的・階級的分化は、分業の発展とより専門化された社会的諸機能の発生によって規定されるが、そうした分化が生じるためには、住民のうち直接的な物質的生産に従事する部分が、剰余生産物（自らの消費分を越えた余剰）をつくり出すことが必要である。そしてこの余剰を収奪することを通じてのみ、不生産的諸階級は発生し形成されうるのである。さらに、生産的諸階級そのものの内部で分業が可能となるのは、農業が一定の高さにまで発展して非農業人口に土地生産物を保障しうる場合のみである。社会発展に関するこれらの基本的諸命題は、すでにアダム・スミスによって正確に定式化されていた。

このことからおのずと以下のことが出てくる。わが国の歴史のノヴゴロト時代[1]はヨーロッパにおける中世史の開始と一致しているとはいえ、自然的・歴史的諸条件(より不利な地理的環境と人口の稀薄さ)によってもたらされた経済発展の緩慢なテンポは、階級形成の過程を抑制し、より原初的な性格をそれに与えたことである。

もしロシア社会が孤立したまま発展し、その内的諸傾向の影響下にのみ置かれていたなら、ロシア社会の歴史はどうなっていただろうか？　これについて判断を下すのは困難である。そういうことはなかったと言えば十分だろう。国内における一定の経済的土台の上に形成されたロシア社会は、たえず国外の社会的・歴史的環境の影響下に置かれ、その圧力にさらされていた。

この形成されつつあった社会的・国家的組織が他の隣接する社会的・国家的諸組織と衝突する過程において決定的役割を果たしたのは、一方における経済的諸関係の原初性と、他方におけるその相対的高さであった。原始的な経済的土台の上に形成されたロシア国家は、より高度でより強固な経済的基礎の上に形成された他の国家的諸組織と関係を持ち、ぶつかりあうようになった。そこでは二つの可能性があった。すなわち、キプチャクハン国[2]がモスクワ公国[3]との闘争の中で崩壊したように、ロシア国家が隣国との闘争の中で没落するか、さもなくば、ロシア国家が、その発展過程において経済的諸関係の発展を追い越し、孤立した発展の場合に可能となるよりもはるかに多くの活力源を吸い上げなければならなかった。ロシア経済は第一の結末を向かえるほど原初的ではなかった。国家は崩壊せず、国民の経済的力の恐るべき緊張のもとで成長を開始した。

したがって重要なのは、ロシアが四方を敵に取り囲まれていたことではない。これだけでは不十分である。基本的にこの点は、イギリスを除けば、他のすべてのヨーロッパ諸国にもあてはまる。しかし、これらの諸国家は、生存をかけたその相互闘争においてほぼ同水準の経済的土台に立脚しており、そのためこれらの国家体制の発展は、ロシアにおけるような強力な外的圧力をこうむらずにすんだ。

たしかにクリミアやカフカースのタタール人との闘争は、ロシアに力の多大な緊張を強いた。しかし、言うまでもなく、フランスとイギリスとのあいだで戦われた百年戦争[4]ほどではない。ルーシ［ロシアの古名］が銃砲を導入し常設の近衛連隊を設置するのを余儀なくしたのは、タタール人ではない。その後、騎兵隊や歩兵隊を設置するのを余儀なくしたのもタタール人ではない。そこにはリトアニア人、ポーランド人、スウェーデン人の圧力があったのである。

西ヨーロッパからのこうした圧力の結果、ロシア国家は剰余生産物の不釣り合いに大きな部分を吸い上げた。国家は形成されつつあった特権的諸階級を犠牲にして存続し、そうすることでこれらの階級のただでさえ緩慢な発展をいっそう抑制した。それだけではない。国家は農民の「必要生産物」にも襲いかかり、農民からその生活の糧を奪い取った。農民は土地を豊かにするいとまもなくそこから追い立てられた。そのせいで、人口の増加は抑制され、生産力の発展にブレーキがかけられた。こうして、ロシア国家は剰余生産物の不釣り合いに大きな部分を吸い上げることによって、ただでさえ緩慢な階層分化を抑制し、かつ、必要生産物のかなりの部分をも奪い取ることによって、自らの拠って立つ原初的な生産的基盤さえも破壊したのである。

しかし、国家が存在し機能するためには、したがって何よりもまず社会的生産物の必要部分を収奪するためには、階層的身分組織が必要だった。まさにそれゆえ国家は、一方でこうした組織が成長するための経済的基盤を掘りくずしながらも、同時に国家的手段によってその発展を強行的に推進しようとした。そして他のどんな国家とも同じように、ロシア国家はこの階層形成過程を自己に有利な方向に持っていこうとした。

ロシア文化の歴史家ミリュコーフ氏[5]はこの点に西ヨーロッパの歴史との直接的な対立性を見出しているが、ここには対立はない。

〔西ヨーロッパにおいて〕やがて官僚制的絶対主義へと発展していった中世の身分制的君主制は、一定の社会的利害や社会関係を固定化する国家形態であった。しかし、この国家形態がひとたび発生し存在するようになると、それ自体として、独自の（王朝的、宮廷的、官僚的等々の）利害を持つようになり、もろもろの身分階層の利害と——下層身分のみならず上層身分の利害とも——衝突するようになった。人民大衆と国家組織とのあいだにそびえる社会的に必要な「隔壁」をなしていた支配階層は、国家組織に圧力をかけ、自分自身の利害をその国家の諸実践に反映させた。しかし、それと同時に、国家権力も一個の独立した力として振るまい、上層身分の利害さえ自己自身の見地からながめ、彼らの要求に抵抗し、それを自らに従属させようとした。国家と諸階層との関係をめぐる現実の歴史は、諸勢力の力関係によって規定される合力に沿って進んだ。基本的に同じような過程がルーシ〔ロシア〕でも生じた。

ロシアの国家は発展しつつある経済的諸集団を利用し、それらを自らの特殊な財政的・軍事的利害に従属させようとした。発生しつつあった経済的支配集団は、自らの優位を身分的特権として固定化するために国家を利用しようとした。社会的諸勢力間のこの綱引きにおいて、合力は、西ヨーロッパの歴史で生じたよりもはるかに国家権力の側に傾いた。国家と上層社会集団との持ちつ持たれつの関係――勤労大衆を犠牲としたそれ――は、権利と義務の配分、負担と特権の配分に表現されるが、それは、わが国では西ヨーロッパの中世的身分制国家に比べて、はるかに貴族や僧侶に不利であった。このことは疑いない。しかし、だからといって、西方［ヨーロッパ］では身分が国家をつくったがわが国では国家が自分の利益になるように身分をつくったなどと言うのは（ミリュコーフ）、とんでもない誇張であり、あらゆる展望を破壊するものである。

身分階層を国家的手段や法的手段によってつくり出すわけにはいかない。あれこれの社会集団が、国家権力の助けを借りて特権的身分に成り上がるためには、その前に自己のあらゆる社会的優位性を経済的に形成していなければならない。身分階層を、あらかじめ作られた官等表やレジオン・ドヌール規定(6)によって製造することはできないのである。国家権力にできるのは、経済的な上層集団を押し出しつつある自然発生的な経済過程を、国家のあらゆる手段を用いて促進することだけである。ロシア国家は、すでに指摘したように、社会から相対的に非常に大きな力を吸い上げ、そうすることによって社会的結晶化の過程を抑制したのだが、しかし他方でロシア国家自身がそのような社会的結晶化を必要としていた。より階層分化の進んだ西方の影響と圧力のもと、しかも軍事的・国家的組織を通じて行使される圧力のもと、自然とロシア国家は自ら、原初的な経済的土台の上で社会的階層分化を強行的に促進しようとした。

それだけではない。この強行の必要性そのものが経済的な社会構造の脆弱さによって引き起こされたがゆえに、必然的にロシア国家は、社会の後見人として振る舞い、自らの力の優位性を利用して、上層階級の発展そのものも自己の思惑に沿った方向に向けようとした。しかし、この方向で大きな成功を勝ちとる途上で、国家は真っ先に自分自身の脆弱さに、自分自身の組織の原初的性格に、つまりは、すでに見た「経済的な」社会構造そのものの原初性によって規定された国家組織の原初性にぶつかったのである。

それゆえ、脆弱なロシア経済の上につくられたロシア国家は、より高度な経済的土台の上で成長した隣接する国家組織からの友好的ないし敵対的な（とくに後者の）圧力によって前方へと駆り立てられた。ロシア国家はある時期以降――とりわけ一七世紀末以降――、自然的な経済発展を全力で促進しようと努めた。手工業の新しい部門、機械や大工場、大規模生産、資本などは、見方しだいでは、あたかも自然的な経済的幹への人為的な接木のように見える。資本主義は国家の所産のように見える。しかしながら、こうした見方からするなら、ロシアの学問や科学もすべて国家の努力による人為的所産であり、国民の無知無学という自然の幹への人為的な接木であるとさえ言えるだろう。*

＊原注　学校が、より少ない程度ではあれ、工場と同じく国家の「人為的な」所産であったということを確認するには、国家と学校との当初の関係がいかなるものであったか、その典型的な特徴を思い出してみるだけで十分であろう。教育分野における国家の暴力はこの「人為性」を例証している。ずる休みをした生徒たちは鎖につながれ、学校全体が鎖につながれた。授業は労役であった、生徒には賃金が支払われた、等々。[7]

ロシアの思想もロシアの経済も、西方のより高度な思想とより発達した経済の直接的圧力のもとで発展した。ロシア経済がまだ現物経済的な性格を帯びていたときに、したがって外国貿易がごく微弱な発展しかしていなかったときに、他の諸国との関係が主として国家的性格を帯びたため、これらの諸国からの影響は、直接的な経済競争の形態をとる以前に、国家の存亡をかけた先鋭な闘争の形態をとって現われた。西方の経済は国家を通じてロシアの経済に影響を及ぼした。より優秀な軍事力をもった敵対的な諸国家の中で生きてゆくために、ロシアは工場や商船学校、要塞建築の教科書等々を導入することを余儀なくされた。しかし、もしこの大国の国内経済の一般的発展方向がこれと同じ方向に進まなかったならば、あるいはまた、この国内経済の発展が応用的・総合的な知識に対する要求を生み出さなかったならば、国家の努力はすべて徒労に終わったであろう。現物経済から商品貨幣経済へと必然的に発展していった国民経済は、この発展に照応した政府の施策に対してのみ、しかもその施策がこの発展に照応する程度においてのみ、反応を示した。ロシアの工場の歴史、ロシアの貨幣制度の歴史、国家信用の歴史、これらはすべて、以上の見解の正しさを申し分なく証明している。

メンデレーエフ教授(8)は次のように書いている。

大部分の工業部門（冶金、製糖、石油、ウォッカ生産、そして繊維関係でさえ）は、政府の施策に直接影響されて、ときには政府の莫大な補助金のおかげで誕生したが、その理由はとりわけ、政府が、おそらくすべての時代を通じて、保護関税政策をまったく意識的に堅持し、皇帝アレクサンドル三世[9]の治下においては、この政策をまったく公然と政府の旗に書き記したからである。……ロシアに適用された保護主義の原則をまったく意識的に堅持していた政府のトップは、全体としてのわが国の教養ある階級よりも先んじていた。*

＊原注　D・メンデレーエフ『ロシアを認識するために』、サンクトペテルブルク、一九〇六年、八四頁。

産業保護主義のこの学識ある賛美者が言い忘れているのは、政府にこうした政策をとることを余儀なくさせたものが、生産力の発展に対する配慮ではなく、純粋に財政的な、部分的には軍事技術的な配慮であったことである。それゆえ、保護主義の政策はしばしば、工業の発展の基本的利益と矛盾しただけではなく、個々の企業家グループの私的利益とも対立した。だから、綿紡績および綿織物業の工場主たちは次のようにあからさまに指摘していたのである。「綿花に対する高率の関税が現在も維持されているのは、綿花栽培を奨励するためではなく、もっぱら財政上の利益のためだ」。

政府は身分階層を「創出」するにあたって何よりも国家の税金という課題を追求したように、工業を「移植」するにあたっても、自らの主要な配慮を国家財政の必要に向けたのであった。しかし、それでも、ロシアの地に大小の工場生産を移植するにあたって、専制政府が少なからぬ役割を果たしたことは疑いない。

発展しつつあるロシアのブルジョア社会が西欧型の政治制度の必要性を感じるにいたる頃にはすでに、専制政府はヨーロッパ諸国のあらゆる物質的力で武装していた。専制は中央集権的官僚機構に立脚していた。この機構は、新しいブルジョア的諸関係を調整するにはまったく役立たなかったが、系統的な弾圧を実行する上では大きな力を発揮することができた。ロシア国家という巨大な領域を統治するのに役立ったのは電信である。それは、行政活動に確実性とある程度の画一性、それに迅速性を与えた（とりわけ弾圧の実行に関しては）。また、鉄道は、軍隊を国の端から端まで短時日のうちに輸送することを可能にした。フランス大革命以前のヨーロッパ諸国政府がほとんど鉄道も電信も知らなかったのと対照的である。さらに、絶対主義の手中にある軍隊は巨大であり、日露戦争という本格的な試練にはまったく役立たなかったとはいえ、国内の統治にとってはそれでも十分強力であった。大革命以前のフランス政府のみならず、一八四八年のフランス政府も、現在のロシア軍に匹敵するような軍隊をまるで知らなかったのである。

政府は、その財政機構と軍事機構を用いて自国をとことん絞り取ることで、その年間予算を二〇億ルーブルという莫大な額にまで膨張させた。自らの軍隊と自らの予算に立脚して、専制政府は、ヨーロッパ証券取引所を自らの財源とし、ロシアの納税者をヨーロッパ証券取引所への無力な貢納者にした。

こうして、一八八〇年代と一八九〇年代には、ロシア政府はあたかも無敵の力を持った軍事的・官僚的および財政的・証券取引所的組織として、世界の前に立ち現われたのである。

ロシア絶対主義の金融的・軍事的力は、ヨーロッパのブルジョアジーのみならずロシアの自由主義をも圧倒し、幻惑した。ロシア自由主義は、公然たる力の試し合いによって絶対主義と渡り合う可能性をまったく信じなくなった。絶対主義の軍事的・金融的力は、ロシア革命のどんな可能性も取り除いてしまったかに見えた。

だが実際に起きたのはそれとは正反対のことだった。

国家は、中央集権的なものになればなるほど、社会から独立すればするほど、それだけ急速に社会の上にそびえ立つ自足的組織になる。そしてこの組織の軍事的・金融的力が強くなればなるほど、その存続のための闘争はますます長期的なものになり、ますます成功裡に進むようになる。二〇億ルーブルの予算と八〇億ルーブルの国債と一〇〇万の常備軍とを有する中央集権国家は、社会発展の最も初歩的な要求を——国内行政の要求のみならず、軍事的安全保障（国家が当初形成されたのはその維持のためだった）の要求さえ——満たすことをやめた後も、なお長期にわたって持ちこたえることができた。

だが、こうした状況が長びけば長びくほど、経済的・文化的発展の必要と、「何十億」もの巨大な惰性を発揮している政府の政策との矛盾はますます大きくなった。「大いなる弥縫策の時代」［クリミア戦争後の「大改革期」をもじった表現］——それは、この矛盾を排除しなかったばかりか、むしろはじめてそれを露呈させた——が遠く過ぎ去ってしまうと、議会主義の道に政府が自発的に転換することが客観的にますます困難になり、心理的にますます不可能なものになった。この矛盾から抜け出す唯一の活路、こうした状況が社会に指し示している出口は、絶対主義という鉄製のボイラーを爆破しうるに十分なだけの革命的蒸気をこのボイラーの中に蓄えることであった。こうして、絶対主義が社会発展に逆行して存続することを可能にしたその行政的・軍事的・金融的力は、自由主義が考えたのとは違って、革命の可能性を取り除かなかったばかりか、反対に、革命を唯一の出口にしたのである。しかも、この絶対主義の力がそれ自身と国民との間にある深淵を広げれば広げるほど、この革命がますますもって急進的な性格になることをあらかじめ確実にした。自由主義が最も空想的な「現実主義」を糧にし、革命的ナロードニズム(10)が荒唐無稽な幻想と奇跡信仰にふけっていたとき、ただロシアのマルクス主義だけが社会発展の方向性を解明し、その全般的な特徴を予言していたのである。*ロシア・マルクス主義はこのことを真に誇りにすることができる。

＊原注　メンデレーエフ教授のような反動的官僚でさえこのことを認めざるをえなかった。彼は工業の発達について語る中でこう指摘している。「社会主義者たちはこ

のことにそれなりに目を向け、部分的には理解さえしたのであるが、脇にそれて、ラテン主義（！）に走り、暴力に訴えることを奨励し、下層民の動物的本能を放任し、革命と権力をめざした」（メンデレーエフ『ロシアを認識するために』、一二〇頁）。

これまでたどってきた社会発展の全体は革命を不可避にした。それでは、この革命の推進力はいったい何だったのか？

訳注

（1）ノヴゴロト時代……ノヴゴロトはサンクトペテルブルク南東にある古都で、一一三六年から一四七八年までロシアの首都であった。ノヴゴロト時代とはこの時期を指す。

（2）キプチャクハン国……一三世紀から一六世紀初頭にかけてロシア西部・ウクライナ地方を支配した遊牧民族の政権。一四世紀からしだいに力を強めたモスクワ公国と戦って敗れ、衰亡。

（3）モスクワ公国……一四世紀から一六世紀にかけて存在したロシアの国家で、ロシア帝国の前身。

（4）百年戦争……一四世紀から一五世紀にかけて、フランス王国の王位継承をめぐってフランス王国とイングランド王国とのあいだで行なわれた戦争。この戦争によって英仏間の国境が定められた。窮地にあったフランス王国を救うためにジャンヌ・ダルクが活躍したことでも有名。この戦争の結果、両国の地方的な封建諸侯が没落し、絶対主義的君主制への道が切り開かれた。

（5）ミリュコーフ、パーヴェル・ニコラエヴィチ（一八五九〜一九四三）……ロシアのブルジョア政治家、歴史家。ロシアの代表的なブルジョア政党であるカデット党（立憲民主党）の創始者で指導者。二月革命後臨時政府の外相。主著として、『ロシア文化史概説』全三巻、『第二次ロシア革命史』全三巻など。

（6）官等表やレジオン・ドヌール規定……官等表は、ピョートル一世が一七二二年に定めたもので、一四の官等からなる官吏および軍人の位階を体系化した。レジオン・ドヌール規定は、最初一八〇二年にナポレオンが定めたもので、軍事や文化、科学、産業、商業などで卓越した業績や長年功績のあった人を表彰し、五つの階級からなる名誉勲位を授けた。

（7）一九一九年版では、この原注全体が欠落している。

（8）メンデレーエフ、ドミートリー・イワノヴィチ（一八三四〜一九〇七）……ロシアの思想家で、元素の周期律表の発見で有名な化学者。『ロシアを認識するために』は、一八九七年の国勢調査にもとづくロシア帝国の人口・産業・地理の解説書。

（9）アレクサンドル三世（一八四五〜九四）……ロマノフ王朝の第一三代皇帝、在位一八八一〜九四年。父親のアレクサンドル二世が革命的ナロードニキの「人民の意志」派によって暗殺されたことで即位。革命運動・農民運動を弾圧するとともに、ロシア資本主義の育成に力を注いだ。「人民の意志」派はアレクサンドル三世の暗殺も企てたが失敗し、レーニンの兄を含む首謀者たちが処刑された。

（10）革命的ナロードニズム……ナロードニズム（人民主義）とは一九世紀後半にロシアに出現した急進インテリゲンツィアの潮流で、ロシアの農村共同体を基礎にして、資本主義の発展を経ることなく、直接ロシアに社会主義を実現しようとした。しかしこの企てはロシア専制による弾圧によって妨げられたので、一九世紀末にテロによってまず専制を打倒しようとする潮流（「人民の意志」派）が発生し、いくつかのテロを成功させたが、最終的に崩壊した。

第二章　都市と資本

ロシアの都市、これは現代史の産物であり、より正確にはこの数十年の産物である。ピョートル一世[1]の治世の末期、すなわち一八世紀の最初の二五年間に、都市人口は三二万八〇〇〇人あまり、全人口の約三%であった。同じ世紀の末には、一三〇万一〇〇〇人、全人口の約四・一%になった。一八一二年には、都市人口は一六五万三〇〇〇人に増大し、全人口の四・四%だった。一九世紀の半ばになってもまだ、都市人口は三四八万二〇〇〇人、七・八%にすぎなかった。最後に、最近の国勢調査(一八九七年)によれば、都市人口は一六二八万九〇〇〇人を数え、全人口の約一三%になっている。*

*原注　これらの数字はミリュコーフ氏の『ロシア文化史概説』からとった。シベリアとフィンランドをも含めた全ロシアの都市人口は、一八九七年の国勢調査によれば一七

一二万二〇〇〇人、全人口の一三・二五％であった（D・メンデレーエフ『ロシアを認識するために』、サンクトペテルブルク、一九〇六年、第二版、九〇頁の表）。

都市を単なる行政単位としてではなく、一個の社会経済構成体として考えるならば、先に見たデータは都市の発展の真の構図を与えるものではないことを認めなければならない。ロシアの国家行為として、都市への格上げや都市からの格下げが、科学的考慮とはほど遠い目的から大規模に実施されたからである。それにもかかわらず、これらの数字は、農奴解放前のロシアにおける都市の貧弱さとともに、この数十年間におけるその熱病的な急成長を十分明瞭に物語っている。ミハイロフスキー氏(2)の計算によれば、一八八五年から一八九七年までの期間における都市人口の増加率は三三・八％にのぼり、全人口の増加率（一五・二五％）の二倍以上、農村人口の増加率（一二・七％）の三倍近くである。これに工場の多い村落や小都市を加えれば、都市（非農業）人口の急成長はもっとはっきりするだろう。

しかし、現代のロシアの都市は、その住民数だけでなく、その社会的タイプにおいても古い都市と異なっている。すなわち、現代の都市は商工業活動の中心なのである。

わが国の古い都市の大多数は、ほとんどいかなる経済的役割も果たしていなかった。それらは軍事的・行政的な拠点か野戦上の要塞だったのであり、そこの住民は公僕であって、国庫によって養われていた。都市は一般に行政・軍事・徴税の中心地であった。

宮仕えでない住民が都市区域内ないし郊外に敵からの保護を求めて移住してきた場合でも、彼らは以前と同じく農業に従事した。旧ロシアの最大の都市であったモスクワでさえ、ミリュコーフ氏の規定によれば、単なる「ツァーリの敷地」であり、「その住民のかなりの部分は侍従、衛兵、召使といった何らかの形で宮廷とのつながりを有していた。一七〇一年の国勢調査によれば、モスクワ在住の一万六〇〇〇戸余りのうち、町人と手工業者の占める割合は七〇〇〇戸（四四％）を越えることはなかった。残りの九〇〇〇戸は僧侶（一五〇〇戸）と支配身分に属していた」。彼らは宮廷のために働く郊外住民から成っていた。

このように、ロシアの都市は、アジア専制国家の都市と同じように、そして中世の手工業・商業都市とは違って、純粋に消費的役割を果たしていた。それと同時代の西ヨーロッパの都市では、手工業者は農村に居住してはならないという原則が多少なりとも厳格に遵守されていたが、ロシアの都市はそのような目標を立てることさえけっしてなかった。それでは加工業、手工業はどこにあったのか？　農村に、農業の傍《かたわ》らに存在していたのである。国家による厳しい略奪のもとでの低い経済水準は、蓄積の余地も社会的分業の余地も与えなかった。西ヨーロッパに比べて夏は短く、冬の余暇は長かった。以上のことの結果、加工業は農業から分離されず、都市に集中されず、農業の傍らで副次的な仕事として農村に取り残されることになった。一九世紀の後半にわが国で資本主義的工業が広範に発展しはじめたとき、それが目の前に見出したのは都市の手工業ではなく、主として農村の家内工業であった。ミリュコーフ氏はこう書いている。

多く見積もってもせいぜい一五〇万人の工場労働者に加えて、ロシアには、農村の自分の家屋で加工業に従事しつつ農業も放棄していない農民が、どんなに少なく見積もっても四〇〇万人は依然として存在している。ヨーロッパの工場は……まさにこの階級の中から成長したのだが、［ロシアでは］この階級は……ロシアの工場をつくり出す過程にはけっして参加しなかったのである。

もちろん、人口とその生産性とがその後大きく成長したことは、社会的分業のための土台をつくり出し、したがってまた都市手工業の土台をつくり出したが、しかし先進諸国の経済的圧力のせいで、この土台はたちまちにして資本主義的大工業の支配するところとなった。それゆえ、都市の手工業が開花するための時間は残されていなかったのである。

ヨーロッパにあっては四〇〇万人の都市手工業者こそがまさに都市住民の中核を形成し、親方か徒弟として同業組合に入り、その後ますます同業組合の外部にとどまるようになった人々である。フランス大革命期のパリの最も革命的な地区における住民の圧倒的大多数を構成していたのは、まさにこの手工業者層であった。すでにこの事実――ロシアの都市手工業の貧弱さ――だけでも、わが国の革命に測り知れない結果をもたらしている。*

＊原注　ロシア革命を一七八九年のフランス革命に無批判に類比させることが一般の風潮となっていたとき、同志パルヴス(3)は実に慧眼にも、この事情がロシア革命の特殊な運

命の原因をなすものであると指摘した。

近代都市の経済的本質は、農村から供給される原料を加工する点にある。それゆえ、輸送の条件は近代都市にとって決定的な役割を有している。鉄道の導入のみが、都市への食糧供給圏を拡大することによって、何十万もの大衆が都市に集積することを可能にした。このような大規模な人口集積の必要性を生じさせたのは工場制の大工業である。近代都市において、少なくとも経済的・政治的重要性をもつ都市において、住民の中核は他の諸階層からはっきりと分離した賃労働者階級である。フランス大革命当時には基本的にまだ知られていなかったこの階級こそが、わが国の革命において決定的な役割を果たす運命にある。

工場制工業の体制は、プロレタリアートを表舞台に押し出すだけでなく、ブルジョア民主主義の足もとからその基盤を掘りくずす。これまでの革命期においてブルジョア民主主義の支柱をなしていたのは、手工業者や小商店主等々の都市小ブルジョアであった。

ロシア・プロレタリアートが不釣合いに大きな政治的役割を果たしうるもう一つの

理由は、ロシアの資本家がかなりの程度まで外国からの移民であるという事実である。この事実は、カウツキーの意見によれば、プロレタリアートの数や力や影響力の成長がブルジョア自由主義の成長を凌駕するという独特の結果をもたらした。

前述したように、資本主義はわが国にあっては都市手工業の中から発展したのではなかった。それは、自らの後方には全ヨーロッパの経済文化をともない、自らの前方には当面の競争相手として無力な農村家内工業者や貧弱な都市手工業者を、また労働力の予備軍として赤貧の農民・農業従事者をともないつつ、ロシアを征服したのである。絶対主義はさまざまな側面からロシアを資本主義的に隷属させる手助けをした。まず何よりも、絶対主義はロシアの農民を世界の証券取引所の貢納者にした。国家が資本を絶えず必要とする中で国内資本が圧倒的に不足していたことは、外債を発行する際の高利貸的条件の土台となった。［一八世紀後半の］エカテリーナ二世[4]の治世に始まって最近のヴィッテ[5]＝ドゥルノヴォー[6]内閣にいたるまで、アムステルダム、ロンドン、ベルリン、パリの銀行家たちはロシアの専制国家を巨大な証券投機場に変えようと系統的に努力しつづけた。いわゆる内国債――国内の信用機関を通じて実現される国債――のかなりの部分は、実際には外国資本家の手に帰したから、外債と何ら区別されるところはなかった。絶対主義は、重税によって農民をプロレタリア化させ貧民化させつつ、ヨーロッパ証券取引所から調達した何百万もの莫大な金を兵士、戦艦、独房監獄、鉄道に変えた。これらの支出の大部分は、経済的見地からすれば完全に非生産的支出である。国富の巨大な部分が利子の形で国外に流出し、ヨーロッパの金融貴族を富ませ強化した。ヨーロッパの金融ブルジョアジー——この数十年間に議会制諸国においてその政治的影響力を不断に増大させ、商工業資本家の影響力をますます後景に押しやった人々——は、たしかにツァーリ政府を自らの従属者に転化したが、ロシア国内のブルジョア反体制派の構成部分になることはできなかったし、そう望みもしなかったし、実際そうならなかった。ヨーロッパの金融ブルジョアジーがその共感と反感を形成する上で指針としたのは、オランダの銀行ホープ商会[7]が一七九八年にパーヴェル[8]との借款条件で定式化した原則、すなわち「利子の支払いは、いかなる政治的事情があろうとも履行されなければならない」という原則であった。ヨーロッパの証券取引所は、絶対主義を維持することに直接的とさえ言える利害関係を有していた。他のどんな国家政府も、これほどの高利を保証してはくれないからである。

しかし国債は、ヨーロッパ資本がロシアに流入する唯一の経路だったのではない。

ロシアの国家予算のかなりの部分を吸い取って膨張したその同じ貨幣が、今度は商工業資本としてロシア領内に還流した。これらの資本にとって魅力的だったのは、ロシア国内の手つかずの天然資源であり、また主として、まだ組織されておらず抵抗することにも慣れていなかった膨大な労働力だった。一八九三〜九九年におけるわが国の最近の産業好況期は同時に、ヨーロッパ資本が激しく流入する時期でもあった。こうして資本は――そのかなりの部分は依然としてヨーロッパ資本であったが――、フランスやベルギーの議会でその政治的力量を発揮しつつ、ロシアの土壌に国民的労働者階級を登場させたのである。

ヨーロッパ資本は、後進国を経済的に従属させつつ、この後進国の主要な生産部門と運輸通信部門において、ヨーロッパ資本がそれぞれの国で辿《たど》らざるをえなかった一連の技術的・経済的な中間段階を飛び越えさせた。しかし、資本がその経済的支配の途上でぶつかった障害が小さければ小さいほど、その政治的役割はますます取るに足りないものとなった。

ヨーロッパのブルジョアジーは中世の第三身分から発展した。彼らは、自分がこれから搾取しようと思っている人民の利益の名のもとに、上の二つの身分［聖職者と貴族」による収奪と圧制に対して反旗を翻した。中世の身分制的君主制は、官僚的絶対主義に転化する過程において、都市住民に依拠しつつ聖職者や貴族の特権と闘争した。ブルジョアジーはこのことを自らの政治的上昇のために利用した。かくして官僚的絶対主義と資本家階級とは同時的に発展し、一七八九年に両者が敵対的に衝突したとき［フランス大革命］、ブルジョアジーの背後に全国民が立っていることが明らかになったのである。

ロシアの絶対主義は西欧諸国の直接の圧力のもとで発展した。ロシア絶対主義は、国民経済の土壌に資本主義的ブルジョアジーが勃興するよりもずっと前に、西欧諸国の統治と支配の方法を身につけていた。ロシアの都市がいまだまったく取るに足らない経済的役割しか果たしていなかったとき、絶対主義はすでに巨大な常備軍と中央集権化された官僚・財政機構をわがものとしており、ヨーロッパの銀行家たちに対して返済不能な債務を負っていた。

資本は絶対主義の直接的な協力にもとづいて西方から流入し、短期間のうちに多くの古色蒼然とした諸都市を工業と商業の中心地に変え、短期間のうちにまったくの未開発地に巨大な商工業都市をつくり出しさえした。この資本はしばしば、巨大な無人格の株式企業としていきなり姿を現わした。株式企業の基礎資本は、一八五四～一八九二年の時期［約四〇年間］に総額で九億ルーブルしか増えなかったのに対して、産業高揚期に当たる一八九三～一九〇二年の一〇年間に二〇億ルーブルも増大した。プロレタリアートがたちまち都市に集中されて巨大な大衆となった一方で、プロレタリアートと絶対主義とのあいだに立っていた少数の資本主義ブルジョアジーは、「人民」から遊離し、半ば外国人で、歴史的伝統も持たず、貪欲な利潤欲だけが旺盛であった。

訳注

（1）ピョートル一世（一六七二～一七二五）……ロシアのツァーリ、初代ロシア皇帝、在位一七二一～一七二五年。大北方戦争での勝利により、ピョートル大帝と称される。軍事力によってロシアの領土を大きく拡張し、ロシアをヨーロッパ列強に比肩する大国に押し上げた。

（2）ミハイロフスキー、ニコライ・コンスタンチノヴィチ（一八四二～一九〇四）……ロシアの社会学者でナロードニキの最も優れた理論家の一人。農民社会主義を唱えてマルクス主義と対立し、プレハーノフやレーニンとのあいだで論戦を繰り広げた。

（3）パルヴス、アレクサンドル（一八六七～一九二四）……ロシアの革命家で、本名はヘルファント。ドイツ社会民主党の左派に属し、一九〇五年革命当時はトロツキーといっしょにペテルブルク・ソヴィエトを指導。トロツキーの永続革命論のヒントとなるロシア労働者政府論を主張。第一次世界大戦勃発後は戦争協力者となって巨万の富を獲得。この原注で言われているパルヴスの「慧眼」な見方は、トロツキーが一九〇五年初頭に出版した小冊子『一月九日以前』にパルヴスが寄せた序文の中で展開されている。

（4）エカテリーナ二世（一七二九～九六）……ロシアの女帝、在位一七六二～一七九六年。啓蒙的専制君主。ロシアの支配体制を整備・強化し、露土戦争で領土拡大。ヴォルテールと文通するなど、文化・芸術にも造詣が深かったが、他方でノヴィコフらロシアの啓蒙思想家を弾圧した。

（5）ヴィッテ、セルゲイ・ユリエヴィチ（一八四九～一九一五）……ロシアのブルジョア政治家。資本主義育成策に力を注ぎ、一九〇五年革命のさなかに首相となって、国会開設などの一連の改革を指導。その後、政府の反動化によって失脚。

（6）ドゥルノヴォー、ピョートル・ニコラエヴィチ（一八四五～一九一五）……ロシ

ア の反動政治家。一九〇五年一〇月の宣言以降にヴィッテ内閣の内相になり、革命運動を残酷に弾圧した。この内閣は俗に「ヴィッテ＝ドゥルノヴォー内閣」と呼ばれた。

（7）ホープ商会……一二世紀半にわたり存続したオランダの老舗の銀行。一八世紀初頭にスコットランド人のホープ（ホッペ）一族がアムステルダムで開業。二〇世紀になってから他の銀行と合併し、後に別の銀行に買収され、現在はＡＢＮアムロ銀行の一部。

（8）パーヴェル一世（一七五四〜一八〇一）……ロシアの第九代皇帝。母エカテリーナ二世の死後にロシア皇帝に即位。エカテリーナ二世の政治を否定する政治を実行し、宮廷内の反発を買って、一八〇一年三月にクーデターによって暗殺される。

第三章　一七八九年〜一八四八年〜一九〇五年

歴史は繰り返さない。ロシア革命をフランス大革命といかに比較してみても、前者を後者の繰り返しに変えることはできない。一九世紀は無駄に過ぎ去ったのではない。一八四八年でさえすでに一七八九年とは大きく異なっている。フランス大革命に比べれば、プロイセンとオーストリアの革命は驚くほどそのスケールが小さい。それは一方ではあまりに早く起こったのであり、他方ではあまりに遅れて起こったのである。ブルジョア社会が過去の支配者たちを根本的に清算するために必要な巨大な力の緊張に達しうるのは、封建的専制に対して決起する全国民の強固な一致団結によるか、あるいは、自らを解放しようとしているこの国民内部における階級闘争の力強い発展によるしかない。第一の場合、それは一七八九～一七九三年に起こったのだが、旧秩序の恐ろしく激しい抵抗によって緊張の極みに達した国民的エネルギーは、反動との闘争の中で完全に使い果たされてしまう。第二の場合、それは歴史上いまだかつて起こったことがなく、われわれはそれを可能性として考察するのだが、歴史の暗愚な勢力に勝利するために必要な活動的エネルギーが、ブルジョア的国民の中で「内乱的」階級闘争を通じて形成される。大量のエネルギーを飲み込みブルジョアジーから主役を演じる可能性を奪う仮借なき内部闘争が、ブルジョアジーの敵手たるプロレタリアートを前景に押し出し、一ヵ月で一〇年分もの経験を与え、彼らを第一線の地位に立たせ、強く引き締められた権力の手綱を彼らに委ねるのである。狐疑逡巡することを知らぬ決然としたプロレタリアートは、事態に強力な推進力を与える。

さながら獲物を前にしたライオンのように全体が張りつめている国民か、それとも、闘争の過程で全面的に分裂することによって、全体としては手に余るような課題を遂行するために自分自身の最良の部分を解き放った国民か。この二つは、もちろん論理的な対比としてのみ可能な、純粋型の対極的タイプである。

中間状態は、多くの場合がそうであるように、ここでも最悪である。一八四八年につくり出されたのもこの中間状態であった。

フランス史の英雄時代にわれわれが目にするブルジョアジーは、開明的で、行動的で、しかもそれ自身の置かれた状況の矛盾をまだ露呈していないブルジョアジーであり、寿命のつきたフランス旧体制のみならず全ヨーロッパの反動勢力にも抗し、新しい秩序のための闘争を指導することを歴史によって委ねられたブルジョアジーであった。彼らは、次から次へとさまざまな分派の姿を取りながら、国民の指導者としての自覚をしだいに高めていき、大衆を闘争に引き入れ、大衆にスローガンを与え、闘争戦術を指示した。民主主義派は政治的イデオロギーによって国民を統一した。人民——都市小ブルジョアジー、農民、労働者——はブルジョアを自分たちの代表に選んだ。そして、その選ばれたコミューンが人民に与えた指令は、自己の救世主的役割を意識するに至ったブルジョアジーの言葉によって書かれていた。革命期において、階級対立も露わになりはしたが、革命闘争の強力な慣性力は政治的道程からブルジョアジーの最も不活発な分子を次々と振り落としていった。どの層も自らのエネルギーを自己に続く層に確実に手渡してから舞台を去っていった。こうして全体としての国民は、ますます先鋭でますます断固としたものになっていく手段でもって自己の目的のために闘ったのである。運動に引き入れられた国民的中核から有産ブルジョアジーの上層が脱落してルイ一六世との同盟に走ったとき、すでにこの上層ブルジョアジーと対立するようになっていた国民の民主主義的要求は、民主主義の論理的に必然的な形態として、普通選挙権と共和制を求めるまでになった。

フランス大革命は真に国民的な革命であった。それだけではない。支配と権力と完全なる勝利をめざすブルジョア体制の世界的闘争が、ここでは一国民の枠の中にその古典的表現を見出したのである。

ジャコバン主義——これは今や自由主義的賢者の誰もが口にする罵り言葉である。革命に対する、大衆に対する、力に対する、街頭でつくられる歴史の壮挙に対するブルジョアジーの憎悪は、憤激と恐怖を表現する一つの叫び声に集約された——ジャコバン主義と！　われわれ共産主義の世界的軍勢はとっくの昔にジャコバン主義を歴史的に清算した。現在の国際プロレタリア運動はすべて、ジャコバン主義の伝説に対する闘争の中で形成され強化された。われわれはジャコバン主義を理論的批判に付し、その歴史的制限性、その社会的に矛盾した性質、そのユートピアニズムを解明し、その空文句を暴露し、何十年にもわたって革命の神聖な遺産とみなされてきたその伝統と決別した。

しかしわれわれは、貧血体質で無気力な自由主義からの攻撃と誹謗、ナンセンスな罵倒に対してはジャコバン主義を擁護するであろう。ブルジョアジーは恥知らずにも自らの歴史的青年期のあらゆる伝統を裏切った。そして、その現在の走狗どもは祖先の墓を踏み荒らし、遺灰としてそこに眠るかつての理想を冒瀆している。プロレタリアートは、ブルジョアジー自身の革命的過去の名誉を擁護する任務を自らに引き受けた。プロレタリアートは、その実践の中でブルジョアジーの革命的伝統と根本的に手を切ったが、その伝統における偉大な情熱、英雄主義、イニシアチブという遺産は堅持している。プロレタリアートの心臓は、ジャコバン派の国民公会の演説や事業に共鳴して脈打っている。

フランス大革命の伝統でなくて何が自由主義に魅力を与えたというのか！　ブルジョア民主主義が、一七九三年におけるジャコバン的、サンキュロット的［平民的］、テロリスト的、ロベスピエール的民主主義ほどの高みにまで達し、人民の心の中にあれほどの偉大な炎を燃え上がらせたことが、いったい他のいつの時点であったというのか？

ドイツとオーストリアのブルジョア急進主義がその貧弱さと不面目という功績でもってその短い歴史を綴ったのに対し、フランスのさまざまな色合いのブルジョア急進主義が今日に至るまで人民の巨大な一部を、そしてプロレタリアートのかなりの部分をも魅了しつづけることができているのは、ジャコバン主義のおかげでなくて何であろう？

ジャコバン主義の魅力、すなわちその抽象的な政治的イデオロギー、神聖なる共和制に対する崇拝、その厳粛な宣言の数々、これら以外のいったい何が、フランスの急進党と急進社会党を、クレマンソー(1)、ミルラン(2)、ブリアン(3)、ブルジョアら(4)を今日までなお養っているというのか？　これらすべての政治家たちは、ヴィルヘルム二世(5)の（神のご加護を受けた）愚劣なユンカーたちよりもましな地盤を保ちえており、他国のブルジョア民主主義派は、フランスのブルジョア政治家たちの政治的優位性の源泉である英雄的ジャコバン主義に誹謗中傷を浴びせながらも、彼らに対し無力な羨望のまなざしを向けているのだ。

すでに多くの希望が打ちこわされた後になっても、それらは伝説として民衆の意識のうちに息づいていた。長いあいだ、プロレタリアートは自らの未来を過去の言葉で語った。一八四〇年――すなわちジャコバン政府の崩壊からほぼ半世紀後、そして一八四八年の六月事件(6)の八年前――、ハイネはパリの労働者街サンマルソー［サンマルセル］のいくつかの小工場を訪問し、「下層階級の最も健全な部分」たる労働者が何を読んでいるのかを観察した。ハイネはドイツの新聞にこう書いている。

私がそこで見たのは、二スー［スーは革命前のフランスの少額貨幣単位］の安価版で出版されている老ロベスピエールのいくつかの新しい演説集やマラー(7)のパンフレット、カベー(8)の『革命史』、コルムナン(9)の毒々しい諷刺文、バブーフの学説と陰謀に関するブオナロッティ(10)の著作集など、血の気を帯びたありとあらゆる著作だった。……この種子からの収穫として――と詩人は予言する――遅かれ早かれフランスの土壌に共和国が生まれ育ってくるだろう[11]。

だが一八四八年にはすでに、ブルジョアジーはこのような役割を果たすことができなくなっていた。彼らは自らの支配にとって障害となっている社会体制を革命的に解体する責任を引き受けることを望まず、またそうする能力もなかった。われわれはすでに知っている、どうしてかを。彼らの課題は（彼らもそのことをはっきりと理解していたのだが）、旧体制の中に必要な保障――自らが政治的に統治することの保障ではなくて、過去の諸勢力と共同で統治するための保障――を導入することにあった。彼らはフランス・ブルジョアジーの経験によってずる賢くなり、フランス・ブルジョアジーの裏切りによって堕落し、フランス・ブルジョアジーの失敗によって怖気づいていた。彼らは大衆を率いて旧秩序に猛攻を加えようとしなかっただけでなく、自分たちを前方に駆り立てようとする大衆に対抗するために旧秩序に寄りかかったのだ。

フランスのブルジョアジーには、自らの革命を大革命たらしめるだけの能力があった。彼らの意識は社会の意識だった。そして、どんなものであれ、政治的創造行為の目的として、その課題として、あらかじめ彼らの意識をくぐり抜けることなしには、制度として実現されえなかった。彼らは、自己のブルジョア世界の制限性を自分自身から隠すために、しばしば芝居がかった身振り手振りに訴えた——だがそれでも彼らは前進を続けたのである。

それに対してドイツのブルジョアジーは、最初から革命に向けて「闘争」するのではなく、革命から「逃走」していた。彼らの意識は自らの支配のための客観的条件と相反していた。革命を成し遂げることは、彼らによってではなく、彼らに対立してはじめて可能であった。民主主義制度は、彼らの脳裏には、自らの闘争目標としてではなく、自らの安寧を脅かすものとして映った。

一八四八年に必要だったのは、ブルジョアジーにかまわずに、ブルジョアジーに逆らってでも事態を導くことのできる階級、自らの圧力でブルジョアジーを前方に駆り立てるだけでなく、決定的な瞬間には自らの進路からブルジョアジーの政治的屍《しかばね》を投げ捨てる用意のある階級だった。

都市小ブルジョアジーにも農民にもそうする能力がなかった。

都市小ブルジョアジーは昨日に対してのみならず、明日という日にも敵意を抱いていた。いまだ中世的諸関係に縛られていたが、すでに「自由な」工業制度に対抗することができなかった。依然として都市に自己の刻印を捺《お》していたが、影響力の面ですでに大中ブルジョアジーに凌駕されていた。自らの偏見にとらわれ、事件の轟音に耳を聾され、搾取しながらも搾取され、貪欲ではあるがその貪欲さの点でも無力だった。このような時代遅れの都市小ブルジョアジーに世界的事件を指導することなどできるはずがなかった。

農民はそれ以上に独立した政治的イニシアチブを欠いていた。何世紀にもわたって隷属させられ、貧困に陥り、怒りを充満させ、新旧の搾取のあらゆる糸で縛られていた農民は、一定期間、混沌たる革命的力の豊かな源泉であった。しかし、ばらばらで、分散的で、政治と文化の神経中枢たる都市から隔絶され、鈍重で、村の境界内に視野が限定され、都会で生み出されたものすべてに冷淡な農民は、指導的意義を持ちえなかった。農民は自分たちの肩から封建的負担の重荷が取り除かれるとすぐに安心してしまい、彼らの権利のために闘争してきた都市に対して、恩を仇で返した。解放された農民は「秩序」の狂信者となった。

インテリゲンツィア民主主義派は階級的力を欠き、自分の姉である自由主義ブルジョアジーの政治的尻尾としてその後に従ったり、あるいはまた危機的な瞬間にブルジョアジーから遊離して自分の無力さをさらけ出したりした。彼らはまだ機の熟していない矛盾の中で混乱し、この混乱をいたるところに持ち込んだ。

プロレタリアートはあまりに脆弱であり、組織も経験も知識も欠いていた。資本主義の発展は、古い封建的諸関係の廃絶を不可避のものとするほどに進んではいたが、新しい生産関係の所産である労働者階級を決定的な政治的勢力として登場させるほどには進んでいなかった。プロレタリアートとブルジョアジーとの対立は、ドイツの一国的枠の中でさえ、もはやブルジョアジーが大胆に国民的ヘゲモン「指導者」の役割を果たすことができないほど十分に進んでいたが、プロレタリアートにこのような役割を引き受けさせるほどには進んでいなかった。たしかに革命の内的軋轢はプロレタリアートが政治的に自立するお膳立てをしたが、しかしこの内的軋轢は今や、行動のエネルギーと団結力を弱め、力を無益に浪費させ、革命がその最初の成功の後に苛立ちながら同じ場所で足踏みしたあげく、反動からの攻撃を浴びて後退することを余儀なくさせたのであった。

オーストリアの事例は、革命期における政治的関係のこのような中途半端さと未成熟さがとりわけ先鋭で悲劇的であった一典型を与えるものである。

ウィーンのプロレタリアートは、一八四八年に驚くべき英雄主義と尽きることのないエネルギーを発揮した。彼らは、闘争目標の全般的な理解を欠いたまま、手さぐりでさまざまなスローガンを掲げつつ、ぼんやりとした階級的本能にのみ突き動かされて繰り返し火中に身を投じた。プロレタリアートに対する指導権は、驚くべきことに学生に移った。彼らは、その行動力のおかげで、大衆に対して、すなわち事態に対して大きな影響力を持つことのできた唯一能動的な民主主義グループだった。学生たちは、疑いもなく、バリケードの上で勇敢に闘うことができたし、労働者と心から交歓することもできた。しかし彼らは、街頭に対する「独裁」を自分たちに委ねた革命の行程を正しく方向づけることはまったくできなかった。

ばらばらで、政治的経験も独立した指導部も有していなかったプロレタリアートは、学生の後についていった。あらゆる危機的瞬間に労働者たちは、「頭を使って働く旦那」に、「手を使って働く者」たちの支援をいつでも申し出た。学生たちは、労働者に訴えかけたり、労働者に対して郊外からの進入路を自ら遮ったりした。彼らは、ときにはアカデミー部隊の武器に支えられた自らの政治的権威によって、労働者が独自の要求を掲げるのを禁止した。これは、プロレタリアートに対する善意の革命的独裁であり、その古典的で明確な形態であった。

このような社会関係の結果として、次のような事態が生じた。五月二六日、ウィーンの全労働者が学生の呼びかけに応じて決起し、学生（「アカデミー部隊」）の武装解除に反対して闘ったとき、また、首都の住民が市全体をバリケードで覆いつくし、驚くべき力を発揮して市を掌握したとき、そしてオーストリア全体が武装したウィーンのために立ち上がり、逃亡しはじめた王制が意義を喪失し、人民の圧力下に最後の部隊が首都を退去し、かくしてオーストリアの政府権力が相続人なき財産と化したとき――まさにこのときに権力の舵を握るべき政治勢力が存在していなかったのだ。

自由主義ブルジョアジーは、このような強奪的方法によって得られた権力を行使するのを意識的に望まなかった。彼らはただ、頼る者のいないウィーンからチロル地方に遁走した皇帝[12]の帰還を夢みていた。

労働者は反動を打倒するに十分なほど勇気があったが、その後を継ぐには組織性と意識性が不十分であった。強力な労働運動は存在したが、明確な政治的目標を自己の前に立てるようなプロレタリアートの発達した階級闘争はなかった。権力の舵をとる能力を欠いていたプロレタリアートは、ブルジョア民主主義派を動かしてこの歴史的偉業を行なわせることもできなかった。またブルジョア民主主義派も、彼らにはよくあることだが、最も必要な瞬間に姿を消してしまった。この逃亡者にその義務を果たさせるためには、いずれにしても、自ら臨時労働者政府を組織するのに匹敵するほどの力量と成熟とがプロレタリアートに必要だったろう。

全体として、一人の同時代人がいみじくも次のような言葉で特徴づけたような情勢が生じたわけである。「ウィーンでは共和制が事実上成立したのに、不幸にして誰もそれに気づかなかった」。…誰にも気づかれなかった共和制は、ハプスブルク家に席を譲って、舞台から長期にわたって姿を消した…。ひとたび逸した機会は二度と戻っては来ないのである。

ハンガリー革命とドイツ革命の経験からラサール(13)は、今後革命はプロレタリアートの革命闘争のうちにのみ支えを見出すことができるという結論を引き出した。マルクスに宛てた一八四九年一〇月二四日付の手紙の中で、ラサールは次のように書いている。

ハンガリーには、他のいかなる国よりも闘争を成功裡に完遂するチャンスが存在していた。というのは、他の理由はともかく、何よりそこでは諸党派が西ヨーロッパにおけるような明確な分裂、鋭い対立にまだ達していなかったし、またそこでは革命がかなりの程度、民族独立闘争という形態を取っていたからである。それにもかかわらずハンガリーは敗れた。それはまさに民族政党の裏切りの結果であった。

ラサールは続ける。

このことから——一八四八年および一八四九年のドイツの歴史をも踏まえて——私は確固たる教訓を導き出した。すなわち、ヨーロッパではもはやいかなる闘争も、最初から純粋に社会主義的なものだと宣言されないかぎり成功しえないということ、社会的諸問題が単に漠然とした要素として入っているだけで、それが舞台の後景に退いているような闘争、あるいは民族的復興とブルジョア共和主義の旗のもとに外的側面から遂行されるような闘争は、けっして成功しえないということ、これである…。

ここでは、この決定的な結論について批判するのはやめておこう。少なくとも、この結論において無条件に正しいのは、一九世紀半ばにすでに政治的解放という国民的課題が、全国民の一致団結した攻撃によっては解決されえなかったという点である。自らの階級的地位の中から、しかもその中でのみ、闘争のための力を汲みとるプロレタリアートの独立した戦術だけが、革命の勝利を保証しうるであろう。

一九〇五年におけるロシアの労働者階級は、一八四八年におけるウィーンの労働者階級とはまるで違っている。そして、このことの最良の証拠は、労働者代表ソヴィエトの全ロシア的実践である。それは、あらかじめ準備を整えていて興奮の瞬間にプロレタリア大衆に対する権力を握るような陰謀組織などではない。そうではなく、ソヴィエトは、この大衆自身が自らの革命闘争を調整するために計画的に創出した機関なのだ。そして、大衆によって選挙され、大衆に対して責任を負うソヴィエト、この無条件に民主主義的な機関は、革命的社会主義の精神にのっとった最も断固たる階級的政策を遂行する。

ロシア革命の社会的特殊性は、人民の武装をめぐる問題においてとりわけ先鋭に現われている。

民兵（国民衛兵）は、一七八九年と一八四八年におけるあらゆる革命の第一のスローガンであり、第一の獲得物であった。パリでも、イタリアのあらゆる諸国家でも、ウィーンとベルリンでもそうだった。一八四八年には、国民衛兵（すなわち、財産と「教養」のある人々の武装）は、ブルジョア的反政府派全体のスローガンであり、最も穏健な反政府派でさえそうだった。それは、勝ちとった自由ないし「下賜」された自由が上から覆されるのを防ぐだけでなく、ブルジョア的所有がプロレタリアートによって侵害されるのを防ぐという課題をも有していた。したがって民兵は、ブルジョアジーのすぐれて階級的な要求であった。イタリアの統一に関する自由主義的歴史家であるイギリス人は次のように述べている。

イタリア人は、民兵の武装が専制のこれ以上の存続を不可能にするであろうことをよく理解していた。しかも、それは有産階級にとって、無政府状態をはじめ、深部に潜む下からのあらゆる無秩序に陥る可能性を防ぐための保障でもあった。*

＊原注　ボルトン・キング『イタリア統一史』第一巻、ロシア語版、モスクワ、一九〇一年、二二〇頁。

そして、「無政府状態」すなわち革命的大衆を打ち破るのに十分な武力を中枢に持っていなかった反動的支配勢力は、ブルジョアジーを武装させた。絶対主義は、まずブルジョア市民が労働者を抑圧し鎮圧するのを許し、その後でブルジョア市民そのものを武装解除して鎮圧した。

わが国では、スローガンとしての民兵はブルジョア諸政党からまったく支持されていない。自由主義派は、実際には武装の重要性を理解していないわけではない。絶対主義はこの点に関して彼らに多少の実物教育を施した。しかし自由主義派はまた、わが国では、プロレタリアートとは無関係に、またプロレタリアートに逆らって民兵を創設することがまったく不可能であることもよく理解している。ロシアの労働者は一八四八年の労働者とは似ても似つかない。当時の労働者は、商店主や学生や弁護士たちが最高級のマスケット銃を肩から下げ、腰にサーベルをさしていたときに、ポケットに石ころをつめ、鉄の棒を手にしていたにすぎなかった。

革命を武装するとは、わが国では何よりも労働者を武装させることを意味する。自由主義派はこのことを知っており、このことを恐れているがゆえに、民兵をまったく拒否しているのである。彼らは闘わずしてこの陣地を絶対主義に明け渡している。ちょうどティエール派(14)のブルジョアジーが、労働者を武装させないためだけに、パリとフランスをビスマルク(15)に明け渡したのと同じである。

自由主義派と民主主義派の連合による宣言書とも言うべき『立憲国家』という論文集の中で、ジヴェレゴフ氏(16)はクーデターの可能性について論じつつ、まったく正当にも「必要とあらば、社会それ自身が、自らの憲法を守るために決起する覚悟を示さなければならない」と言っている。しかし、このことから人民の武装という要求が当然にも出てくるため、この自由主義哲学者は、クーデターを撃退するのに「みながみな武器を手にとる必要はまったくない」と「つけ加えることが必要」だとみなしている。*必要なのは、社会それ自身が反撃する覚悟を示すことだけだというのだ。だが、どのように示すのかは不明である。この言い逃がれから何らかの結論が出てくるとすれば、それはただ、わが民主主義派の心中では、武装したプロレタリアートに対する恐怖の方が専制政府の兵隊に対する恐怖に優っているということだけである。

＊原注　『立憲国家：論文集』第一版、〔サンクトペテルブルク、一九〇五年、〕四九頁。

まさにこのことからして、革命の武装という課題の重みのいっさいがプロレタリアートの双肩にかかっている。一八四八年にはブルジョアジーの階級的要求であった民兵は、われわれの国では、最初から人民の武装、何よりもプロレタリアートの武装の要求として登場している。ロシア革命の全運命はまさにこの問題と結びついているのである。

訳注

（1）クレマンソー、ジョルジュ（一八四一～一九二九）……フランスの急進党政治家として、ブルジョア急進主義のイデオローグとなる。一九〇六年に内相になり、労働運動を弾圧。同年、首相になり、急進主義を捨てて、帝国主義政策を推進。

（2）ミルラン、アレクサンドル（一八五九～一九四三）……フランスの社会主義者。一八九九年から一九〇二年にかけてヴァルデク・ルソー内閣に入閣し、ミルラン主義

（ブルジョア内閣に社会主義者が入閣すること）という言葉が生まれた。

（3）ブリアン、アリスティッド（一八六二～一九三二）……最初は社会主義政治家で、のちにブルジョア政治家に転向。外相を一〇回、首相を一〇回つとめる。

（4）ブルジョア、レオン（一八五一～一九二五）……フランスの政治家。一八九五年に急進党内閣を組閣し、社会立法の制定に尽力。

（5）ヴィルヘルム二世（一八五九～一九四一）……ドイツの皇帝、在位一八五九～一九一八年。労働者との融和策を打ち出して、ビスマルクと対立。最初は労働者保護政策をとったが、すぐに激しい弾圧政策に転向。攻撃的なユンカー帝国主義的拡張政策を推進し、第一次世界大戦を引き起こした。一九一八年のドイツ革命により退位し、オランダに亡命。

（6）六月事件……一八四八年のフランス二月革命後に成立した第二共和政は、政権に参加した社会主義者の意見を入れて、失業者に仕事を与えるために国立作業場を創設したが、この国立作業場が閉鎖されると、それに抗議して六月二三日に労働者が武装決起。この蜂起は、カヴェニャック将軍率いる軍隊によって鎮圧され、一五〇〇人以上が殺された。

（7）マラー、ジャン・ポール（一七四三～九三）……フランス革命時の革命的ジャーナリスト、政治家で、天才的な民衆煽動家として有名。ダントン、ロベスピエールとともにジャコバン派を指導。ジロンド派の追放後に暗殺される。
（8）カベー、エティエンヌ（一七八八～一八五六）……フランスの哲学者、共産主義者。最初の共産主義者の一人。「能力に応じて働き、必要に応じて受け取る」という原則を提唱。共産主義のユートピアを描いた『イカリア旅行記』（一八四〇年）を出版。一八四九年にアメリカのテキサスに移住して、共産主義的理想郷をつくろうとした。
（9）コルムナン、ルイ＝マリー・ド・ラエ（一七八八～一八六八）……ジャーナリスト、批評家、作家。『パリ評論』で活躍。
（10）ブオナロッティ、フィリッポ（一七六一～一八三七）……フランスの革命家、著述家。イタリア貴族出身で、ジャコバン派としてフランス革命に参加。テルミドール反動期に逮捕され、バブーフと知り合いになり、共鳴。バブーフ事件に参加し、逮捕、投獄。奇跡的に処刑を免れ、その後もさまざまな革命運動に参加。一八二八年に『バブーフによる平等のための陰謀』を執筆。
（11）ハイネ「ルテーツィア」『世界文学大系78　ハイネ』筑摩書房、一九六四年、三二五頁。

(12)「チロル地方に遁走した皇帝」……オーストリア皇帝フェルディナント一世（一七九三〜一八七五）のこと。フェルディナント一世は、ウィーン三月革命において鉄血宰相メッテルニヒの罷免を求めた民衆に譲歩して、メッテルニヒを罷免したが革命は収まらず、五月に、身の危険を感じてチロル地方に逃亡した。

(13)ラサール、フェルディナント（一八二五〜六四）……ドイツの社会主義者、労働運動指導者。ドイツ社会民主党の母体の一つである全ドイツ労働者同盟を一八六三年に創設し、ドイツの労働者階級の政治的自立に大きな貢献をしたが、ドイツ労働者の地位向上のためにプロイセンの首相ビスマルクと協力した。

(14)ティエール、ルイ・アドルフ（一七九七〜一八七七）……フランスの政治家、歴史家。自由主義政治家として出発し、一八三〇年の七月革命ではルイ・フィリップ即位に尽力。一八三六、四〇年に首相。一八七一年のパリ・コミューンを徹底的に弾圧。一八七一〜七三年に大統領。

(15)ビスマルク、オットー（一八一五〜九八）……ドイツの反動政治家。一八六二年にプロイセンの首相となり、強権でもってドイツ統一を推進。一八七一年から一八九〇年までドイツ帝国宰相。
(16) ジヴェレゴフ、アレクセイ・カルポヴィチ（一八七五～一九〇二）……ロシアの自由主義歴史家で政治家、カデットの中央委員。

第四章　革命とプロレタリアート

革命とは、権力をめざす闘争における社会的諸勢力の公然たる力の試し合いである。国家は自己目的ではない。それは支配的社会勢力の手中にある作業機にすぎない。すべての機械と同様、国家は動力、伝達、執行のそれぞれの装置を有している。動力は階級的利害である。そのための装置は、煽動、出版物、教会や学校を通じてのプロパガンダ、政党、街頭集会、請願、蜂起、等々である。伝達装置は立法機関であり、神の意志（絶対主義）や国民の意志（議会主義）の形をとったカースト的・王朝的・身分階層的・階級的利益を伝える。最後に、執行装置は、警察をともなう行政府、監獄をともなう裁判所、それに軍隊である。

国家は自己目的ではない。しかし、それは社会的諸関係を編成、解体、再編する最大の手段である。それが誰の手中にあるかによって、根本的な変革のテコにもなりうるし、長期的停滞の道具にもなりうる。

すべての政党は、それが政党の名に値するかぎり、政治権力の獲得をめざし、そうすることによって、自らがその利益を代表している階級に国家を奉仕させようとする。社会民主党はプロレタリアートの党として、当然、労働者階級の政治的支配をめざしている。

プロレタリアートは、資本主義の成長とともに成長し強固になる。この意味で資本主義の発展は独裁に向けてのプロレタリアートの発展でもある。しかし、権力が労働者階級の手に移行する時期は、生産力の水準に直接依存しているのではなく、階級闘争の諸関係や国際情勢に、さらには、伝統やイニシアチブ、闘争意欲といった一連の主体的契機にも依存している。

経済的により後進的な国で、プロレタリアートが先進資本主義諸国よりも早く権力に就くことは可能である。一八七一年にプロレタリアートが小ブルジョア的なパリで自覚的に公務の指揮を自分たちの手に握った(1)のに対し——たしかにわずか二ヵ月間であったとはいえ――、イギリスやアメリカ合衆国といった資本主義の大中心地ではプロレタリアートは一時間たりとも権力を握ったことはない。プロレタリア独裁を国の技術的な力と手段に何か自動的な形で依存させる考え方は、極端なまでに単純化された「経済主義的」唯物論の偏見である。このような見解はマルクス主義といかなる共通点もない。

ロシアの革命は、われわれの意見では、ブルジョア自由主義の政治家たちがその統治能力を全面的に発揮する可能性を得る以前に、権力がプロレタリアートの手に移りうる（革命が勝利すれば移るにちがいない）条件をつくり出している。

一八四八〜四九年の革命と反革命を総括して、マルクスは、アメリカの新聞『ニューヨーク・デイリー・トリビューン』紙に次のように書いている。

> ドイツの労働者階級が、社会的および政治的発達の点でイギリスやフランスの労働者階級に立ち遅れているのは、ドイツのブルジョアジーがこれら諸国のブルジョアジーに立ち遅れているのと同じである。主人が主人なら、下男も下男だ。数が多く強力で結束した意識的なプロレタリアートの存在に必要な諸条件の発展

は、数が多く富裕で結束した強大なブルジョアジーの存在条件の発展と手をたずさえて進む。ブルジョアジーのさまざまな分派のすべて、とくにその最も進歩的な部分である大工業家が、政治権力を獲得して自分自身の必要に沿って国家を作り変えるまでは、労働者階級の運動そのものも、けっして独立したものにはならないし、もっぱらプロレタリア的な性格を帯びることもない。事態がここにまで至ったときにはじめて、経営主と雇用労働者との間の必然的な衝突が日程にのぼり、もはや先送りできないものとなる…*。

*原注　カール・マルクス『一八四八〜五〇年におけるドイツ』、ロシア語版、アレクセーエヴァ社、一九〇五年、八〜九頁。[2]

この引用文は、この間、文献学的マルクス主義者によってしばしば濫用されてきたから、読者にとっておそらく周知のものであろう。文献学的マルクス主義者たちは、ロシアにおける労働者政府という思想に対する反駁不能な論拠として、この引用文を持ち出してきた。「主人が主人なら、下男も下男」。ロシアの資本主義ブルジョアジーが国家権力をその手中に掌握しうるほど十分に強力でないならば、なおさら労働者民主主義、すなわちプロレタリアートの政治的支配など問題になりえない、というわけだ。

マルクス主義は何よりも分析の方法である。ただし、テキストの分析ではなくて社会的諸関係を分析する方法である。資本主義的自由主義の脆弱さが必然的に労働運動の脆弱さを意味するという命題をロシアにあてはめるのは正しいだろうか？　ブルジョアジーが国家権力を獲得してはじめて、独立したプロレタリア運動も可能になるという命題をロシアにあてはめるのは正しいだろうか？　マルクスの歴史的に相対的な指摘を超歴史的な定理に変えようとする試みの背後に、いかに救いがたい形式主義的思考が隠されているかを理解するには、こうした問題を立ててみるだけで十分である。

ロシアにおける工場制大工業の発展は、産業高揚期に「アメリカ的」性格を帯びたとはいえ、しかしわが国の資本主義工業の実際の規模は、アメリカ合衆国の工業と比べれば子供じみたものである。ロシアで加工業に従事しているのは五〇〇万人で、経済活動を行なっている人口の一六・六％であり、合衆国ではこれに対応する数字は六〇〇万人、二二・二％、である。これらの数字はそれだけでは相対的にわずかなことしか語らないが、ロシアの人口が合衆国の人口のほぼ二倍であることを想起するなら、多くを物語るものになるであろう。しかし、これら両国の工業の実際の規模を認識するためには以下のことを指摘しておかなければならない。一九〇〇年にアメリカの工場と大規模な手工業施設が二五〇億ルーブルの商品を販売用に生産していたのに対し、ロシアは同じ時期に二五億ルーブルに満たない商品しか自国の工場で生産していなかった。*

＊原注　D・メンデレーエフ『ロシアを認識するために』、一九〇六年、九九頁。

工業プロレタリアートの数、その集中度、その文化性、その政治的意義などは、疑いもなく資本主義工業の発展水準に依存する。しかしこの依存は直接的なものではない。一国の生産力とその国における諸階級の政治的力量との間には、各々の時点において、国内的および国際的性格を持ったさまざまな社会的・政治的諸要因が横たわっており、それらの諸要因は、経済的諸関係の政治的表現をかたよらせ完全に変形しさえする。アメリカ合衆国の生産力がわが国のそれより一〇倍も高いという事実にもかかわらず、ロシア・プロレタリアートの政治的役割、それが自国の政治に及ぼす影響力、近い将来に世界政治に及ぼしうるその影響力の可能性は、アメリカ・プロレタリアートの役割と意義よりもはるかに高いのである。

カウツキーは、アメリカのプロレタリアートについて最近書いた論文の中で、一方におけるプロレタリアートおよびブルジョアジーの政治的力量と、他方における資本主義的発展の水準とが直接的に照応しているわけではないと指摘している。

両極として互いに対置される二つの国家が存在する。この二つの国家のそれぞれは、資本主義的生産様式の二つの要素のうちの一つずつがアンバランスに、すなわち生産力の高さとは不釣合いに発展している。すなわち、アメリカでは資本家階級がそうであり、ロシアではプロレタリアートがそうである。アメリカでは、資本の独裁について他のどの国よりも大きな根拠をもって語ることができる。それに対して、ロシアにおけるほど戦闘的プロレタリアートが重要な意義を有している国はどこにもない。この意義はさらに増大するにちがいないし、疑いもなく

> 増大するだろう。なぜなら、この国は最近になってようやく、近代的階級闘争に突入しはじめたところであるし、この闘争に一定の活動の余地を与えはじめたばかりだからである。

ドイツは自らの未来をある程度ロシアから学びうることを指摘して、カウツキーはこう続ける。

> 他ならぬロシアのプロレタリアートが、われわれの未来を——それが資本の組織化にではなく、労働者階級の反抗に表現されたものであるかぎりで——指し示すであろうというのは、たしかに、はなはだ驚くべきことである。なぜなら、ロシアは資本主義世界の大国の中で最も後進的な国だからである。このことはあたかも——とカウツキーは注意を喚起する——経済的発展が政治的発展を基礎づけるとしている唯物史観に矛盾しているように見える。しかし実際には、それはただ、われわれの反対者や批判者たちが思い描くような唯物史観に矛盾するだけである。彼らはそれを研究の方法としてではなく、出来合いの決まり文句とみなし

ているのである。[*]

＊原注　K・カウツキー『アメリカとロシアの労働者』、ロシア語版、サンクトペテルブルク、一九〇六年、四～五頁。

この文章はとりわけ、社会的諸関係の独自の分析を、人生のあらゆる機会に役立つよう取捨選択されたテキストからの演繹で代用させているような、わが祖国のマルクス主義者たちにこそ勧めなければならない。これら名ばかりのマルクス主義者たちほどマルクス主義の名誉を失墜させている者はいない！

かくして、カウツキーの評価によれば、ロシアは経済の領域では資本主義の発展水準の相対的低さによって特徴づけられ、政治の領域では資本主義ブルジョアジーの貧弱さと革命的プロレタリアートの強力さによって特徴づけられる。これは次のことに帰着する。

ロシア全体の利益のための闘争は、ロシアに存在する今や唯一強力な階級たる工業プロレタリアートの肩にのしかかっている。それゆえ、工業プロレタリアートはそこでは巨大な政治的意義を有しており、したがってまたロシアでは、この国を窒息させている絶対主義の腫瘍から国を解放するための闘争は、絶対主義と工業労働者階級との一騎打ちに転化したのである。この一騎打ちにおいては、農民は大きな支援を与えることができるにしても、指導的役割を果たすことはできない。*

*原注　K・カウツキー『アメリカとロシアの労働者』(3)、一九〇六年、一〇頁。

以上のことは、ロシアの「下男」がその「主人」よりも先に権力に就くことができるという結論を引き出す権利を、われわれに与えてはいないだろうか？

* * *

政治的楽観主義には二つの種類がありうる。一つは、自らの力量と革命的情勢の有利さを過大評価し、所与の力関係によっては解決不可能な課題を自らに設定することである。しかし逆もありうる。自分たちの革命的課題に対して、われわれの置かれている状況の論理からして不可避的に乗り越えざるをえない限界を楽観主義的に設けることである。

　われわれの革命はその客観的目標からして、したがってその不可避的な結果からして、ブルジョア革命だと主張することによって、革命のすべての問題に狭い枠をはめることはできるし、しかもその際、このブルジョア革命の主たる担い手がプロレタリアートであり、彼らは革命の進行全体によって権力へと押しやられるであろうという事実に目をつぶることもできる。

　ブルジョア革命の枠内では、プロレタリアートの政治的支配は一時的なエピソードにすぎないと言って自らを慰め、しかもその際、プロレタリアートはひとたび権力を握ったならば、必死の抵抗をせずにはそれを譲り渡さないし、武力によってその手からもぎ取られないかぎり、それをけっして手放さないだろうということを忘れることもできる。

　ロシアの社会的諸条件はまだ社会主義経済のために成熟していないと言って自らを慰めることもできるし、しかもその際、プロレタリアートは権力に就けば、自らの置かれている状況の論理全体によって不可避的に、国家の責任による経済運営へと押しやられるだろうということを無視することもできる。

だが、ブルジョア革命という一般的な社会学的規定は、所与のブルジョア革命が提起する政治的・戦術的諸課題、諸矛盾、諸困難を解決するものではけっしてない。資本の支配をその客観的な目標としていた一八世紀末のブルジョア革命の枠内においてこそ、サンキュロット独裁が可能となった。この独裁は単なる束の間のエピソードではなかった。それは引き続く一世紀全体に刻印を捺した。しかも、それがブルジョア革命という狭い枠にぶつかってきわめて急速に粉砕されてしまったにもかかわらず、そうだったのである。

二〇世紀初頭の革命は、その直接の客観的課題においてはやはりブルジョア革命であるが、そこにおいては、プロレタリアートの政治的支配の不可避性が、あるいは単なる蓋然性であるとしても、当面する展望としてくっきりと姿を現わしている。この支配が、若干の現実主義的俗物どもが望んでいるような、単なる束の間の「エピソード」にとどまるものではないということは、プロレタリアート自身が理解している。しかし、現在すでに次のような問題を自らの前に提起することはできるであろう。プロレタリア独裁はブルジョア革命の枠にぶつかって不可避的に粉砕されるのか、それとも、その時の世界史的な基盤に立脚して、この狭い枠を突破し、勝利の展望を自らの前に切り開くことができるのか、という問題である。

そしてこの問いから、われわれにとって次のような戦術的問題が生じてくる。革命の発展がわれわれを労働者政府の段階へと近づけたならば、われわれはそこに向かって自覚的に突き進むべきなのか、それとも、そのときには政治権力を、ブルジョア革命のもとで労働者の頭上に降りかからんとしている不幸とみなし、したがって何としてでも避けなければならない災いとみなすべきなのか？

われわれは、「現実主義的」政治家フォルマール[4]がかつて一八七一年のコミューンの戦士について語ったセリフ――「彼らは権力を手中に握るよりも、寝に行ったほうがよかったろう」――を、われわれ自身にあてはめなければならないのだろうか？

訳注

（1）「公務の指揮を自分たちの手に握った」……マルクスの『フランスにおける内乱』で引用されているパリ・コミューンの宣言の一節（『マルクス・エンゲルス全集』

第一七巻、大月書店、三一二頁)。

(2) エンゲルス「ドイツにおける革命と反革命」『マルクス・エンゲルス全集』第八巻、大月書店、一〇頁。この論文は当初『ニューヨーク・デイリー・トリビューン』紙上でマルクス名で発表されたので、当時はマルクスによって書かれたものだとみなされていた。

(3) 一九〇六年版、一九一九年版ともに、ここでは「D・メンデレーエフ『ロシアを認識するために』」と表記されていたが、明らかにケアレスミスなので修正しておいた。

(4) フォルマール、ゲオルグ(一八五〇〜一九二二)……ドイツ社会民主党の右派政治家。はじめ革命的であったが、一八六一年にドイツ一国における社会主義論(国家社会主義論)を唱える。後にベルンシュタイン主義を支持し、党内の修正主義派の主要なイデオローグの一人となる。

第五章　権力に就いたプロレタリアートと、農民

革命が決定的な勝利に至った場合、権力は、闘争において指導的な役割を果たした階級の手に、言いかえればプロレタリアートの手に移行する。もちろん、ここで言っておくが、このことは、プロレタリアート以外の社会的諸集団の革命的代表が政府に参加することを排除するものではけっしてない。彼らは政府に参加することができるし、参加しなければならない。プロレタリアートは都市小ブルジョアやインテリゲンツィアや農民の有力な指導者たちを権力に参加させるだろうし、それが健全な政策であろう。全問題は、誰が政府の政策に内容を与えるのか、そして誰が政府内部に等質な多数派を構成するのか、という点にある。

労働者が多数派を構成する労働者政府に民主主義的人民諸階層の代表者が参加することと、まぎれもないブルジョア民主主義政府に、プロレタリアートの代表が多かれ少なかれ名誉職的な人質として参加することとは、まったく別ものである。

自由主義的な資本主義ブルジョアジーの政策は、そのあらゆる動揺や後退や裏切りにもかかわらず、きわめて明確なものである。プロレタリアートの政策はそれよりもはるかに明確で徹底している。しかし、インテリゲンツィアの政策は、その社会的中間性や政治的優柔不断さのゆえに、また農民の政策は、その社会的非均質性と中間性と原初性のゆえに、都市小ブルジョアジーの政策は、またしてもその没個性と中間性、また政治的伝統の完全な欠如ゆえに、これら三つの社会的諸集団の政策はまったく不明確で無定形であり、さまざまな可能性に、したがって偶発性に満ちている。

プロレタリアートの代表を欠いた革命的民主主義政府なるものを想像してみるだけで、そのような観念が完全に馬鹿げていることを理解するのに十分である。社会民主党が革命政府への参加を拒否することは、革命政府そのものが完全に不可能になることを意味するだろうし、したがってまた革命の事業を裏切ることを意味するだろう。しかし、政府へのプロレタリアートの参加は、支配的で指導的な参加としてのみ、客観的に最も可能性があり、かつ原則的にも容認される。もちろん、この政府を、プロレタリアートと農民の独裁だとか、あるいはプロレタリアートと農民とインテリゲンツィアの独裁だとか、あるいはまた労働者階級と小ブルジョアジーの連合政府などと呼ぶことも可能である。しかしそれでも、当の政府内のヘゲモニー、およびそれを通じての国内のヘゲモニーは誰に属するのか、という問題は依然として残る。そしてわれわれは、労働者政府について語るとき、ヘゲモニーは労働者階級に属するだろうと答える。

　ジャコバン独裁の機関としての国民公会はけっしてジャコバン派だけで構成されていたわけではない。それどころか、ジャコバン派はそこでは少数派でさえあった。しかし、国民公会の壁の外におけるサンキュロットの影響力や、国を救うために断固たる政策が必要とされていたこと、こうしたことが権力をジャコバン派の手に委ねたのである。かくして、国民公会は、形式的にはジャコバン派、ジロンド派、そして膨大な沼地派「どっちつかずの中間派」によって構成される国民代表機関ではあったが、実質的にはジャコバン派の独裁だったのだ。

　われわれが労働者政府について語るとき、念頭に置いているのは、政府内における労働者代表の支配的で指導的な地位である。だがプロレタリアートは、革命の基盤を拡大することなしには自らの権力を打ち固めることはできない。

　勤労大衆の多くの諸階層、とりわけ農村におけるそれは、革命の前衛たる都市プロレタリアートが国家の舵をとった後ではじめて革命に引き込まれ、政治的に組織されるだろう。革命的煽動や組織化は国家的手段を用いて遂行されるだろう。最後に、立法権力そのものが人民大衆の革命化を促進するための強力な武器になるだろう。

この点で、ブルジョア革命のすべての重みをプロレタリアートの双肩に課しているわが国の社会的・歴史的諸関係の性格は、労働者政府にとって巨大な困難をつくり出すだけでなく、少なくともその成立の最初の時期には、測り知れない優位性を労働者政府に与えるものでもある。このことはプロレタリアートと農民との関係のうちに示されるだろう。

一七八九〜九三年の革命および一八四八年の革命においては、権力はまず最初に絶対主義からブルジョアジーの穏健分子へと移行した。彼らは、革命的民主主義派が自己の手中に権力を握るかそうしようとする前に、農民を解放した（どのようにかはまた別問題だ）。解放された農民は、「都市民」の政治的企図に対して、すなわち革命のその後の進行に対してまったく関心を失ってしまい、不活発な層と化して「秩序」の礎となり、革命をカエサル主義的ないし真正絶対主義的な反動の手に引き渡した。

ロシア革命は、民主主義の最も初歩的な課題を解決しうるような何らかのブルジョア立憲主義的体制が確立されるのを許さないし、少なくとも長期にわたっては許さないであろう。ヴィッテあるいはストルイピン[1]型の改革派官僚について言えば、彼らのあらゆる「開明的」努力は、彼ら自身の生存のための闘争によって崩壊しつつある。その結果、農民——階層としてのすべての農民と言ってもよい——の最も基本的で革命的な利益の運命は、革命全体の運命に、すなわちプロレタリアートの運命に結びついている。

権力に就いたプロレタリアートは、農民の前に解放者の階級として登場するだろう。プロレタリアートの支配は、民主主義的平等、自由な自治、すべての租税負担を有産階級に転嫁すること、常備軍を武装人民に解消すること、義務的な教会税を廃止することなどを意味するだけでなく、農民によって遂行された土地関係のすべての革命的変革（地主の土地没収）を承認することをも意味するだろう。プロレタリアートは、この変革を農業分野における今後の国家的措置の出発点にするだろう。かかる状況のもとでは、ロシアの農民は、少なくとも最初の最も困難な時期にはプロレタリア体制（「労働者民主主義」）を支持することに利益を有するだろう。それは、フランスの農民が、新しい所有者たる自分たちに土地の不可侵性を銃剣の力で保障してくれたナポレオン・ボナパルトの軍事体制を支持することに利益を有していたのと同じである。だがこのことが意味するのは、農民の支持をあらかじめ確保したプロレタリアートの指導のもとに招集される国民代表機関が、プロレタリアートの支配の民主主義的外被に他ならないということである。

しかし、もしかすると、農民自身がプロレタリアートを押しのけて、自らその地位を占めるのではあるまいか？　いや、これは不可能である。すべての歴史的経験がそうした予想を反駁している。歴史的経験は、農民には独立した政治的役割を果たす能力が完全に欠けていることを示している。*

＊原注　最初に「農民同盟」[2]の、次いで国会における「勤労者グループ」[3]の成立と発展は、以上述べた議論および以下で述べる見解を反駁しているのではないだろうか？　いやけっして。「農民同盟」とは何か？　それは、大衆を探し求めている急進的民主主義派の若干の分子と農民の最も意識的な分子――おそらく最下層ではない――との、民主主義的変革と農地改革をめざす連合体である。

「農民同盟」の農業綱領（「土地の均等用益」）はこの組織の存在意義をなすものである

が、それについては次のことを言っておかなければならない。農民運動が広範かつ深く発展すればするほど、またそれが地主の土地没収と再分配に至るのが早ければ早いほど、それだけ急速に「農民同盟」は、無数の階級的・地域的・日常生活的・技術的諸矛盾のために分解するだろう。そのメンバーは、現地における土地革命の機関である農民委員会の中でそれなりの影響力を発揮するだろう。しかしもちろんのこと、経済的・行政的機関である農民委員会は、現代社会の基本的特徴の一つである、農村の都市への政治的従属をなくすことはできない。

「勤労者グループ」は、その急進主義と無定形性とのうちに、農民の革命的志向に見られる矛盾を表現していた。立憲的幻想の時期にはカデットにすっかり追随し、国会解散の時期には、「勤労者グループ」は自然に社会民主党議員団の指導にしたがった。農民の代表者たちの非自立性は、最も断固たるイニシアチブが必要とされるときに、すなわち革命派の手に権力が移行するときに、とりわけはっきりと現われることだろう。

資本主義の歴史は農村が都市に従属していく歴史である。ヨーロッパにおける諸都市の工業的発展は、当時、農業生産部門における封建的関係のこれ以上の存続を不可能にした。しかし農村それ自体は、封建制の廃絶という革命的課題を担いうる階級を登場させなかった。農業を資本に従属させたこの都市こそが、革命勢力を登場させたのであり、この革命勢力が農村に対する政治的ヘゲモニーを手中に収めて、政治関係や所有関係における革命を農村にまで拡大したのである。その後の発展過程の中で、農村は完全に資本への経済的隷属状態に陥り、農民は資本主義政党に対する政治的隷属状態に陥った。これらの政党は農民を自らの政治的領地に変え、自らの票田にすることによって、議会政治の中に封建制を復活させた。現代ブルジョア国家は、課税と軍国主義を通じて農民を高利貸資本の罠におとしいれ、国教の司祭、国立学校、兵営での放蕩を通じて農民を高利貸政治の犠牲にしている。

ロシア・ブルジョアジーは、革命の陣地をすべてプロレタリアートに明け渡しており、農民に対する革命的ヘゲモニーをも明け渡さざるをえないだろう。プロレタリアートへの権力の移行によってつくり出される情勢のもとでは、農民は労働者民主主義の体制を支持する以外に道はない。たとえ農民が通常ブルジョア体制を支持しているとき以上に自覚的なものではないとしても、別にそれはそれでよい！　しかし、農民票を支配しているどのブルジョア政党も、ありとあらゆる期待や約束でもって農民をだまし欺くために権力を利用しつつ、その後、事態がにっちもさっちもいかなくなると、さっさと他の資本主義政党に席を譲るのに対して、プロレタリアートは農民に依拠しつつ、すべての力を動員して農村の文化水準を向上させ、農民の政治意識を高めるだろう。

以上述べたことからして、われわれが「プロレタリアートと農民の独裁」という思想をどのように見ているかは明らかである。問題の核心は、それを原則的に容認しうるとみなすのかどうかにあるのでもなければ、政治的協力のかかる形態を「望む」のか「望まない」のかにあるのでもない。そうではなく、われわれは――少なくとも直接的な意味では――これを実現不可能なものとみなしているのである。

実際そうだ。その種の連合は、現存するブルジョア政党の一つが農民を掌握しているか、あるいは、農民が独立した強力な政党を創出しているかのどちらかを前提している。だが、われわれが示そうと努めたように、そのどちらもありえないのである。

訳注

（1）ストルイピン、ピョートル・アルカデヴィチ（一八六二～一九一一）……ロシアの反動政治家。一九〇六年に首相に就任し、一九〇七年に選挙法を改悪（六月三日のクーデター）し、独裁政治を遂行。一九一〇年に農業改革を実施し、富農を育成。一九一一年九月一日にキエフでスパイ挑発者のエスエル（社会革命党）、ドミートリー・ボグロフによって暗殺される。

（2）農民同盟……一九〇五年に成立した革命的農民と民主主義的インテリゲンツィアの連合組織で、正式名称は「全ロシア農民同盟」。レーニンは、自己の労農民主独裁の綱領実現においてこの組織に大いに期待したが、一九〇六年に崩壊した。

（3）「勤労者グループ」……第一国会選挙によって成立した議員グループで、別名トルドヴィキ。「農民同盟」をはじめ、エスエルやカデット左派、無党派などによって構成される。代表的人物はケレンスキー。

第六章　プロレタリア体制

プロレタリアートが権力に到達しうるのは、国民的高揚に、全人民的熱狂に支えられる場合のみである。プロレタリアートは、国民の革命的代表者として、絶対主義と農奴制的野蛮に対する闘争の公認の人民的指導者として政府に入る。権力に就いたプロレタリアートは新しい時代――革命的立法の時代、積極的政策の時代――を切り開くが、ここにおいて、国民の公認の代弁者としての役割がプロレタリアートにそのまま保持されうるかどうかは、何ら保証されていない…。プロレタリアートの最初の諸措置――旧体制のアウゲイアスの牛舎(1)を清掃し、そこの住人を一掃すること――は、自由主義的腰抜けたちがどれほど人民大衆の偏見の根強さについて力説しようとも、全国民の精力的な支持を得るだろう。

この政治的清掃は、すべての社会的・国家的諸関係の民主主義的再編によって補完される。労働者政府は、直接の圧力や要求に影響されて、あらゆる関係や事象に断固として介入することを余儀なくされるだろう。

最初の仕事として、労働者政府は、人民の血にまみれているすべての者を軍隊と行政機構から放逐し、人民に対する犯罪で最も汚れている連隊を解散ないし解体しなければならない。こうした仕事は、最初の数日のうちに、すなわち選挙で選ばれた責任ある官吏制度の導入と民兵の組織化に着手することが可能となるずっと以前に実行されなければならない。しかしなすべき課題はそれにとどまらない。労働者民主主義はただちに、標準労働日［八時間労働制］の問題や農業問題、失業問題などに直面するだろう。

一つのことだけは疑いない。日を逐《お》うごとに、権力に就いたプロレタリアートの政策はしだいに深化し、ますますその階級的性格が明瞭になるであろう。そしてそれとともに、プロレタリアートと国民との革命的紐帯は破壊され、農民の階級分化は政治的形態を取るようになるだろう。そして、労働者政府の政策がしだいに自立的になり、一般民主主義的なものから階級的なものになるにつれて、［革命勢力の］構成部分間の対立は増大していくだろう。

農民やインテリゲンツィアの内部に、蓄積されたブルジョア的個人主義の伝統や反プロレタリア的偏見が欠如していることが、プロレタリアートの権力獲得にとってプラスになるとしても、他方では、こうした偏見の欠如が政治的自覚にもとづくものではなく、政治的未熟さ、社会的無定形性、原初性、無定見さにもとづくものであることにも注意を向けなければならない。これらの性質や特徴はけっして、プロレタリアートの首尾一貫した能動的政策にとっての堅固な基盤たりえない。

身分制的農奴制を根絶することは、地主から収奪されている身分としての農民全体に支持されるだろう。累進所得税も農民の大多数の支持を受けるだろう。しかし農業プロレタリアートを保護する立法措置は、そのような多数派の積極的な共感を得ないばかりか、少数派の積極的な敵対にさえぶつかるであろう。

プロレタリアートは、階級闘争を農村に持ち込まざるをえず、そのことによって、農民全体に存在するあの利害の共通性――それは比較的狭い限界内とはいえ疑いもなく存在している――を破壊せざるをえない。プロレタリアートは、その支配の早い段階から、富農に貧農を対置し、農業ブルジョアジーに農業プロレタリアートを対置することに支えを求めなければならない。しかし、農民の非均質性が革命に種々の困難をもたらしてプロレタリア政策の基盤を狭めたように、農民の不十分な階級分化は、都市プロレタリアートが依拠しうる発達した階級闘争を農民内に持ち込むうえでの障害をつくり出す。農民の原初性における敵対的な側面がプロレタリアートに向けられるだろう。農民の冷淡化やその政治的消極性、さらには農民上層の積極的反抗はなおのこと、インテリゲンツィアの一部や都市小ブルジョアジーに影響を及ぼさずにはおかないだろう。

かくして、権力に就いたプロレタリアートの政策がより明確でより断固たるものになればなるほど、その足もとの基盤はますます狭くなり、ますます不安定なものになるだろう。以上のような事態は、大いにありうることであり、不可避でさえある…。

プロレタリアートの政策の二つの基本的特徴が、その同盟者の側からの抵抗に出くわすであろう。すなわち、集産主義と国際主義がそれである。

農民の小ブルジョア的性格と政治的原初性、農村における視野の狭さ、世界との政治的紐帯や依存関係からの隔絶は、権力に就いたプロレタリアートの革命的政策を推進するうえで恐るべき困難をもたらすだろう。

しかし、だからといって次のように事態を思い描くこと、すなわち社会民主党は臨時政府に加わり、革命的・民主主義的改革の時期に臨時政府を指導し、その際、組織されたプロレタリアートに依拠しながら改革の最もラディカルな性格を擁護するが、その後、民主主義的綱領が実現されたあかつきには、社会民主党は自分が建設した建物の外に去り、ブルジョア諸政党にその地位を譲り、自ら野党に移行し、こうして議会政治の時代を切り開くのだ——このように事態を思い描くことは、労働者政府という思想そのものの信用を失墜させることを意味するだろう。それは、このことが「原則的に」許しがたいからではなく――こうした抽象的な問題設定は無意味である――、それがまったくもって非現実的であり、最悪のタイプのユートピア主義、一種の革命的俗物のユートピア主義だからである。

その理由はこうだ。

わが党の綱領を最小限綱領と最大限綱領とに分割することは、権力がブルジョアジーの手中にあるという条件のもとでは、すぐれて原則的で巨大な意義を有している。権力がブルジョアジーに属しているという事実そのものからして、生産手段の私的所有とあいいれないあらゆる要求はわれわれの最小限綱領から排除される。そのような要求は社会主義革命の内容をなし、プロレタリアートの独裁を前提するからである。

しかし、ひとたび権力が、社会主義者が多数を占める革命政府の手中に移ったなら、ただちに、最小限綱領と最大限綱領との区別は、その原則的意義も直接的に実践的な意義も喪失する。プロレタリア政府はこの線引きの枠内にとどまることはけっしてできない。たとえば八時間労働制の要求を取り上げよう。周知のように、この要求は資本主義的諸関係とけっして矛盾するものではなく、それゆえ社会民主党の最小限綱領に入っている。しかし、あらゆる社会的熱情が張りつめている革命期に、この要求が実際に実施されたらどうなるだろうか、その状況を想像してみよう。疑いもなく、新しい法律は、たとえばロックアウトや工場閉鎖の形をとった資本家たちの組織的で頑強な抵抗にぶつかるだろう。何十万もの労働者が街頭に投げ出されるだろう。政府はどうするべきだろうか？　ブルジョア政府であれば、たとえそれがいかに急進的な政府であろうと、けっして事態に深入りしないだろう。なぜなら、閉鎖された工場に対してブルジョア政府は無力だからである。政府は譲歩を余儀なくされ、八時間労働日は実施されることなく、プロレタリアートの怒りは押さえ込まれてしまうだろう……。

だが、プロレタリアートの政治的支配のもとでは八時間労働制の実施はまったく異なった結果をもたらす。労働者政府は自由主義派と違って、資本に依拠しようとするのではなく、プロレタリアートに依拠しようとし、またブルジョア民主主義派と違って、「公正な」調停者の役割を演じるつもりなどさらさらないからである。そうした労働者政府にとって、資本家による工場閉鎖は言うまでもなく労働時間を延長するための根拠にはなりえない。労働者政府にとって活路はただ一つしかない。閉鎖された工場を接収し、社会の手によってそこでの労働を組織することである。

もちろん、次のように論じることも可能である。自らの綱領に忠実な労働者政府が八時間労働制を布告すると仮定したとしても、資本の側が、私的所有の維持を前提とした民主主義綱領によっては克服できないような抵抗を示すならば、社会民主党は政府から離脱してプロレタリアートに訴えるだろう、と。だが、このような解決策は、政府の閣僚を構成しているグループの観点にもとづくものであって、プロレタリアートの観点にもとづくものでもなければ、革命そのものの発展の観点にもとづくものでもない。なぜなら、社会民主党が離脱した後の状態は、以前と同じ状態であり、したがって社会民主党にこの権力を掌握させたのと同じ状態だからだ。資本の組織された抵抗に出会って逃亡することは、権力の掌握を拒否すること以上に革命に対する重大な裏切りであろう。実際、自らの無力を暴露して辞職するためだけに入閣するぐらいなら、はじめから入閣しないほうがましである。

もう一つ例を挙げてみよう。権力に就いたプロレタリアートは、失業問題を解決するために最も精力的な措置をとらないわけにはいかない。というのも、政府の構成メンバーに入っている労働者代表が、失業者の要求に対し、革命のブルジョア的性格を引き合いに出して拒否することなどできないのは明らかだからである。しかし、国家が失業者の生活保障を引き受けるだけでも――いかなる形態でそうするかはわれわれにとってさしあたりどうでもよい――、それによってたちまちプロレタリアートの側への経済力の大規模な移行が生じるだろう。というのも、資本家はつねに労働予備軍の存在という事実に立脚してプロレタリアートを押さえつけてきたからである。資本家は、今や自分が経済的に無力になったと感じるようになり、しかも革命政府は同時に政治的無力さをも彼らに運命づけるであろう。

失業者の支援に乗りだした国家はまさにそのことによって、ストライキ参加者の生活保障という課題をも引き受けることになる。もし国家がこのことをしないならば、たちまち自らの存立基盤を取り返しのつかないほど掘りくずしてしまうことになろう。

工場主にはロックアウト、つまり工場の閉鎖に訴える以外に道は残されていない。工場主のほうが労働者よりも長く生産の停止に耐えうるのは、まったく明らかである。それゆえ、大規模なロックアウトに対して、労働者政府にはただ一つの回答しか残されていない。工場を接収し、それらの工場、少なくとも大規模工場において、国家ないし地方自治体の責任による生産を導入することである。

農業の領域では、似たような問題がすでに土地の没収という事実そのものによって生まれるであろう。プロレタリア政府が、大規模生産を行なっている地主の私有地を没収してから、これを小さな土地に細分化し、小生産者の利用に供するために売り渡す、というようなことを想定することは絶対にできない。プロレタリア政府にとって唯一の道は、地方自治体の統制下か直接に国家の手によって協同組合的生産を組織することである。しかしこれは社会主義への道だ。

以上のことは、まったくはっきりと次のことを示している。社会民主党は、前もってプロレタリアートに対して最小限綱領からけっして後退しないと公約し、ブルジョアジーに対しては最小限綱領の限界を乗り越えないと約束しておいてから、革命政府に入るということはできないということである。このような二面的義務は絶対に実行不可能である。無力な人質としてではなく、指導的勢力として政府に参加する以上、プロレタリアートの代表はまさにそのことによって、最小限綱領と最大限綱領との境界を突き崩しているのであり、すなわち、集産主義を日程にのぼせているのである。この方向においてプロレタリアートがどの地点で押しとどめられるかは、力関係によるのであって、けっしてプロレタリア政党の当初の意図によるのではない。

まさにそれゆえ、ブルジョア革命におけるプロレタリア独裁の何らかの特殊型、すなわちプロレタリアートの（あるいはプロレタリアートと農民の）民主主義独裁のようなものは問題になりえないのである。労働者階級は、自らの民主主義綱領の限界を乗り越えずして、自らの独裁の民主主義的性格を保証することはできない。この点に関するいかなる幻想もまったく致命的であろう。それは最初から社会民主党の信用を失墜させるだろう。

プロレタリアートの党は、ひとたび権力を掌握したなら、最後までこの権力のために闘うであろう。権力を維持し強化するためのこの闘争の一手段が煽動と組織化、とりわけ農村におけるそれであるとすれば、もう一つの手段は集産主義の政策である。集産主義は、権力に就いた党の地位から不可避的に出てくる帰結であるだけでなく、この地位をプロレタリアートに依拠しつつ維持する手段でもある。

＊　＊　＊

絶対主義と農奴制の清算を、増大する社会的衝突、大衆の新たな諸層の決起、支配的諸階級の政治的・経済的特権に対するプロレタリアートの中断することのない攻撃などをともなう社会主義革命に結びつけるという、連続革命の思想が社会主義派の新聞において定式化されたとき、「進歩派」の新聞雑誌は異口同音に憤激の叫び声を発した。ああ、たいていのことには我慢してきたが、これだけは許せない。革命はそもそも――と彼らは叫んだ――「法的正統性」を付与しうるような手段ではない。例外的措置の適用が許されるのは例外的な状況においてのみだ。解放運動の目的は革命を永続させることではなく、できるだけ早急にそれを法の軌道に乗せることだ、云々、云々。

同じ民主主義派の中のより急進的な代表者たちは、すでに達成された立憲的「獲得物」の観点からプロレタリア革命に反対するのをあえて避けた。議会制度が成立する以前にさえすでに生じているこのような議会主義的クレティン病は、彼らにとってプロレタリア革命と闘争する有力な武器ではなかった。彼らは別の道を選択する。彼らが立脚する基盤は法ではなくて、彼らにとって事実そのものと思われる基盤、すなわち歴史的「可能性」という基盤であり、政治的「現実主義」という基盤であり、そして最後に…「マルクス主義」という基盤でさえあった。いったいどうしてまた？　ヴェニスの敬虔なブルジョアたるアントニオはいみじくもこう言っていた。

悪魔でも聖書を引き合いに出す
　　目的のためならばな……[2]

彼らはロシアにおける労働者政府という思想そのものを夢想とみなしているだけでなく、当面する歴史時代においてヨーロッパに社会主義革命が起こる可能性さえ否定している。必要な「前提」がまだないというのだ。はたしてそうだろうか？　問題はもちろん、社会主義革命の時日を定めることではなく、それを現実の歴史的展望の中に位置づけることである。

訳注

（1）アウゲイアスの牛舎……ギリシャ神話で、エリスの国王アウゲイアスが三〇〇〇頭もの雄牛がいる牛舎を三〇年間も汚れるままに放置していたという話に由来し、腐敗と乱脈を極めた状態を指す。

（2）シェイクスピア『ヴェニスの商人』光文社古典新訳文庫、二〇〇七年、三五～三六頁。

第七章　社会主義の諸前提

マルクス主義は社会主義から科学をつくり出した。しかしこのことは、一部の「マルクス主義者」がマルクス主義からユートピアをつくり出すことを妨げはしない。ロシコフ[1]は「生産手段の」社会化と協同組合の綱領に反対して、「マルクスによって確固として確立された、未来の体制の不可欠の前提」について次のように描き出している。

はたして現在、その物質的な客観的前提はすでに存在しているだろうか。すなわち、個人的利得という動機や、現金（?）、個人的エネルギー、冒険心、リスクなどへの関心を最小限に引き下げ、したがって社会的生産を舞台の前面に押し出すような技術の高度な発展がそれだ。かかる技術は、すべての（!）経済部門における大規模生産のほぼ完全な（?）支配ときわめて密接に結びついているが、はたしてこのような成果は達成されたであろうか？ 心理的・主体的前提、すなわち、人民大衆の圧倒的多数を精神的に団結させるにいたるほどのプロレタリアートの階級意識の成長も欠如している。

ロシコフはさらに言う。

われわれは現時点でも生産協同組合《アソシエーション》の事例を知っている。たとえばフランスのアルビにある有名なガラス製造工場や、同じフランスにあるいくつかの農業協同組合がそうだ。……しかし、いま挙げたフランスの経験がこの上なくはっきりと示しているのは、フランスほどの先進国の経済的条件でさえ、協同組合による支配の可能性をつくり出すほどには発展していないことである。これらの企業は中規模のものであって、その技術水準も通常の資本主義企業ほど高くはない。これらの企業は、工業の発展の先頭に立っているのでも、それを主導しているのでもなく、ささやかな平均水準に近いレベルにあるにすぎない。個々の生産協同組合の経験が経済生活において指導的な役割を果たす場合にのみ、われわれは新しい体制に近づいているのであり、その場合にのみ、その存在に必要な前提が形成されたと確信することができるのである。*

＊原注　N・ロシコフ『農業問題によせて』、〔モスクワ、一九〇五年、〕二一～二二頁。

同志ロシコフの良き意図を疑うものではないが、しかし残念ながら、いわゆる社会主義の前提に関して、ブルジョア文献の中でさえめったに出くわさないような大きな混乱がそこに見出せることを認めないわけにはいかない。この混乱については詳しく述べるに値する——ロシコフのためというよりも、問題の解明のためにだ。

ロシコフは、「個人的利得という動機や、現金（?）、個人的エネルギー、冒険心、リスクなどへの関心を最小限に引き下げ、したがって社会的生産を前面に押し出すような技術の高度な発展」が、今はまだないと言明する。この章句の意味するところを明らかにするのは容易でない。とはいえ、おそらく同志ロシコフはこう言いたいのだろう。第一に、現代の技術は生きた人間労働を産業からまだ十分に排除しておらず、第二に、そのような排除はすべての経済部門における大企業の「ほぼ」完全な支配、つまり国の全人口の「ほぼ」完全なプロレタリア化を前提する、と。

これが「マルクスによって確固として確立された」という二つの前提である。ロシコフの論法において、社会主義の前提となる資本主義的諸関係がどのようなものであるかを想像してみよう。資本主義のもとでの「すべての経済部門における大企業のほぼ完全な支配」は、すでに述べたように、農業と工業の分野におけるすべての中小生産者のプロレタリア化、すなわちすべての住民のプロレタリアへの転化を意味する。しかし、これらの大企業における機械技術の完全な支配は、生きた労働に対する需要を最小限にすること、したがって国の住民の圧倒的多数（九〇％と考えてもよい）が、救貧院において国家の負担で生活する予備軍に転化されることになる。われわれは九〇％という例を出したが、全生産が単一の自動機械となり、それが単一のトラスト連合に属し、生きた労働としてはたった一匹の飼い馴らされたオランウータンしか必要としないといった状況を想像することも、論理的には不可能なことではない[2]。これこそ、周知のように、目もくらむほど首尾一貫したトゥガン＝バラノフスキーの理論に他ならない。こうした条件のもとでは、たしかに「社会的生産」が舞台の「前面」に押し出されるだけでなく、舞台全体を支配するだろう。それだけではない。それと並んで、まったく当然ながら社会的消費も組織されることになる。というのも、一〇%のトラストを除く全国民が社会的負担によって救貧院で生活することになるからである。こうして、同志ロシコフの背後からトゥガン＝バラノフスキー氏の見慣れた顔が微笑んでいる。その後でようやく社会主義が到来し、住民が救貧院からぞろぞろ出てきて、収奪者たちの集団を収奪するというわけだ。もちろんその場合、革命もプロレタリアートの独裁も必要ではない。

　ある国が社会主義のために成熟しているかどうかの第二の経済的指標は、ロシコフによれば、その国において協同組合的生産の支配が可能になっていることである。フランスでさえ、アルビにある協同組合工場は他の資本主義企業に優るものではない。社会主義的生産が可能となるのは、協同組合が指導的企業として工業の発展の先頭に立っている場合のみである、と。

　議論全体が最初から最後まで引っ繰り返っている。協同組合が工業の発展の先頭に立っていないのは、経済の発展がまだ十分に進んでいないからではなく、それがあまりにも進みすぎてしまったからである。疑いもなく、経済の発展は協同組合のための基礎をつくり出す。だが、どのような協同組合か？　賃労働にもとづく資本主義的協同組合［企業］のための基礎であり、各工場はそのような資本主義的協同組合の実像を示している。技術の発展とともに、そのような協同組合の意義も増大する。だが資本主義の発展はどのようにして、協同組合企業を「工業の先頭」に立たせる余地を与えうるのか？　同志ロシコフはいったいいかなる根拠にもとづいて、協同組合がトラスト連合や各トラストを押しのけて工業の発展における指導的地位を占めるにいたるという希望を抱いているのか？　もし本当にそういうことが起こったなら、明らかに協同組合はそれ以降まったく自動的にすべての資本主義企業を傘下に収めていけばよく、その後に残されているのは、全市民に仕事を与えるために一日の労働時間をしかるべく短縮し、また恐慌を避けるために、各部門間の生産規模の照応関係を確立することだけだろう。こうして社会主義はその基本的特徴において成立することになる。またしても、革命も労働者階級の独裁もまったく必要がないことは明らかだ。

第三の前提は心理的なものである。「人民大衆の圧倒的多数を精神的に団結させるにいたるほどのプロレタリアートの階級意識の成長」が不可欠だという。「精神的な団結」とは、明らかにこの場合、自覚的な社会主義的連帯と解すべきであるから、同志ロシコフは、「人民大衆の圧倒的多数」が社会民主党の隊列に結集することを社会主義の心理的前提とみなしていることになる。したがってロシコフは明らかに次のように考えている。小生産者をプロレタリアートの隊列に投げ込み、プロレタリア大衆を産業予備軍の隊列に投げ込んだ資本主義が今度は、社会民主党に、人民大衆の圧倒的多数（九〇％？）を精神的に団結させ啓発する可能性を与えるであろう、と。

しかしこのようなことは、ちょうど協同組合の支配が資本主義的競争の王国では実現不可能であるのと同じように、資本主義的野蛮の世界では実現不可能である。だが、もしそのようなことが実現可能であるならば、当然のことながら、意識的・精神的に団結した「圧倒的多数」の国民がなんなく少数の大資本家を取りのぞき、いかなる革命も独裁もなしに社会主義経済を組織することだろう。

はからずもわれわれの前には次のような問題が立ち現われている。ロシコフはマルクスの弟子を自任している。だが、『共産党宣言』の中で「社会主義の確固たる前提」を述べたはずの当のマルクスは、一八四八年革命を社会主義革命の直接の序曲とみなした。[3] もちろん、六〇年を経た今日では、マルクスが間違っていたことを見て取るのにたいした洞察力はいらない。なぜなら、周知のごとく、資本主義世界は存立しつづけているのだから。だが、どうしてマルクスはこのように誤ることができたのか？　大企業がまだすべての産業部門を支配していないことを理解していなかったからなのか？　生産協同組合がまだ大企業の先頭に立っていないことを見ていなかったからなのか？　あるいは、人民の圧倒的多数がまだ『共産党宣言』の思想にもとづいて団結していないことを理解していなかったからなのか？　こうした事態が今なお存在していないことをわれわれが目にしているというのに、そのようなことが一八四八年になおさら存在していなかったことをマルクスが見ていなかったというのは、いったいどういうことか？　現在における多くの無謬のマルクス主義的自動人形たちと比べると、一八四八年のマルクスはまことにユートピア的な青年であった！…

このように、同志ロシコフはけっしてマルクス批判家に属してはいないが、それにもかかわらず、社会主義の不可欠の前提としてのプロレタリア革命を完全に否定していることがわかる。ロシコフはただ、わが党の両潮流［ボリシェヴィキとメンシェヴィキ］における少なからぬマルクス主義者によって共有されている考え方を、あまりにも首尾一貫して表現しているだけなのだ。したがって、彼の謬論の原則的・方法論的基礎については、ここでいささか詳しく述べておく必要がある。

ちなみに、協同組合の運命に関するロシコフの見解は彼個人に特有のものだという点はことわっておかなければならない。一方で生産の集中と人民大衆のプロレタリア化というかの単純で論駁しがたい過程を信じつつ、それと同時に、プロレタリア革命に先立って生産協同組合が指導的役割を果たすだろうと信じている社会主義者に、われわれはいまだかつてお目にかかったことがない。これら二つの前提を経済の発展過程の中で結びつけることは、それらを一個人の頭の中で結びつけることよりもはるかに難しい。もっとも、後者でさえ、われわれにはとうてい不可能であるように思われるのだが。

しかしわれわれは、より典型的な偏見を言い表わしている他の二つの「前提」について議論しよう。

疑いもなく、技術の発展も、生産の集中も、大衆の意識の成長も、社会主義の前提である。しかし、これらすべての過程は同時的に起こり、相互に駆り立てたり促進したりするだけでなく、相互に抑制したり制約し﹅た﹅り﹅もする。これらの過程のいずれも、そのより高次の発展のためには他のより低次の段階にある過程の一定の発展を必要とするが、いずれの過程も、その完全な発展は他のものの完全な発展とは両立しないのである。

技術の発展は、議論の余地なく、その理念的極限においては、原材料を自然の中から取り出して、完成された消費物品として人間の足もとに投げ出す単一の自動装置にまで至るだろう。もし資本主義の存在が、階級的諸関係やそこから生じる革命闘争によって制約されないならば、技術が資本主義経済の枠内で単一の自動装置という理想に近づき、そのことによって自動的に資本主義を廃棄する、と想像することもできよう。

競争の法則から生じる生産の集中は、全人口をプロレタリア化する内在的傾向を有している。そしてこの傾向だけを取り出せば、資本主義は、プロレタリア化の過程が革命的変革によって中断されないかぎり、この事業を最後まで徹底して遂行する、と想像することもできる。だが、資本主義が住民の大多数を、監獄のような雑居生活をする産業予備軍に転化してしまうずっと以前に、一定の階級的力関係のもとでは、そうした革命的変革が不可避となるのである。

最後に意識の成長についてだが、それは、日常的な闘争の経験や社会主義政党の意識的な努力のおかげで、疑いもなく着々と前進する。そして、この過程だけを取り出せば、人民の圧倒的多数が労働組合組織や政治組織に掌握され、連帯の感情と統一した目的によって団結するところまで事態が進んでいくのを思考の上で想定することは可能である。もしこの過程が実際に、質的変化をこうむることなく、ただ量的に拡大することができるのであれば、社会主義は、二一世紀か二二世紀に、市民による満場一致の意識的な決議によって平和的に実現されることだろう。

しかし、問題の全核心は次の点にある。社会主義の歴史的前提となるこれらの諸過程は、けっして孤立的に発展するのではなく、相互に制約しあっており、一定の時点に達すると——その時点は、多くの諸事情によって規定されるが、いずれにせよそれらの過程の物質的極限からはほど遠い時点にある——、質的な変容をこうむり、その複雑な絡み合いの中で、われわれが社会革命という名で理解するところのものをつくり出すということである。

最後の過程、すなわち意識の成長からはじめよう。意識の成長というのは周知のように、プロレタリアートを五〇年、一〇〇年、五〇〇年と人為的にとどめておけるような学校の中で起こるのではなく、資本主義社会の生きた生活全体の中で、絶え間ない階級闘争にもとづいて起こる。プロレタリアートの意識の成長は、この階級闘争を変容させ、それにいっそう深遠で原則的な性格を与え、また支配階級からのしかるべき反動を引き起こす。ブルジョアジーに対するプロレタリアートの闘争はそれ自身の論理を有しており、この論理は事態をますます先鋭化させ、大企業があらゆる経済部門をことごとく支配しはじめるよりもずっと早く事態をクライマックスに持っていくであろう。

さらに、言うまでもないことだが、政治的意識の成長はプロレタリアートの数の増大にもとづいており、またプロレタリア独裁は、プロレタリアートがブルジョア反革命の抵抗を克服しうるだけの数に達していることを前提にしている。だが、このことはけっして、人口の「圧倒的多数」がプロレタリアになっていなければならないとか、プロレタリアートの「圧倒的多数」が意識的な社会主義者になっていなければならない、ということを意味するものではない。いずれにせよ、明らかにプロレタリアートの意識的な革命軍は資本の反革命軍よりも強力でなければならない。他方、半意識的であるか無関心な住民層については、プロレタリア独裁の体制が彼らを革命の側に引きよせ、けっして革命の敵の陣営に追いやることのないようにしなければならない。当然ながら、プロレタリアートの政策は意識的にこの点を考慮したものでなければならない。

以上のことは、それはそれで、農業に対する工業のヘゲモニー、農村に対する都市の優位性を前提している。

＊　＊　＊

ここで社会主義の諸前提を、しだいに一般性が減じ複雑性がしだいに増していく順番で検討していこう。

（一）

社会主義は単に平等な分配の問題ではなく、計画的生産の問題でもある。社会主義的生産、すなわち大規模な協同組合的生産が可能になるのは、大企業が小企業よりも生産性が高くなるような生産力の発展という条件がある場合のみである。小企業に対する大企業の優位性が高まるほど、すなわち技術が発展すればするほど、生産の社会化による経済的利益はいっそう大きくなるだろうし、したがってまた、計画的生産にもとづく平等な分配のもとで、全住民の文化的水準はいっそう高まるに違いない。

社会主義のこの第一の客観的前提はとっくの昔に存在している。社会的分業がマニュファクチュア内の分業にまで及んで以降、さらにマニュファクチュアが機械システムを採用する工場に取って代られてからはなおのこと、大企業はますます有利なものとなり、したがってまた大企業を社会化することで社会がますますもって豊かになるのは間違いない。手工業のすべての作業場を手工業者全員の共有財産に移しかえても、それによって彼らがちっとも豊かにならないのは明らかだが、マニュファクチュアをその部分労働者の共有財産に移したり、工場をそこで雇用されている生産者の手に移すならば、あるいは、こう言った方がいいだろうが、大規模工場の全生産手段を住民全体の手に移すならば、それによって疑いもなく生産の物質的水準は高まるであろうし、大規模生産が高度な水準に達していればいるほどますますそうなるだろう。

イギリスの下院議員ジョン・ベラーズ(4)の提案が社会主義文献の中で引用されることがあるが、彼は一六九六年に、つまりバブーフの陰謀(5)の一〇〇年前に、すべての消費財を自給自足する自立した協同組合的共同体を組織するという計画案を議会に提出した。このイギリス人の計算によれば、このような生産集合体は二〇〇〜三〇〇人によって構成されなければならなかった。ここで彼の結論を検討することはできないが——それはわれわれにとって本質的な問題ではない——、ただ重要なのは、集産主義的経営が、たとえ一〇〇人、二〇〇人、三〇〇人、あるいは五〇〇人の規模でしかなくても、一七世紀末においてすでに生産において有利なものであるみなされていたことである。

一九世紀初頭、フーリエ(6)は、それぞれが二〇〇〇～三〇〇〇人から成る、ファランステールと呼ばれる生産・消費協同組合《アソシアシオン》を計画した。フーリエの計算もけっして正確なものとは言いがたいが、しかしいずれにしても、その当時すでにマニュファクチュア制度の発展は、先に引用した例とは比較にならないほど大規模な経済集合体をフーリエに示唆したのであった。しかし、ジョン・ベラーズの協同組合《アソシエーション》もフーリエのファランステールも、その性質上、アナーキストたちが夢想する自由な経済共同体にはるかに近く、そのユートピア性は、それがそもそも「不可能」ないし「不自然」であった点にあるのではなく（アメリカの共産主義共同体はそれが可能であることを示している）、経済発展の歩みに一〇〇～二〇〇年は立ち遅れていた点にあったのである。

一方における社会的分業の発展と、他方における機械制生産の発展は、現在において集産主義的経済の有利さを大規模に利用しうる唯一の協同組合は国家である、という事態をもたらした。それどころか、社会主義的生産はすでに個々の国家の閉じられた境界の内部にさえとどまりえないであろう。経済的理由からしても政治的理由からしてもそうだ。

ドイツの社会主義者であるアトランティクス[7]は、マルクスの立場に立っていない人物だが、その彼は一九世紀末に、社会主義的生産がドイツのような国家単位に適用された場合の経済的利益を計算してみせた。アトランティクスにとって空想のはばたきはおよそ得意分野ではない。彼の思考は総じて資本主義の経済的常識の範囲内を動き回っており、現代の農学や技術学の権威ある著述家に依拠している。そしてこの点は彼の弱い面であるだけでなく、強い面でもある。なぜなら、そのおかげで少なくとも過度の楽観主義に陥らずにすんでいるからだ。いずれにしても、アトランティクスは、一八九〇年代半ばの技術的手段を利用するという条件のもとで、社会主義経済が合目的的に組織されたなら、労働者の収入は現在の規模の二倍ないし三倍に増やすことができ、労働時間は現在の水準の半分にまで減らすことができるであろう、との結論を引き出している。

もとより、アトランティクスがはじめて社会主義の有利さを立証したと考える必要はない。というのも、一方では大規模経営におけるより高い労働生産性が、他方では恐慌によって証明された計画的生産の必要性が、アトランティクスの社会主義的簿記術よりもはるかに雄弁に社会主義の経済的優位性を立証しているからだ。彼の功績はただ、この優位性を大雑把な数字で表現したことにある。

以上のことから、われわれは次のような結論を引き出すことができる。人類の技術力のさらなる成長が社会主義をますます有利なものにしているとすれば、集産主義的生産を――規模は違えど――行なうのに十分な技術的前提がすでに一〜二世紀にもわたって存在しており、現在では社会主義は国家的規模においてのみならず、もっと巨大な世界的規模においても、技術的に有利だということである。

しかし、社会主義の実現にとって社会主義の技術的優位性だけではまったく不十分である。一八世紀と一九世紀を通して、大規模生産の優位性は、社会主義的形態ではなく資本主義的形態で発揮されてきた。ベラーズの案もフーリエの計画も実現されなかった。なぜか？　それは、当時それらの計画を実現する準備と能力とをそなえた社会的勢力がまだ存在していなかったからである。

（二）

次に、生産的・技術的前提から社会的・経済的前提に移ることにしよう。この前提は、より一般的でなく、より複雑である。もしわれわれが敵対的な対立関係をともなった階級社会を問題にしているのではなく、意識的に自らのための経済システムを選択する均質な共同社会を問題にしているのだとすれば、疑いもなくアトランティクスの計算だけで、社会主義建設に着手するのにまったく十分であろう。きわめて俗流的なタイプの社会主義者であるアトランティクス自身、自分の仕事をまさにそのようなものとみなしている。

このような観点は、現在の条件のもとでは、私的経済――個人経営であれ株式会社であれ――の枠内においてしか適用されえない。何らかの経営改革案（新しい機械、新しい原材料、別の労務管理、別の賃金体系などを導入すること）は、それによって商業的に有利になることが確実であるなら工場主によって採用されるだろう。こういうことは常に起こりうることである。しかし、社会的規模の経済を問題にするかぎり、それだけではまったく不十分なのだ。そこでは敵対する諸利害が争っているからである。ある者にとって有利になることが他の者にとっては不利になる。階級的エゴイズムと

階級的エゴイズムとが衝突しあうだけでなく、この階級的エゴイズムは社会全体の利益とも衝突する。したがって、社会主義を実現するためには、自らの置かれた客観的状況からして社会主義の実現に利益を有しており、またその力量からしても、敵対する利害や抵抗を克服しつつそれを実現する能力をもった社会的勢力が、資本主義社会の敵対しあう諸階級の中に存在していることが必要なのだ。

科学的社会主義の基本的功績の一つはまさに、そのような社会的勢力をプロレタリアートのうちに理論的に発見したことであり、資本主義とともに必然的に成長するこの階級が自らの救済を社会主義にのみ見出しうること、プロレタリアートは自らの置かれた状況全体によって社会主義に駆り立てられること、社会主義の教義は資本主義社会においては結局プロレタリアートのイデオロギーにならざるをえないこと、これらのことを指摘したことである。

それゆえ「生産手段が国家の手に移されることで、全般的福祉が達成されうるだけでなく、さらに労働時間も短縮される」ということがいったん証明されるなら、「資本の集中や中間的住民層の消滅といった理論が証明されるか否かはまったくどうでもよい」とアトランティクスが主張するとき、いかに彼がマルクス主義から途方もなく後退しているかが容易に理解されるのである。

アトランティクスの意見によれば、社会主義の有利さがひとたび立証されるなら、「自らの希望のいっさいを経済的発展という物神対象《フェティッシュ》に賭けることには何の意味もない。なすべきことは、大規模な調査に取り組み、私的生産から国家的ないし『社会的』生産への移行に向けた多面的で入念な準備に着手(!)することである」*。

*原注　アトランティクス『未来国家』、「デーロ」出版、サンクトペテルブルク、一九〇六年、二一一～二一三頁。

社会民主党の純野党的戦術に反対し、社会主義的改造の準備にただちに「着手」すべきことを提案したとき、アトランティクスは、社会民主党がそのために必要な権力をまだ持っていないこと、他方でヴィルヘルム二世やフォン・ビューロー公(8)やドイツ帝国議会の多数派は、たしかに権力を握ってはいるが、社会主義の実現に着手する気はさらさらないことを忘れていた。アトランティクスの社会主義計画がホーエンツォレルン家にとってまったく説得力を持たなかったのは、フーリエの計画が王制復古後のブルボン王朝にとって説得力を持たなかったのと同じである。もっともフーリエがその政治的ユートピア主義において、経済的創作の分野での燃えるような情熱的空想に立脚していたのに対して、アトランティクスのほうは、その政治的ユートピア主義の点ではけっして優るとも劣らないが、多少とも説得力のある世俗的で醒めた簿記術に立脚していた。

第二の前提が存在するためには、社会的階層分化の程度はどれぐらいでなければならないのか？　言いかえれば、プロレタリアートの相対的数はどれほどでなければならないのか？　人口の二分の一か、あるいは三分の二か、はたまた一〇分の九だろうか？

社会主義のこの第二の前提に関して抽象的な算術的枠組みを設定することは、まったく見込みのない試みであろう。何よりも、そのような図式主義にあっては、誰をプロレタリアートに含めるべきかという問題が持ち上がってくる。半プロレタリア・半農民の広範な階層を数に含めるべきだろうか？　また、都市プロレタリアの膨大な産業予備軍——彼らは、一方では乞食や泥棒のような寄生的プロレタリアートに移行しつつあり、他方では経済全体に対して寄生的な役割を果たしている小商人として都市の街頭を満たしている――はどうか？　この問題はけっしてそれほど簡単ではない。プロレタリアートの重要性は何よりも、大規模生産の中でそれが果たす役割にもとづいている。ブルジョアジーは、その政治的支配のための闘争において自らの経済力に依拠することができる。彼らは国家権力を自らの手中に掌握することに成功するよりも前に、その国の生産手段を自らの手に集中している。これこそが彼らの相対的重みを決定する。だが、プロレタリアートは、協同組合主義者たちの幻想に反して、社会主義革命にいたるまで生産手段を奪われたままである。プロレタリアートの社会的力は、ブルジョアジーの手中にある生産手段が彼らプロレタリアによってしか動かしえないことから生じる。ブルジョアジーの観点からすれば、プロレタリアートもまた生産手段の一つにすぎず、他の生産手段と結びついて、全体として一個の統一した機構を構成するにすぎないが、しかしプロレタリアートはこの機構の中で唯一自動的ではない部分であり、あらゆる努力を尽くしても、この部分を自動装置の状態にしてしまうことはできない。このような状況のおかげでプロレタリアートは、社会経済の正常な機能を自らの意志で部分的ないし全面的に停止させることができるのである（部分ストないしゼネスト）。

　このことから明らかなのは、人数は同じでもプロレタリアートの重要性はそれが動かしている生産力の規模が大きければ大きいほど高まるということである。たとえば、大工場のプロレタリアは――他の諸条件が等しいなら――手工業労働者よりも社会的重みが大きく、都市のプロレタリアは農村のプロレタリアよりも社会的重みが大きい。言いかえれば、プロレタリアートの政治的役割は、小規模生産に対する大規模生産の支配が、農業に対する工業の支配が、そして農村に対する都市の支配が大きくなればなるほど、それだけいっそう重要なものになるということである。

　ドイツやイギリスの歴史において両国のプロレタリアートが、現在ロシアのプロレタリアートが占めているのと同じ人口比を占めていた時代を取りあげてみるなら、当時における両国のプロレタリアートが、わが国の労働者階級が現在果たしているほどの役割を果たしていなかっただけでなく、その客観的意義からしてそうすることができなかったことがわかるだろう。

　これと同じことは、すでに見たように、都市の役割に関しても言える。ドイツの都市人口が今のわが国と同じ一五％しか占めていなかったとき、ドイツの都市が国の全般的な経済・政治生活において、わが国の都市に匹敵するような役割を果たしていたなどということはけっしてありえない。都市への巨大商工業施設の集中や、鉄道システムによる都市と地方との結合は、その単なる人口規模をはるかに越えた意義を都市に与えた。しかも、この意義は、都市の人口が増加するよりもずっと大きな割合で増大しつつあり、都市人口の増加そのものも人口全体の自然増を凌駕している…。一八四八年のイタリアにおいて、手工業者――プロレタリアだけでなく独立親方も含めて――の数は全人口の約一五%を占めていた。すなわち、今日のロシアにおいて手工業者とプロレタリアの占める割合を下回っていなかったが、イタリアの手工業者の果たした役割は、ロシアの工業プロレタリアートが現在果たしている役割とはおよそ比較にならないほど小さかった。

以上述べてきたことから明らかなのは、プロレタリアートが国家権力を奪取する瞬間までに彼らが全人口のうちどれだけの割合を占めていなければならないかをあらかじめ決定しようとするのは不毛な作業だということである。その代わり、先進諸国において現時点でプロレタリアートが人口のうち実際どれだけの割合をなしているのかを示すために、いくつかのおおよそのデータを挙げておこう。

一八九五年におけるドイツの就業人口は総計で二〇五〇万人であるが（軍人、国家公務員、定職に就いていない者は含まない)、そのうちプロレタリアートは一二五〇万人を占めており(農業・工業・商業の賃労働者、それに家内奉公人を含む)、本来の農業労働者と工業労働者は一〇七五万人であった。残りの八〇〇万人に関して言うと、そのかなりの部分は基本的にプロレタリアであった(家内工業従事者、家業に従事している家族構成員、など)。農業だけでも雇用労働者数は五七五万人に達していた。農業人口は国の全人口の約三六%を占めていた。これらの数字は、繰り返すが、一八九五年のものだ。その後の一一年間に議論の余地なく巨大な変化が起こった。全体として一つの方向をもった変化である。すなわち、農村人口に対する都市人口の比率が増大し(一八八二年には農村人口は全人口の四二%であった)、全人口に対するプロレタリアート全体の比率も増大し、農業プロレタリアートに対する工業プロレタリアートの比率も増大した。そして最後に、工業プロレタリア一人あたりの生産資本の量も一八九五年と比べて増大した。しかし、一八九五年のデータでさえ、ドイツのプロレタリアートがとっくに国の支配的な生産力であったことを示している。

人口七〇〇〇万のベルギーは純粋な工業国である。何らかの職業活動に従事している人一〇〇人につき、四一人は狭い意味での工業に従事しており、農業に従事しているトである。つまり約六〇％だ。他の階層からはっきり区別されるこのプロレタリアートに、それと近い関係にある他の社会分子を加えるならば、すなわち、形式上「独立している」が実際には資本に隷属している生産者や、下っ端の役人、兵士等々を加えれば、以上の数字はなおさら雄弁なものとなるだろう。

しかし、経済の工業化と住民のプロレタリア化という意味でトップを占めているのは間違いなくイギリスである。一九〇一年の時点で、農林水産業に従事している者の数が二三〇万だったのに対して、工業、商業、運輸業に従事している者の数は一二五〇万人に達していた。

このようにヨーロッパの主要諸国では、都市の住民はその数の点で農村の住民をはるかに上回っている。しかし都市住民の優位性は、それが表わす生産力の大きさにおいてだけでなく、その住民の質的構成においても、はるかに巨大なのである。都市は農村の最も活動的で有能で知的な分子を引き寄せる。このことを統計的に示すのは困難だが、都市住民と農村住民の年齢構成の違い――それはそれで独自の意義を有している――は、このことを間接的ながら裏づけるものである。たとえば一八九五年のドイツでは、八〇〇万人が農業生産に従事し、八〇〇万人が工業に従事していたとみなされている。しかし、住民を年齢階層別に分けるならば、一四歳から四〇歳までの最も労働能力のある年齢層は一〇〇万人だけ工業の方が農業よりも多いことがわかる。このことは、農村に残っているのが主として「年寄りと子供」だということを示している。

これまで検討してきたことの結果として、次のような結論に至ることができるだろう。経済の発展——工業の成長、大企業の成長、都市の成長、プロレタリアート一般、とくに工業プロレタリアートの成長——は、国家権力をめざすプロレタリアートの闘争の舞台のみならず、この権力を獲得するための舞台をもすでに準備していたということである。

（三）

さて次に社会主義の第三の前提に、すなわちプロレタリアートの独裁に移ろう。政治とは、客観的諸前提が主体的諸前提と交差する地平である。一定の技術的および社会経済的諸条件にもとづいて、階級は権力奪取という明確な課題を意識的に自己の前に立て、自己の勢力を団結させ、敵の力を測り、状況を評価する。

しかしながら、この第三の領域においてもプロレタリアートはけっして自由ではない。プロレタリアートは、意識性、準備の度合い、イニシアチブといった主体的諸契機——それらもまたそれ自身の発展論理を有している——とは別に、自己の政策遂行において、一連の客観的諸契機にぶつかる。支配階級の政策、現存する国家機関(軍隊、階級的学校、国教の教会)、国際関係、等々である。

最初に主体的契機について論じよう。すなわち社会主義革命に向けたプロレタリアートの準備の度合いについて見てみよう。

まずもって、技術の水準が社会主義経済を社会的な労働生産性の観点から見て有利なものにしたというだけでは不十分である。これは議論するまでもない。また、この技術にもとづいて発展する社会的階層分化がプロレタリアートを創出し、彼らをその人数や経済的役割の点で主たる階級にし、客観的に社会主義に利益を有するようにしたというだけでも不十分である。それらに加えて必要なのは、この階級が自らの客観的利害を意識していることである。必要なのは、自分たちにとって社会主義以外に活路がないことをプロレタリアートが理解していることであり、公然たる闘争の中で国家権力を獲得するに十分なだけの力量をもった軍勢に結集していることである。

現在、プロレタリアートのこのような準備が必要であることを否定するのは馬鹿げたことであろう。ただ古いブランキ主義者だけが、大衆から独立して形成された陰謀組織の救世主的イニシアチブに期待を寄せることができるし、あるいはその正反対物たる無政府主義者だけが、解決策を知らない大衆の自発的で自然発生的な爆発に期待を寄せることができるのである。それに対して社会民主党は、権力の獲得を革命的階級の意識的な行動として語る。

ところが、多くの社会主義イデオローグたち（この言葉の悪い意味でのイデオローグ。つまりいっさいを転倒させ頭で立たせる人々）は、社会主義に向けたプロレタリアートの準備というものを、プロレタリアートの道徳的刷新という意味で語っている。彼らは言う、プロレタリアートは、いやそれどころか一般に「人類」はあらかじめ、自らの古い利己主義的性質を払拭しておかなければならず、社会生活において利他主義的傾向が優位なものになっていなければならない、云々。しかし、現在われわれはまだそのような状態からほど遠いのだから、そして「人間性」というのはきわめてゆっくりとしか変化しないのだから、社会主義の到来は何世紀も先の話なのだ、と。このような見解は非常に現実主義的で、漸進主義的、等々に見える。しかし実際には、それはまるっきり陳腐な道徳主義的観念の産物なのである。

この種の議論は、社会主義的心理が社会主義の到来以前に習得されていなければならないことを前提している。言いかえれば、資本主義的関係にもとづいて大衆が社会主義的心理を身につけることが可能であるとの前提に立っている。その際、社会主義を自覚的に志向することと社会主義的心理とを混同してはならない。後者は、経済生活の領域における利己主義的傾向の消失を前提としているが、それに対して社会主義への志向と社会主義をめざす闘争とはプロレタリアートの階級的な心理から生じているのである。プロレタリアートの階級的心理と非階級的な社会主義的心理とのあいだにいかに多くの接点があるにしても、両者のあいだにはなお多くの深淵がある。搾取に反対する一致団結した闘争は労働者の心中に、理想主義や同志的連帯、個人的自己犠牲などの素晴らしい資質を芽生えさせるが、それと同時に、個々人の生存闘争や、ぽっかりと口を開けている貧困の罠、労働者自身の隊列における階層分化、蒙昧な大衆の下からの圧力、ブルジョア政党の堕落作用などは、これらの素晴らしい萌芽が最後まで発達するのを許さないのである。

だが重要なのは次の点だ。依然として小市民的な利己主義者であり、その「人間的」価値においてブルジョア階級の平均的代表者を越えていないような凡庸な労働者でさえ、実生活の経験から、自らの最も初歩的な願望やごく当然の要求でさえも資本主義体制の廃墟の上でしか満たされないと確信するにいたることである。

観念論者は、遠い未来の世代が社会主義にふさわしい存在となる事態を思い浮かべる。それは、キリスト教徒が最初の原始キリスト教の共同体の成員を思い浮かべるのとまったく同じである。

キリスト教の最初の帰依者たちの心理がどのようなものであったにせよ――共同体から財産を着服した例があったことは『使徒言行録』[9]から見て取れる――、いずれにしてもキリスト教は、その後しだいに普及するにつれて、全人民の魂を刷新しなかっただけでなく、自ら変質し、物欲にまみれ、官僚化し、兄弟的な導き手の地位から教皇制へと移行し、巡礼者の赤貧生活から修道院の寄生生活へと移行した。つまり、一言で言えば、キリスト教は、それが広まるにつれて、自分たちを取り巻く環境の社会的条件を自らに従属させなかっただけでなく、自らがそれに従属してしまったのである。そしてそれは、教父や伝道者たちが無能だったからだとか、彼らが貪欲だったからではなくて、人間の心理は労働と存在の社会的諸条件に依存するという抗しがたい法則の結果なのである。そして、教父や伝道者たちはこの依存関係をその身をもって示した。

社会主義が古い社会の枠内で新しい人間性をつくり出そうと思っているのだとしたら、それは道徳主義的ユートピアの新版になるだけだろう。社会主義が自らに設定する課題は、社会主義的心理を社会主義の前提としてつくり出すことではなく、社会主義的な生活諸条件を社会主義的心理の前提としてつくり出すことである。

訳注

（1）ロシコフ、ニコライ・アレクサンドロヴィチ（一八六八～一九二七）……ロシアの歴史家、社会学者。一九〇五年にロシア社会民主党に入党し、ボリシェヴィキに属し、一九〇七年の第五回大会で中央委員に。一九一一年までにメンシェヴィキに移行。一九二四年以降は政治活動から身を引き、研究活動に専念。

（2）トゥガン＝バラノフスキー、ミハイル・イワノヴィチ（一八六五～一九一九）……ロシアの経済学者。一八九〇年代にストルーヴェとともに合法マルクス主義を代表。一九〇五年革命後にブルジョア自由主義者に転向、カデットに入党。一九一八年、ウクライナのラーダ政府の蔵相。

（3）「ドイツのブルジョア革命はプロレタリア革命の直接の序曲になるほかない」（マルクス&エンゲルス『共産党宣言』、『マルクス・エンゲルス全集』第四巻、大月書店、五〇七頁）。

（4）ベラーズ、ジョン（一六五五～一七二五）……イギリスの初期社会主義者。クェーカー教徒。等労働交換を通じて貨幣のない世界を展望した。ロバート・オーウェンやプルードンの理論の先駆者。トロツキーはここでベラーズを下院議員としているが、実際には議員ではない立場で下院議会に自分の計画を提案した。

（5）バブーフの陰謀……一七九六年五月一〇日に、武装反乱を計画したとして、急進派のフランソワ・バブーフ（一七六〇～九七）が逮捕された事件。

（6）フーリエ、シャルル（一七七二～一八三七）……フランスの空想的社会主義者。商人の家に生まれ、父の遺産でヨーロッパ各地をめぐり、「ファランジュ」と名づけたユートピア的共同体を構想した。「ファランステール」はこの諸ファランジュの中心に位置する共同施設。

（7）アトランティクス……グスタフ・イェック（一八六六〜一九〇七）のペンネーム。一八九八年に『未来国家』（原題は『社会国家における生産と消費』）という著作を執筆し（カウツキーが序文を執筆）、その中で民族的に孤立したドイツの経済社会を描き出し、その経済の社会化を展望した。

（8）ビューロー、ベルンハルト・フォン（一八四九〜一九二九）……ドイツの反動政治家、外交官。一八七六年に各国に駐在し、一八九三年、ローマ駐在大使。一八九七年に外相。一九〇〇〜〇九年、ドイツ帝国宰相、プロイセン首相。ヴィルヘルム二世の帝国主義政策を積極的に推進。

（9）『使徒言行録』……新約聖書の一部。「使徒行伝《ぎょうでん》」とも言う。キリスト教の最初期の様子を、主として二人の使徒ペテロとパウロの活躍を中心に描いたもの。

第八章　ロシアにおける労働者政府と社会主義

先に示したように、社会主義革命の客観的諸前提は、先進資本主義諸国の経済発展によってすでにつくり出されている。しかし、この点に関してロシアはどうか？　それについて何を語ることができるだろうか？　ロシア・プロレタリアートの手中に権力が移行することは、わが国の国民経済を社会主義の原理にもとづいて改造する端緒になると期待することができるだろうか？

一年前にわれわれはこれらの問題に、わが党の両分派〔ボリシェヴィキとメンシェヴィキ〕の機関紙から激しい砲火を浴びることになった論文の中で、次のように答えている。

パリの労働者はコミューンに奇跡を求めはしなかった、とマルクスは言う。今日においても、プロレタリアートの独裁に即座の奇跡を期待することはできない。国家権力は全能ではない。プロレタリアートが権力を獲得しさえすれば、いくつかの布告を出すことで資本主義を社会主義に置きかえることができるだろうと考えるのは馬鹿げている。経済体制は国家活動の産物ではない。プロレタリアートにできることはただ、できるだけ精力的に国家権力を用いて、集産主義に向けた経済的進化の道を容易にし短縮することだけである。

プロレタリアートは、いわゆる最小限綱領に含まれる諸改革から始めて、そこから直接に、自らの置かれている状況の論理そのものによって、集産主義的措置をとることへと移行せざるをえないだろう。八時間労働制や高度に累進的な所得税制を導入することは比較的簡単な仕事である。もっとも、この場合でも重心は、「法令」を発布することにあるのではなく、それを実際に実施すること、それを組織することにある。しかし主たる困難は——そしてここにおいてまさに集産主義への移行が起こるのだ!——、これらの法令の発布に対する回答として工場主が工場を閉鎖したときに、それらの工場において国家の責任で生産を組織することである。

相続権の廃止に関する法律を発布し、この法律を実地に執行することもまた、比較的簡単な仕事である。また、貨幣資本の形態をとった財産を引き継ぐことは、プロレタリアートに困難をもたらすものではないし、その経済に負担をかけることもない。ところが、農業資本や工業資本を受け継ぐことは、労働者国家にとって、社会的な規模で経済の組織化を引き受けることを意味する。

有償ないし無償での収用についても、同じことが、しかもより大きな程度で言われなければならない。有償での収用は政治的には有利だが、財政的には困難であり、無償での収用は財政的には有利でも、政治的には困難である。しかしいずれの困難よりも、経済を組織する困難の方がはるかに大きい。

繰り返すが、プロレタリアートの政府は奇跡の政府を意味しない。

生産の社会化は困難の最も小さい部門から着手される。最初の時期、社会化された生産はオアシスのような存在であって、商品流通の法則によって私的経営の諸企業と結びついたままである。社会化された経営に包含される領域が広くなればなるほど、その有利さはよりいっそう明瞭になり、新しい政治体制はよりいっそう強固になったと感じ、プロレタリアートのその後の経済的措置はよりいっそう大胆なものとなるであろう。これらの措置を実施するにあたって、プロレタリアートは国内の生産力だけでなく、国際的な技術にも依拠することができるし、依拠するだろう。それはちょうど、プロレタリアートがその革命政策を実行するにあたって、国内の階級関係の経験だけでなく、国際プロレタリアートの全歴史的経験にも依拠するのと同じである(1)。

プロレタリアートの政治的支配はその経済的隷属と両立しない。プロレタリアートは、いかなる政治的旗のもとに権力に就いたとしても、社会主義的政策の道に足を踏み出さざるをえない。プロレタリアートは、ブルジョア革命の内的な発展力学によって国家支配の高みにまでのぼった。そのプロレタリアートがあたかも、そう望みさえすれば、その使命をブルジョアジーの社会的支配のための共和主義的・民主主義的条件を創出することに限定することができるかのように考えるのは、最大級のユートピアである。プロレタリアートの政治的支配は、たとえそれが一時的なものであろうと、資本の抵抗を著しく弱め——なぜなら資本は国家権力による支援を常に必要としているから——、プロレタリアートの経済闘争に巨大な規模を与えるだろう。労働者は革命政権にストライキ参加者への支援を要求せざるをえないし、プロレタリアートに依拠している政府はそのような支援を拒否することはできない。しかし、このことは、労働予備軍の作用を麻痺させ、労働者を政治の領域だけでなく経済の領域でも主人たらしめ、生産手段の私的所有を一個の虚構に転化させることを意味する。これらはプロレタリアート独裁の不可避的な社会的・経済的帰結であり、そうした帰結はただちに、すなわち、政治体制の民主化が完了するよりもずっと以前に現われるであろう。

かくして、「最大限」綱領と「最小限」綱領とを分かつ境界は、プロレタリアートが権力に就くやいなや消滅するのである。

プロレタリア体制が最初の時期にしなければならないことは、農業問題の解決に取り組むことである。この問題は、ロシアの膨大な住民大衆の運命をめぐる問題と結びついている。この問題の解決にあたって、他のすべての問題と同様、プロレタリアートはその経済政策の基本的方向性を指針とするだろう。すなわち、社会主義経済を組織するためのできるだけ大きな領域を確保することである。ただしその際、農業問題におけるこの政策の形態とテンポは、プロレタリアートが利用しうる物質的資源によって規定され、また、同盟者となりうる相手を反革命の陣営に追いやらぬよう配慮して行動する必要性によっても規定される。

言うまでもなく、農業問題、すなわち農業とその社会的諸関係の運命をめぐる問題は、土地問題、すなわち土地所有の形態をめぐる問題に尽きるものではけっしてない。しかし疑いもなく、土地問題の解決は、それによって必ず農業が成長するとまでは言えないにしても、プロレタリアートの農業政策をあらかじめ規定するであろう。言いかえれば、プロレタリア体制が土地に関して行なうことは、農業の発展過程とその諸要求に対するプロレタリア体制の基本姿勢と結びついていなければならないということである。それゆえ土地問題は第一義的なものになるのだ。

社会革命党（エスエル）が提起した解決策の一つは、申し分なく大衆受けするとはとうてい言えない代物である。すべての土地の社会化がそれだ。ヨーロッパ的装いを剝ぎとってしまえば、それは、「土地の均等用益」ないし「土地の総割替[2]」以外の何ものでもない。土地の均等な再分割〔割替〕という綱領は要するに、すべての土地を——私有地全般だけでなく、また農民の私有地だけでもなくて、共同の土地を も——収用することを前提としている。このような土地収用が、いまだ商品資本主義関係が完全に支配しているもとで新体制の最初の措置として実施されることに注意を払うならば、この収用の最初の「犠牲者」となるのは、より正確に言えば、そのように感じるのは、農民自身であることがわかるだろう。農民が分与地を自分たちの私有財産にするために数十年間にわたって買戻金を支払ってきたことを念頭に置くならば、そしてまた、比較的裕福な個々の農民がまぎれもなく、まだ生存している世代によって払われた多大な犠牲のおかげで広大な面積の土地を財産として獲得したことを念頭に置くならば、共同地や小私有地を国有財産として収用したりすれば、どれほどの抵抗を引き起こすことか！　これは容易に想像のつくところだ。このような道を進むならば、新体制は膨大な農民大衆を自らに敵対させることから開始することになるだろう。

何のために共同地や小私有地を国有財産に転化するのか？　現在はまだ土地を持っていない農民や農業労働者《バトラーク》を含むすべての土地耕作者に、あれこれの方法で土地の「均等」な経済的利用を享受する権利を認めるためである。したがって新体制は、小私有地や共同地を収用しても、経済面では何の利益も得ないであろう。なぜなら、再分割後も、国有地や公有地は私的経営の耕作に付されるだろうからである。他方、政治面では、新体制はとてつもない失策を犯すことになるであろう。なぜなら、そのような政策はただちに農民大衆を、革命政策の指導者としての都市プロレタリアートに敵対的に対立させることになるからである。

それだけではない。土地の均等な再分配は、賃労働の使用を立法的に禁止することを前提としている。賃労働の廃絶は経済的諸改革の結果として可能であるし、またそうでなければならないが、前もって法的な禁止措置で実現することはできない。農業資本家に労働者の雇用を禁止するだけでは不十分であり、土地を持たない農業労働者の生存の可能性が、しかも社会的・経済的観点からしてまっとうなレベルの生存の可能性があらかじめ保障されていなければならない。ところが、土地の均等用益という綱領にあっては、賃労働の使用を禁止することは、一方では、土地を持たない農場労働者に対して、土地の断片にしがみついて食べていくよう義務づけることを意味し、他方、国家に対しては、彼ら農業労働者の社会的に非合理的な生産のために必要な役畜や農具を提供するよう義務づけることを意味する。

言うまでもなく、農業の組織化に向けたプロレタリアートの介入は、ばらばらな耕作者をばらばらな土地の断片に縛りつけることから始まるのではなく、国家ないし自治体の手によって大地主の領地を没収することから始まる。そのような社会化された生産がしっかり確立されるという条件があってはじめて、賃労働を廃止することによって社会化の過程のさらなる進展が可能になるのである。このことによって小規模な資本主義的農業は不可能になるだろうが、自給自足的ないし半自給自足的な経営の余地はまだ残っている。このような小経営の強制的収用はけっして社会主義プロレタリアートの計画には入っていない。

いずれにせよ、プロレタリアートは「均等な再分配」の綱領を指針として受け入れることはけっしてできない。この綱領は、一方では小所有者の無目的で純粋に形式的な収奪を前提とし、他方では大地主の土地を小部分へと実際に細分化することを要求する。このような政策は、経済的に見て直接的に浪費であり、その基礎には、反動的・ユートピア主義的企図が隠されており、そして何よりも政治的に革命党を弱めるものであろう。

＊　＊　＊

しかし、ロシアの経済的諸条件のもとで、労働者階級の社会主義的政策をどこまで押し進めることができるのだろうか？　次のことだけは確信をもって言うことができる。それは国の技術的後進性につまずくよりもずっと以前に、政治的障害にぶつかるであろう。ヨーロッパ・プロレタリアートの直接的な国家的支持なしには、ロシアの労働者階級は権力にとどまることはできないし、その一時的支配を長期的な社会主義的独裁に転化することもできない。この点に関しては一瞬たりとも疑う余地はない。しかし他方では次のことも疑うことはできない。西方における社会主義革命は、われわれが労働者階級の一時的支配を直接に社会主義的独裁に転化することを可能にするだろう。

一九〇四年に、カウツキーは社会発展の展望について論じ、ロシアにおいて近い将来に革命が起こりうる可能性を考慮して、次のように書いた。

ロシアにおける革命はただちに社会主義体制を樹立することはできない。そのためにはこの国の経済的諸条件はまだとうてい成熟していない。

しかし、ロシア革命は他のヨーロッパ諸国のプロレタリア運動に強力な刺激を与えるにちがいなく、それによって燃え上がる闘争の結果、プロレタリアートはドイツにおいて支配的な地位を占めるかもしれない。

このような結果は――とカウツキーは続ける――全ヨーロッパに影響を及ぼし、それは西ヨーロッパにおけるプロレタリアートの政治的支配を引き起こし、東ヨーロッパのプロレタリアートに対して、その発展段階を短縮し、ドイツの例にならって社会主義制度を人為的に創出する可能性を与えるにちがいない。全体と

> しての社会は個々の発展段階を人為的に飛び越えることはできないが、しかし、個々の構成部分にとっては可能である。その構成部分は、自らの立ち遅れている発展を先進諸国を模倣することによって加速させ、さらには、そのおかげで発展の先頭にさえ立つことができる。なぜなら、これらの国は、より古い諸国民が引きずっているような伝統の重荷を背負わされていないからである。……こうしたことは起こりうるが――とカウツキーはさらに書いている――、すでに述べたように、ここにおいてわれわれはすでに、これまで検討に付してきた必然性の領域を越え出て、可能性の領域にすでに入っている。それゆえ事態はまったく違ったようにも起こりうる。[3]＊

＊原注　Ｋ・カウツキー『革命の展望』、キエフ、一九〇六年。

このドイツ社会民主党の理論家が先の文章を執筆したのは、彼にとっては、革命がロシアと西方のどちらで早く起こるのかがまだ問題であったときのことである。その後、ロシアのプロレタリアートは、最も楽観主義的な気分のロシア社会民主党員でさえも予想だにしなかったような巨大な力を発揮した。ロシア革命の進路はその基本線において明確となった。二、三年前には可能性であったこと、あるいはそう思われていたことが、差し迫った蓋然性になった。そしてあらゆることが、この蓋然性が必然性になろうとしていることを物語っている。

訳注

（1）トロツキー「マルクス『フランスにおける内乱』序文」、『わが第一革命』現代思潮社、二八三～二八四頁。

（2）「土地の総割替」……土地の優劣その他の理由によって農民間の富の格差が生じないよう、定期的に土地を均等に再分割し、農民のあいだに割り当てること。

（3）カウツキー「革命のさまざまな可能性」、『第二インターとヨーロッパ革命』紀伊國屋書店、一六一～一六三頁。

第九章　ヨーロッパと革命

一九〇五年六月、われわれは次のように書いた。

一八四八年以来、半世紀以上が過ぎた。資本主義が全世界を絶え間なく征服した半世紀、ブルジョア的反動勢力と封建的反動勢力とが「有機的」に相互順応してきた半世紀、ブルジョアジーが自らの狂暴な支配欲と、自らのために狂暴に闘う姿勢を露わにしてきた半世紀が！

夢想家の機械工が永久運動する機械を追い求めて次々と新たな障害にぶつかっては、それを克服しようとして次々と機械装置を積み上げていくのと同じように、ブルジョアジーは、自らに敵対する勢力との「法の外の」衝突を避けようとして、自らの支配機構を修正し改造してきた。しかし独学の機械工が、結局はエネルギー保存の法則という克服不可能な障害にぶつかるのと同じように、ブルジョアジーは、階級対立という最後の頑強な障害物にぶつかるにちがいない。それは不可避的に公然たる衝突によって解決されるだろう。

自らの経営様式と交通様式をすべての国々に押しつけながら、資本主義は全世界を一個の経済的・政治的有機体に転化した。現代の信用システムは、何千という企業を目に見えない糸で結び合わせ、資本に驚くべき流動性を与えることによって、一方では多くの小規模な部分的破綻を回避しながらも、しかし同時に、全般的な経済恐慌を未曽有の規模にしている。それと同じく、資本主義のすべての経済的・政治的営為、その世界貿易、その途方もない国家債務のシステム、諸国家の政治的集団化、等々は、全反動勢力を一個の全世界的な株式会社へと結合することによって、すべての部分的な政治的危機に対処しえるようになっただけではなく、前代未聞の規模の社会的危機を引き起こす基盤をも準備した。あらゆる病的過程を内部に押し込み、あらゆる困難を回避し、国内政治および国際政治のあらゆる深刻な諸問題を先送りし、すべての矛盾を取り繕うことによって、ブルジョアジーはクライマックスの到来を遠ざけたのだが、まさにそのことによって、自らの支配の根本的で世界的な清算をも準備した。ブルジョアジーは、あらゆる反動勢力に、その起源を問うこともなく貪欲にしがみついた。ローマ教皇もスルタンも彼らの最後の友ではなかった。彼らは清の皇帝とは「友情」の絆を結ばなかったが、それは単に彼に力がなかったからにすぎない。ブルジョアジーにとっては、清の皇帝の領土を奪い取ることのほうが、彼を世界の憲兵の地位に就けて自分の金庫からの出費で養うよりも有利だったのである。こうして世界ブルジョアジーは、自らの国家システムの安定性を、前ブルジョア的な反動の砦の安定性に深く依存させてきたのである。

このことは、最初から、現在展開されている諸事件に国際的性格を与え、きわめて広大な展望を切り開く。すなわち、ロシアの労働者階級によって指導される政治的解放は、この指導者を歴史上未曽有の高みにまでのぼらせ、その手に巨大な力と手段をゆだね、資本主義の世界的清算——そのすべての客観的諸条件は歴史によってすでにつくり出されている——の主導者たらしめるだろう。(1)*

＊原注　F・ラサール『陪審裁判演説』（モロト社刊〔一九〇五年〕）への私の序文を参照。

ロシアのプロレタリアートは、一時的に権力をその手中に握ったならば、自分自身のイニシアチブでヨーロッパの土壌に革命を持ち込もうとしなくても、ヨーロッパの封建的・ブルジョア的反動によって、そうすることを余儀なくされるだろう。もちろん、ロシアの革命が古い資本主義ヨーロッパにどのように波及するのか、その経路を今から確定しようとするのは無益なことである。かかる経路はまったく予期しないものになるだろう。ここでは、予言としてではなく、むしろわれわれの考えを例証するために、革命的東方と革命的西方との結節点としてのポーランドについて論じよう。

ロシアにおける革命の勝利は、必然的に、ポーランドにおける革命の勝利を意味する。ロシア領ポーランド一〇県における革命的体制は、不可避的にガリツィアとポズナン[2]を決起させるだろう。このことは想像にかたくない。ホーエンツォレルン家の政府［ドイツ］とハプスブルク家の政府［オーストリア］はこれに応じて、ポーランドとの国境へ軍隊を集結させるだろう。ついで、敵をその中心地ワルシャワで粉砕するために、国境を越えるであろう。明らかに、ロシア革命は自らの西方の前衛たるポーランドをプロイセン・オーストリア軍の手中に委ねることはできない。ヴィルヘルム二世とフランツ・ヨーゼフ(3)の両政府に対する戦争は、そのような条件のもとでは、ロシアの革命政府にとって自己保存の法則になるだろう。そのとき、ドイツとオーストリアのプロレタリアートはどのような態度を取るだろうか？　明らかに、彼らは自国の軍隊が反革命十字軍として進軍するのをおとなしく傍観していることはできない。革命ロシアに対する封建的・ブルジョア的ドイツの戦争は、不可避的にドイツにおけるプロレタリア革命を意味するだろう。このような主張があまりにも断定的だと思う人は、ドイツの労働者とドイツの反動勢力とを公然たる力の試し合いに押しやるのをもっと可能にするような他の歴史的事件を示してみたらよい。

わが国の一〇月内閣(4)が突如としてポーランドにおける戦時戒厳令を宣言したとき、これはベルリンからの直接の指示にもとづいてなされたのだという、はなはだもっともらしい噂が広まった。国会解散の前夜には、政府系の新聞は一種の恫喝として以下のように報道した。ベルリンとウィーンの両政府が、ロシアの内紛を鎮圧することを目的としてロシアの内政に武力干渉することを交渉しあっている、と。その後、内閣はこの報道を否定したが、この報道が引き起こした衝撃的印象を拭い去ることはできなかった。隣接するこれら三つの国の宮廷の中で、血なまぐさい反革命的制裁が準備されているのは明らかだった。だが、そうでないわけがあろうか？　革命の炎が自国の領土の国境に燃え広がりつつあるのを、隣接する半封建的な君主制がただ受動的に眺めているなどということがありえようか？

いまだ勝利するにはほど遠かったにもかかわらず、ロシア革命はポーランドを通じてすでにガリツィアに反響を及ぼすことができた。今年の五月、リヴォフ[5]におけるポーランド社会民主党大会の席上、ダシンスキ[6]はこう叫んだ。

現在ガリツィアで起こっていることを、誰が一年前に予見しえたろうか！　オーストリア全体を驚愕させたこの壮大な農民運動を！　ズバラジ[7]は地方議会の副長官に社会民主党員を選出した。農民たちは、農民向けの社会主義的・革命的新聞を編集し、それを『赤旗』と名づけ、三万人の農民集会を開催し、赤旗を掲げ革命歌を歌いながら、今まであれほど静かで無関心だったガリツィアの村々を練り歩いた。……これらの貧農たちのところにロシアから土地の国有化という叫び声が届いたら、いったいどうなることだろう！

二年以上も前、カウツキーはポーランドの社会主義者ルスニア[8]との論争の中で、今やすでにロシアを、ポーランドの足にくくりつけられた鉄球とみなすことはできないし、またポーランドを、モスクワの野蛮国のステップに食い込んだ革命的ヨーロッパの東方分遣隊とみなすこともできない、と指摘した。ロシア革命が発展し勝利した場合、カウツキーの言葉によれば、「ポーランド問題は再び先鋭化するであろう。しかし、ルスニアが考えているような意味においてではない。ポーランドはその矛先をロシアにではなく、オーストリアとドイツに向けるだろう。そして、ポーランドが革命の大義に奉仕するかぎりでは、それがなすべきことは、ロシアから革命を防衛することではなく、革命をロシアからオーストリアとドイツに持ち込むことであろう[9]」。この予言は現在、カウツキー自身が当時考えていたよりもはるかに実現に近づいている。

しかし、革命ポーランドはヨーロッパ革命のけっして唯一可能な出発点ではない。すでに述べたように、ブルジョアジーはこの数十年間、国内政策においてのみならず対外政策においても、何らかの複雑で先鋭な諸問題を解決することを系統的に避けてきた。膨大な人民大衆を軍務につけながらも、ブルジョア諸政府は、国際政治の錯綜した諸問題を剣で切断するだけの決断力を有していない。何十万もの人々を戦火の中に送り出すことができるのは、自らの死活にかかわる利益を侵害された国民の支持を自己の背後に感じることのできる政府か、それとも、足もとの地盤をすっかり失って、絶望的な蛮勇にとりつかれた政府のどちらかである。現代における政治文化と軍事技術の諸条件においては、そして普通選挙権と一般的兵役義務という条件においては、二つの国民を相互に正面衝突させることができるのは、深い確信かあるいは無分別な興奮だけである。

一八七〇年の普仏戦争において、一方に見出されたのは、ドイツのプロイセン化のために、したがってともかくもドイツの民族的統一——どのドイツ国民も自分たちの初歩的要求であると感じていたもの——のために闘うビスマルクであり、他方に見出されたのは、傲岸で無力で自国の国民にも軽蔑され、一年でも長く命脈を結果的に維持できるのならどんな冒険にでも手を出そうとしていたナポレオン三世(10)の政府であった。日露戦争でも同じような役回りの配置が見られた。一方には、東アジアに対する自国資本の支配のために闘争しつつも、強力な革命的プロレタリアートにはまだ直面していなかった天皇《ミカド》の政府、他方には、対外的勝利によって自らの国内的敗北を埋め合わせようとしていた時代遅れのロシア専制政府であった。

古い資本主義諸国には、支配的ブルジョアジーが担い手になりうるような「国民的」要求、すなわち全体としてのブルジョア社会の要求はもはや存在しない。イギリス、フランス、ドイツ、オーストリアといった政府はすでに国民戦争［民族戦争］を遂行する能力がない。人民大衆の死活の要求や被抑圧民族の利益、隣国の野蛮な国内政策などは、どのブルジョア諸政府をも戦争の道に――この場合それは解放的な、したがって国民的な性格を帯びることになる――駆り立てることはできない。他方で、あれこれの政府がかくも頻繁に全世界の目の前で軍靴を踏み鳴らし銃剣を研いでいるのは、資本主義的略奪の利益にもとづいてのことであって、このような利益はおよそ人民大衆の中に共感の反響を呼び起こすことはできない。かくしてブルジョアジーは国民戦争を引き起こしたり遂行したりすることができないし、あるいはそうすることを望まないのである。今日の状況のもとで、反国民的な戦争がどんな結果をもたらすかは、最近の二つの経験、すなわち、一方における南アフリカでの経験［ボーア戦争］と、他方における東アジアでの経験［日露戦争］が示したところである。

イギリス国内で帝国主義的保守主義がこうむった手痛い敗北[11]は、ボーア戦争[12]を一つの遠因としている。帝国主義政策がもたらしたもう一つの結果、イギリス・ブルジョアジーにとってははるかに重大で脅威となる結果は、イギリス・プロレタリアートの政治的自己決定が生じたことであり、それは、いったん開始されれば、巨人の歩みで前進するだろう。日露戦争がペテルブルク政府にどのような結果をもたらしたかは指摘するまでもない。しかし、たとえこの二つの最近の経験がなくても、ヨーロッパの諸政府は、プロレタリアートが自立するようになって以来、プロレタリアートを戦争か革命かという二者択一《ジレンマ》の前に立たせる事態になるのをますます恐れるようになっている。まさにプロレタリアートの反乱に対するこの恐れゆえにこそ、ブルジョア諸政党は途方もない巨額の軍事支出に賛成票を投じながら、平和を支持するとの厳粛な宣言をしたり、国際仲裁裁判所や挙句の果てはヨーロッパ合衆国の形成さえ夢想しているのだ。だが、言うまでもなく、そうした惨めな宣言によっては、国家間の対立関係も武力衝突もなくすことはできはしない。

普仏戦争後にヨーロッパに確立された武装平和は、ヨーロッパにおける力の均衡体制にもとづいていた。この体制は、トルコの不可侵、ポーランドの分割、多民族的つぎはぎ衣装のごときオーストリア帝国の維持を前提とするだけでなく、ヨーロッパ反動の完全武装した憲兵の役割を果たしているロシア専制の存続をも前提とするものであった。日露戦争は、ツァーリ専制を頂点とするこの人為的に維持されてきた体制に厳しい打撃を与えた。ロシアは、列強間のいわゆる協調体制から当分のあいだ脱落することになった。他方、日本の勝利は、資本主義ブルジョアジーの――とりわけ、現代政治において巨大な役割を果たしている証券取引所の――略奪本能を激しく掻きたてた。ヨーロッパ地域における戦争の可能性は途方もなく高まった。ここかしこで一触即発の状態になっており、今日までは何とか外交的手段によって調停されてきたにしても、明日には何の保証もない。だが、ヨーロッパ戦争は不可避的にヨーロッパ革命を意味するだろう。

日露戦争の時期すでに、フランス社会党は声明を発して、もしフランス政府がロシア専制に味方して戦争に介入するなら、党はプロレタリアートに、蜂起にまでいたる最も断固たる措置をとるよう呼びかけるであろうと宣言した。一九〇六年三月、モロッコをめぐってフランスとドイツが衝突寸前までいったとき、国際社会主義ビューロー〔第二インターナショナル事務局〕は、戦争の危機に際しては、「インターナショナルのすべての社会主義政党と組織された労働者階級全体に向けて、戦争を阻止し即時停止させるための最も有効な行動方法を確立する」との決議を採択した。もちろんこれは単なる決議にすぎない。その現実の意義を検証するためには戦争そのものが必要である。ブルジョアジーの側にはこの実験を避けるあらゆる根拠がある。しかし、ブルジョアジーにとっては不幸なことに、国際関係の論理は外交官の論理よりも強力なのだ。

ロシアの国家的破産が、ぐずぐずと延命しつづけた官僚制の主人たちによって引き起こされようと、あるいはまた、旧体制の罪業の尻ぬぐいをするつもりのない革命政府によって宣言されようと、この破産は恐るべき衝撃となって、「ロシアに莫大な資金を貸し付けている」フランスに反響するだろう。現在フランスの政治的運命を担っている急進党はその権力といっしょに、資本の利益に対する配慮をはじめとするあらゆる現状維持機能をも引き受けるにいたった。したがって、ロシアの破産によって引き起こされる金融恐慌が、ただちにフランスにおける先鋭な政治的危機に転化すると想定する十分な根拠がある。そしてこの政治的危機は、プロレタリアートの手に権力が移行することによってしか終結しえないだろう。いずれにしても――革命ポーランドを媒介として、あるいはヨーロッパ戦争の帰結として、あるいはまたロシアの国家的破産の結果として――革命は古い資本主義ヨーロッパの地に飛び火するであろう。

しかし、戦争や破産といった事件の外的圧力がなくとも、ヨーロッパ諸国のどこか一つで、階級闘争の極度の先鋭化の結果として、ごく近い将来に革命が起こるかもしれない。ヨーロッパ諸国のうちのどの国が最初に革命の道に足を踏みだすのか、われわれはここでその予想を立てるつもりはない。だが、一つのことだけは疑いない。この数年間に、あらゆる国で階級対立がその緊張の度合いを著しく高めたことである。

ドイツでは、半絶対主義的憲法の枠内で社会民主党が巨大な成長を遂げたが、このことは、鉄の必然性をもって、プロレタリアートを封建的・ブルジョア的君主制との公然たる衝突へと導くであろう。クーデターに対してゼネストで対抗するという問題は、この数年来ドイツ・プロレタリアートの政治生活の中心問題となっている。

フランスでは、プロレタリアートは、民族主義および教権主義との闘争においてブルジョア諸政党と協力しあう必要性から、長期にわたってその手を縛られてきたが、急進党に権力が移行したことによって、プロレタリアートの手は決定的に解き放たれた。そして今では、四度の革命(13)という不滅の伝統を有した社会主義プロレタリアートと、急進主義という党派的仮面をかぶった保守的ブルジョアジーとが、正面から対峙している。

イギリスでは、まる一世紀にわたって二つのブルジョア政党〔自由党と保守党〕が規則的に議会主義的シーソーゲームを繰り広げてきたが、ごく最近になって、一連の原因に影響されてプロレタリアートの政治的自立化の過程が始まった。ドイツではこの過程に四〇年を要したが、強力な労働組合と豊かな経済闘争の経験をもつイギリスの労働者階級は、数度の跳躍で大陸の社会主義的軍勢に追いつくかもしれない。ロシア革命がヨーロッパ・プロレタリアートに与える影響は巨大なものになろう。ロシア革命は、ヨーロッパ反動の支柱であるペテルブルクの絶対主義を粉砕するだけでなく、それに加えて、ヨーロッパの労働者階級の意識と気分の中に、革命の不可欠の前提条件をつくり出すだろう。

社会主義政党の課題は、ちょうど資本主義の発展が社会関係を革命的に変革したように、労働者階級の意識を革命的に変革することにあったし、今もそうである。しかし、プロレタリアートの隊列内でのアジテーションと組織化の活動は、それ自身の内的惰性を有している。ヨーロッパの社会主義諸政党――そして何よりもその中で最も強力なドイツの党――は、それ自身の保守主義をつくり出し、それは、社会主義がより多くの大衆をとらえればとらえるほど、またこの大衆の組織性と規律性が高まれば高まるほど、強力になっていった。それゆえ、プロレタリアートの政治的経験を体現する組織であるはずの社会民主党が、ある一定の時点において、労働者とブルジョア的反動との公然たる衝突の途上に立ちはだかる直接の障害物となるかもしれない。言いかえれば、プロレタリア政党のプロパガンダ中心の保守主義は、ある一定の時点において、権力をめざすプロレタリアートの直接的闘争を妨げるかもしれない。だがロシア革命の巨大な影響力は、党の旧習墨守に打撃を与え、保守主義を破壊し、プロレタリアートと資本主義的反動との公然たる力の試し合いを日程にのぼせる点にこそある。オーストリア、ザクセン、プロイセンにおける普通選挙権のための闘争は、ロシアの十月ストライキの直接的影響のもとで先鋭化した。東方の革命は西方のプロレタリアートに革命的理想主義を感染させ、「ロシア語で」敵と語りたいという願望を彼らの中に生じさせるだろう。

　ロシアのプロレタリアートは、たとえわが国のブルジョア革命の一時的な状況の組み合わせの結果としてであれ、権力にいったん就いたならば、世界的反動の側からの組織的敵対と、世界プロレタリアートの側からの組織的支持とに直面するであろう。

ロシアの労働者階級は、それ自身の力だけに委ねられるなら、農民が彼らから離反した瞬間に反革命によって不可避的に粉砕されてしまうだろう。彼らに残されているのは、自らの政治的支配の運命を、したがってまたロシア革命全体の運命を、ヨーロッパにおける社会主義革命の運命に結びつけることだけである。ロシアの労働者階級は、ロシア・ブルジョア革命の一時的な状況の組み合わせによって与えられた巨大な国家的・政治的力を、全資本主義世界に対する階級闘争の秤皿に投げ入れるだろう。国家権力を手にしたロシアの労働者階級は、後方から［国内の］反革命に、前方からヨーロッパ反動に囲まれて、全世界に昔ながらの訴えを発する。そして今回それは最後の攻撃のための鬨《とき》の声になるだろう。万国のプロ、レ、タ、リ、ア、団、結、せ、よ、!。

訳注

（1）トロツキー「ラサール『陪審裁判演説』序文」『トロツキー研究』第四七号、二〇〇五年、一九六～一九七頁。

（2）ガリツィアとポズナン……両地域ともともとポーランド王国の一部だったが、列強による数次にわたるポーランド分割の結果、ガリツィアはオーストリア帝国領になり、ポズナンはドイツ帝国領になった。第一次世界大戦後、ソ連・ポーランド戦争の結果、ガリツィア全域がポーランド領になったが、第二次世界大戦後に東ガリツィアがソ連に編入され、ソ連崩壊後はウクライナの一部となった。ポズナン（ポズナニ）は第一次世界大戦後にポーランド領に復帰。

（3）フランツ・ヨーゼフ一世（一八三〇～一九一六）……オーストリア皇帝（在位一八四八～一九一六）、ハンガリー国王（在位一八六七～一九一六）。一八四八年革命によってフェルディナンド一世が退位に追い込まれたあとを受けてオーストリア皇帝に。ツァーリの軍隊の支援のもとに革命を弾圧。一八六七年にハンガリーと結んでオーストリア＝ハンガリー帝国を形成。

（4）一〇月内閣……一九〇五年一〇月一七日宣言をもって成立した新しい内閣、ヴィッテ＝ドゥルノヴォー内閣のこと。

（5）リヴォフ……現在は西ウクライナの都市で、ウクライナ語で「リヴィウ」。第一次ポーランド分割まではポーランド王国に属し、その後、オーストリア帝国領に。第二次世界大戦後にソ連に編入され、ソ連崩壊後はウクライナに属する。

（6）ダシンスキ、イグナチィ（一八六六～一九三六）……ポーランドの民族社会主義者。オーストリア領ガリツィアにおける社会民主党の創設者。ポーランドの独立問題をめぐってローザ・ルクセンブルクと対立。第一次世界大戦中は、ピウスツキと協力して民族独立運動を指導。

(7)ズバラジ……現在は西ウクライナの都市で、ガリツィアと呼ばれていた歴史的地域に属している。かつてはポーランド王国の一部だったが、第一次ポーランド分割によってオーストリア領になった。第一次世界大戦後、ポーランド共和国に編入されたが、第二次世界大戦後にソ連に編入され、ソ連崩壊後はウクライナの一部。

(8)ルスニア、ミシャル(一八七二～一九〇五)……カズミエルス・ケレス＝クラウスのペンネームで、ポーランド社会党の理論家。

(9)前掲カウツキー「革命のさまざまな可能性」、一六二頁。

(10)ナポレオン三世(一八〇八～七三)……ナポレオン一世の甥で、本名はシャルル・ルイ＝ナポレオン・ボナパルト。一八五一年にクーデターを起こして実権を握り、一八五二年にフランス皇帝になるが、普仏戦争に敗れて没落。イギリスで死去。

(11)「手痛い敗北」……一九〇六年のイギリス総選挙において保守党は党首のバルフォアまでが落選するほどの歴史的惨敗を喫した。保守党は一九一四年の第一次世界大戦勃発によって成立した挙国一致内閣に入閣するまで野党にとどまった。
（12）ボーア戦争……南アフリカの支配権をめぐるイギリス軍とオランダ系の植民者（ボーア人）とのあいだで二度にわたって行なわれた戦争。ここでは、一八九九～一九〇二年に戦われた第二次ボーア戦争のことを指しており、その時のイギリスの与党は保守党だった。第二次ボーア戦争ではイギリス軍がかろうじて勝利したが、イギリス軍も多大な損害をこうむり、またそこでの残虐な行為が国際的批判を浴び、イギリスの国力は疲弊し、一九〇六年の総選挙での保守党敗北の遠因となった。
（13）「四度の革命」……一七八九年以降のフランス大革命、一八三〇年の七月革命、一八四八年の二月革命、一八七一年のパリ・コミューンを指す。

2 権力のための闘争（一九一五年）

【解説】本稿は、第一次世界大戦中に、トロツキーが編集していた国際主義派のロシア語日刊紙『ナーシェ・スローヴォ（われわれの言葉）』第二一七号（一九一五年一〇月一七日）に掲載された論文で、世界戦争という状況を踏まえてロシアにおける永続革命の展望について改めて論じたものである。この中でトロツキーは、ロシアではプロレタリアートだけが唯一の革命的階級であると述べている。これは、当時レーニンによって、農民の過小評価であり、直接に社会主義革命をめざす路線であると批判された（「革命の二つの方向について」、邦訳『レーニン全集』第二一巻所収）。この批判は、「農民の革命的な力を汲み尽くす」（同前、四三三頁）ことを強調した点で一定の意味を持っていたが、トロツキーの理論に対する理解としてはまったく間違っている。

この論文はロシア革命後の一九一九年にロシアで再刊された『総括と展望』の付録として再版された。ここでは、一九一九年に再刊された『総括と展望』の付録版のほうではなく、『ナーシェ・スローヴォ』掲載の記事から直接翻訳している。この論文はもともとは、「根本問題」と題された連載論文の第一章にあたっている（第一章の題名が「権力のための闘争」）。だが、この連載論文の続きは結局書かれなかったようである。

われわれの前には、組織委員会[1]の在外書記局によって発行された綱領的・戦術的リーフレット、『ロシア・プロレタリアートの任務――在ロシアの同志たちへの手紙』がある。この文書には、P・アクセリロート[2]、アストロフ[3]、A・マルトゥイノフ[4]、L・マルトフ[5]、S・セムコフスキー[6]らが署名している。

だが、この手紙において、革命の問題ははなはだ一般的な形で立てられており、著者たちが戦争によって生み出された状況を特徴づけることから、政治的展望と戦術的結論へと移るにしたがって、分析の正確さと明確さはしだいに姿を消してゆく。用語そのものが散慢になり、社会的規定は曖昧になっていく。

外面的には一見、二つの気分がロシアの状況を支配しているように見える。第一は祖国防衛の気分（ロマノフからプレハーノフに至るまで）であり、第二は全般的不満の気分（官僚的フロンド派[7]の野党から街頭での暴動の発生に至るまで）である。この二つの広まりつつある支配的気分が、祖国防衛の事業から人民の自由が生まれてくるかのような幻想をつくり出している。しかし、こうした気分こそが、「人民革命」という曖昧な問題設定をも――たとえそれが祖国防衛の事業に対置されているとしても――、かなりの程度規定しているのである。

戦争それ自体やその敗北は、いかなる革命的問題もつくり出さなかったし、その解決のためのいかなる革命勢力もつくり出さなかった。われわれにとって歴史はけっして、［ロシア領の］ワルシャワがバイエルン王太子に屈服したことから始まるのではない。革命的諸矛盾も社会的諸勢力も、われわれが一九〇五年に初めて本格的にぶつかったのと同じである。その後の一〇年間にかなり大きな変化が生じたとしてもだ。戦争は、機械のような正確さで体制の客観的行き詰まりを暴露したにすぎない。しかし同時に、それは社会意識に混乱をも持ち込んだ。そこでは、「万人」が、ヒンデンブルク(8)に反撃したいという気持に駆られると同時に、六月三日体制(9)を憎悪してもいるかのように見える。しかし「人民戦争」の組織がその最初の一歩からツァーリの警察と衝突し、そのことによって、六月三日体制のロシアが現実なのであって、「人民戦争」が虚構なのだということが明らかになったように、「人民革命」に接近しようとするやいなや、その入り口で、プレハーノフの社会主義的警察と衝突する。彼の背後にケレンスキーやミリュコーフやグチコフ(10)、それに一般に非革命的ないし反革命的な民族民主主義者や民族自由主義者等々がいなかったら、プレハーノフの社会主義的警察を、その腰巾着ともども、虚構とみなすこともできたのだろうが。

「手紙」は、国民が革命を通じて戦争の結果と現在の体制から自らを救わなければならないとしているが、その国民の中で階級分化が生じていることをもちろん無視することはできない。「民族主義者、オクチャブリスト、進歩党員、カデット党員、産業資本家、そして急進的インテリゲンツィアの一部（！）でさえ、国を防衛する上での官僚の無能さについて声をそろえて叫び、防衛の事業のために社会的力を動員するよう求めている…」。「手紙」はこのような立場の反革命的性格に関してはまったく正しい結論を引き出している。このような立場は、「実際には祖国防衛の事業においてロシアの現在の支配層——官僚、貴族、将軍——と手を結ぶこと」を前提としている、と。「手紙」はまた、「あらゆる色合いのブルジョア愛国主義者」も反革命的であると、またしても正当に指摘している。社会愛国主義者もそうであるとわれわれからつけ加えさせていただこう。だが社会愛国主義者については「手紙」は一言も触れていない。*

＊原注　この事実は、手紙の筆者たちの党内上の立場にきわめて特徴的なものである。国際会議［ツィンメルワルト会議］において、穏健分子は、宣言(11)の中で、社会愛国主義者の政策に関する明確な評価を下すことにも、社会愛国主義者に対して全戦線で直接に宣戦布告することにも反対した。こうした中途半端さは、物事をその本来の名前で呼ぶことを恐れ、国際主義者の立場を弱めるものでしかなく、会議によってきっぱりと拒否された。「同志たちへの手紙」は、ロシアの先進的労働者に顔を向けて、民族防衛の立場に立っている「一部の急進的インテリゲンツィア」について低い声で語りながら、プレハーノフ、『ナーシェ・デーロ』(12)、マニコフ(13)、その他の連中に共通している立場につい

ては一言も指摘していない。あたかも、同じ労働者の前に、これらの社会愛国主義者がその組織解体的で士気阻喪的なプロパガンダをひっさげて登場していないかのようである[14]。

このことから次のような結論を引き出さなければならない。社会民主党は、最も首尾一貫した革命政党であるというだけでなく、わが国で唯一の革命政党であること、そして、それと並んで存在しているのは、単に革命的方法を採用する上でより断固としていないというだけでなく、非革命的な諸政党であるということである。言いかえれば、社会民主党とその革命的課題設定は、政治的舞台においては、「全般的不満」の存在にもかかわらず、完全に孤立しているのである。この第一の結論は最もはっきりと明確に理解しておかなければならない。

もちろん、政党は階級そのものではない。政党の立場とそれが依拠している社会階層の利害とのあいだには不一致が起こりうるし、それはやがて深刻な矛盾に転化するかもしれない。政党の行動そのものは、人民大衆の気分に影響されて変化しうる。このことに議論の余地はない。しかし、だからこそわれわれはなおのこと、自らの計算において、諸政党のスローガンや戦術的行動のようなより不安定でより不確実なものから、より安定的な歴史的諸要因へ、すなわち、国の社会的構造、階級的力関係、発展傾向に訴えなければならないのである。

しかし「手紙」の筆者たちはこうした諸問題を完全に回避している。一九一五年のロシアにおける「人民革命」とはいったい何か？ それについて筆者たちはただ、それはプロレタリアートと民主主義派によって遂行され「なければならない」と語るだけである。われわれはプロレタリアートとは何であるかは知っている。しかし、「民主主義派」とは何か？ それは政党か？ 先に述べられたことからして明らかにそうではない。それでは、それは人民大衆か？ だがどのような人民大衆なのか？ 明らかにそれは商工業小ブルジョアジー、インテリゲンツィア、農民のことを言っている。問題になりえるのはこれらの人々だけである。

「軍事的危機と政治的展望」と題した一連の論文[15]の中で、われわれの新聞「『ナーシェ・スローヴォ』」はすでに、これらの社会勢力がどの程度の革命的意義を持ちうるのかに関して一般的な評価を与えておいた。過去の革命の経験から出発しつつわれわれは、この一〇年間に、一九〇五年当時における力関係にどのような修正が生じたかを検討した。それは、民主主義派（ブルジョア民主主義派）にとって有利に働いたのか、それとも不利に働いたのか？　これは、革命の展望とプロレタリアートの戦術を判断する上で中心的な歴史的問題である。すなわち、ロシアにおけるブルジョア民主主義派は、一九〇五年以来、強化されたのか、それともいっそう衰退したのか？

わが国におけるかつての論争はすべて、ブルジョア民主主義派の運命の問題をめぐって展開されてきた。そして、この問題に対していまだに答えることができない者は、暗闇の中をさまよっているのである。われわれ『ナーシェ・スローヴォ』はこの問題にこう答えた。ロシアにおける国民的ブルジョア革命は、ブルジョア民主主義勢力の不在ゆえに不可能である、と。国民革命の時代は過ぎ去った。少なくともヨーロッパにおいてはそうだ。そしてそれは、国民戦争の時代が過ぎ去ったのと同じである。前者と後者との間には深い内的結びつきがある。われわれは帝国主義の時代に生きている。それは、単に植民地略奪のシステムであるだけではなく、一定の国内体制でもある。それは旧体制にブルジョア的国民を対置するのではなく、ブルジョア的国民にプロレタリアートを対置する。

手工業者や商人のような小ブルジョアジーは、一九〇五年革命の時点ですでに取るに足りない役割しか果たすことができなかった。これらの階層の社会的意義は議論の余地なくこの一〇年間になおいっそう下落した。わが国の資本主義は、中間的諸階級を、古い経済的文化を持つ国々よりも比較にならないほど過酷かつ徹底的に解体した。

インテリゲンツィアは疑いもなく数的に増大し、その経済的役割も増した。しかしそれと同時に、彼らがかつて有していたぼんやりとした「自立性」さえ完全に消え去った。インテリゲンツィアの社会的意義は、資本主義経済やブルジョア世論を組織するその機能によって全面的に決定されている。資本主義との物質的結びつきは、彼らに骨の髄まで帝国主義的志向を浸透させた。すでに引用したように、「手紙」はこう言っている、「急進的インテリゲンツィアの一部でさえ……防衛の事業のために社会的力を動員するよう求めている」と。これはまったくもって不正確だ。急進的インテリゲンツィアの一部ではなく、急進的インテリゲンツィアの全部だ。したがって、「すべての急進的インテリゲンツィアのみならず、社会主義的インテリゲンツィアのかなりの部分――大部分ではないにしても――でさえ」と言うべきだったろう。インテリゲンツィアの性格を糊塗することによって、「民主主義派」の隊列を膨らませてはならない。

かくして、商工業ブルジョアジーはいっそうその地位を低下させ、インテリゲンツィアは革命的立場を放棄した。したがって、都市の民主主義勢力を革命的要因として語ることはできない。

残るは農民である。だが、われわれの知るかぎり、P・B・アクセリロートも同志マルトフも、農民の独立した革命的役割に過大な期待をよせたことはない。彼らは、この一〇年間に農民のあいだでの絶え間ない階層分化がこの役割を増大させたという結論に達したのだろうか？　そのような推論はすべての理論的考慮と歴史的経験に明らかに反している。

だとすると、「手紙」はいったいどのような「民主主義派」について語っているのだろうか？　そしてどのような意味で人民革命について語っているのだろうか？

憲法制定議会というスローガンは革命情勢を前提としている。では、革命情勢は存在しているのか？　存在している。しかし、それは、あたかもロシアの地に、ツァーリズムを清算する姿勢がありそうする能力もあるブルジョア民主主義派がついに生まれたことで生じているのではいささかもない。反対に、もし、現在の戦争が何よりもはっきりと明らかにしたものが何かあるとすれば、それはまさにロシアにおける革命的民主主義派の不在なのである。

国内の革命的諸問題を帝国主義への道によって解決しようとしたロシアの六月三日派の試みは、明白な破産を遂げた。このことが意味するのは、六月三日体制に責任を有する、あるいは半ば責任を有する諸政党が、革命への道を取るということではない。それが意味しているのは、軍事的破局によって赤裸々となった革命的諸問題が、支配階級をしていっそう帝国主義の道へと駆りたて、そして今やわが国における唯一の革命的階級「プロレタリアート」の意義を倍加させた、ということである。

六月三日派のブロックは動揺し、その内部には軋轢や闘争が存在している。このことが意味しているのは、オクチャブリストやカデットが権力という革命的問題を自らの前に立てたり、官僚や結束した貴族への猛攻に着手するということではない。それが意味しているのは、「プロレタリアートの」革命的攻勢に対する体制側の抵抗力が一定期間、疑いもなく弱まったということである。

君主制と官僚はすっかり信用を失墜させた。しかしこのことは、彼らが闘争なしに権力を手放すということを意味しない。国会《ドゥーマ》の解散と最近の内閣改造は、そんなことはとうていありえないことをはっきりと示した。しかし、今後ますます増していくばかりであろう官僚的不安定さの政策は、社会民主党によるプロレタリアートの革命的動員をいちじるしく容易にするにちがいない。

都市と農村の下層人民は、時が経つにつれてますます消耗し、欺かれたと感じ、不満を高め、怒りをおぼえるだろう…。このことが意味するのは、プロレタリアートと並んで、革命的民主主義派の独立した勢力が登場するということではない。このような勢力にとっての社会的人材も指導的人員も存在しない。しかし、このことは疑いもなく、下層人民の深刻な不満の雰囲気が労働者階級の革命的攻勢を容易にするにちがいないということを意味する。プロレタリアートが、ブルジョア民主主義派の登場に期待をかけることが少なければ少ないほど、小ブルジョアジーと農民の受動性と視野の狭さに適応することが少なければ少ないほど、プロレタリアートの闘争が断固とした非妥協的なものになればなるほど、そして、「最後まで」、すなわち権力の獲得まで突き進むプロレタリアートの決意が万人にとって明確になればなるほど――プロレタリアートが決定的な瞬間に非プロレタリア的人民大衆を自らに従える可能性はますます大きくなるであろう。

もちろん、「地主の土地没収」のようなスローガンだけでは何事も達成されない。このことは、はるかに大きな程度で軍隊――それとともに国家権力は存立し、それとともに崩壊する――にもあてはまる。軍隊の一般兵卒たちが革命的階級の側に引き寄せられるのは、革命的階級が単に不平を言ったりデモをしたりしているだけではなくて、権力のために闘っており、かつそれを獲得する可能性を持っているのだということと、このことを軍隊が確信する場合のみである。

ロシアには、戦争と敗北によって先鋭な形で露わになった客観的な革命的問題――国家権力の問題――が存在している。支配階級はますます解体しつつある。都市と農村の大衆の中にはますます増大する不満が存在している。しかし、このような状況を利用しうる革命的要因はプロレタリアートだけである。今では、一九〇五年よりもはるかに大きな程度でそう言える。

「手紙」はある一節において、全問題のこの結節点に接近しているように見える。それは、ロシアの社会民主主義的労働者は「六月三日派君主制を打倒するための全人民的闘争の先頭」に立たなければならない、と述べている。「全人民的」闘争が何を意味しうるかについては、われわれがつい先ほど指摘したところだ。しかし、もし先の一節における「先頭に立つ」という文言が、先進的労働者がその闘争の結果を明確に理解することもなしに寛大にも自らの血を流すべきだということを意味するのではなく、労働者が闘争全体――それは何よりもプロレタリアート自身の闘争である――の政治的指導権を握らなければならないということを意味するのなら、この闘争が勝利したあかつきには、権力が、この闘争を指導した者に、すなわち社会民主主義的プロレタリアートに移行しなければならないのは明らかである。

したがって、問題にされるべきは、単なる「臨時革命政府」（それは、歴史の過程がいかなる内容でもってその中身を満たすのかが不明であるかぎり空虚な形式である）ではなく、革命的労働者政府であり、ロシア・プロレタリアートによる権力の獲得なのだ。

憲法制定議会、共和制、八時間労働制、地主の土地没収、等々の要求はすべて、戦争の即時停止、民族自決権、ヨーロッパ合衆国、等々の要求とともに、社会民主党の煽動活動において巨大な役割を演じるであろう。しかし、革命は何よりも権力の問題である。すなわち、国家の形態（制憲議会、共和制、合衆国）の問題ではなく、権力の社会的内容の問題である。憲法制定議会や地主の土地没収などの諸要求は、プロレタリアートが権力獲得をめざす闘争に向けて準備を整えているのでなければ、現在の条件下では、その直接的な革命的意義をすっかり失ってしまうだろう。なぜなら、もしプロレタリアートが君主制の手から権力を奪い取るのでなければ、他の誰もあえてそうしようとはしないからである。

革命的過程がいかなるテンポで進むのかはまた別問題である。それは、軍事的・政治的および国内的・国際的な一連の諸要因に依存している。これらの諸要因は、発展を遅らせたり早めたりし、革命の勝利を容易にしたり、しばらく敗北に導いたりする。しかし、どのような条件のもとでもプロレタリアートは明確に自らの道を直視し、その道を自覚的に進まなければならない。何よりもプロレタリアートは幻想から解放されていなければならない。そして、プロレタリアートが現在に至るまでの全歴史においてこうむってきた最悪の幻想は常に、他の階級を信頼することだったのだ。

N・トロツキー

一九一五年一〇月一七日

『ナーシェ・スローヴォ』第二一七号

訳注

（1）組織委員会……一九一二年のウィーン協議会（八月ブロック）で結成されたメンシェヴィキの指導的中央部。一九一七年八月にメンシェヴィキの中央委員会が選出されるまで存続。トロツキーは、当初、この組織委員会と関係を持っていたが、その後決裂。

（2）アクセリロート、パーヴェル・ボリソヴィチ（一八五〇～一九二八）……メンシェヴィキの指導者。一八八三年にプレハーノフとともに「労働解放団」を結成。一九〇三年のロシア社会民主労働党分裂後、メンシェヴィキの指導者に。第一次世界大戦中はメンシェヴィキ国際主義派。一九一七年の二月革命後、ペトログラード・ソヴィエト執行委員。十月革命に反対し亡命。

（3）アストロフ、イサーク・セルゲーヴィチ（一八七六～一九二二）……一九〇三年以来のメンシェヴィキ。反動期は解党派。第一次世界大戦中は組織委員会の「在外書記局」の一員で、メンシェヴィキ国際主義派。十月革命に反対。

（4）マルトゥイノフ、アレクサンドル・サモイロヴィチ（一八六五～一九三五）……元経済主義者で、一九〇三年の党分裂後は最も著名なメンシェヴィキ指導者の一人。十月革命に敵対しながら、一九二三年にはボリシェヴィキに入党してスターリニストに。

（5）マルトフ、ユーリー・オシポヴィチ（一八七三〜一九二三）……メンシェヴィキの指導者。レーニンとともに『イスクラ』を創刊。一九〇三年の党分裂の際は、レーニンと対立してメンシェヴィキの指導者に。第一次世界大戦中は国際主義派として、トロツキーとともに『ナーシエ・スローヴォ』を編集するが、ツィンメルワルト会議の後にトロツキーと対立し、編集部を辞任。二月革命勃発後ロシアに帰国して、メンシェヴィキ国際主義派の指導者となる。一九二〇年に亡命。

（6）セムコフスキー、セメン・ユリエヴィチ（一八八二〜一九三七）……メンシェヴィキの哲学者。本名はブロンシュテインで、トロツキーのいとこにあたる。第一次世界大戦中は、メンシェヴィキ国際主義派。十月革命後は、哲学教授として活躍。主要著作として『弁証法的唯物論と相対性原理』『史的唯物論概論』など。一九三六年に逮捕され一九三七年に銃殺。

（7）フロンド派……一七世紀に宮廷と枢機卿のマザランに反抗したフランスの貴族集団のこと。ここでは体制内反対派の意味。

（8）ヒンデンブルク、パウル・フォン（一八四七〜一九三四）……ドイツのユンカー出身の軍人。第一次世界大戦中は参謀総長として戦争を指導し、国民的人気を博す。一九二五年に大統領に。一九三二年四月に再選。一九三三年一月にヒトラーを首相に任命。

（9）六月三日体制……一九〇七年六月三日、当時の首相ストルイピンは、左派議員の多かった第二国会を解散し、選挙法を改悪して、大資本家と大地主と貴族の反動政党であるオクチャブリストを与党とする新しい保守体制を確立した。これを「六月三日体制」と呼ぶ。

（10）グチコフ、アレクサンドル・イワノヴィチ（一八六二～一九三六）……ロシアのブルジョア政治家。大資本家と地主の利害を代表する政党オクチャブリストの指導者。第三国会の議長。ロシア二月革命で臨時政府の陸海相になり、帝国主義戦争を推進するが、四月デモの圧力で辞職。グチコフの代わりに陸海相になったのがケレンスキー。十月革命後、ボリシェヴィキ政府と激しく敵対。一九一八年に亡命。

（11）宣言……一九一五年九月にスイスのツィンメルワルトで開催された国際社会主義者会議において満場一致で採択された反戦宣言（ツィンメルワルト宣言）のことで、起草者はトロツキー。全訳は『トロツキー研究』第一四号に掲載。

（12）『ナーシェ・デーロ（われわれの事業）』……一九一五年にペテルブルクで発行されていた祖国防衛派メンシェヴィキの月刊誌。

(13) マニコフ、イワン・ニコラエヴィチ(一八八一~一九一八)……メンシェヴィキ、第四国会議員。第一次世界大戦勃発直後から祖国防衛主義の立場。一九一五年一月、社会民主党議員団の決定に反して国会で予算に賛成し、除名。

(14) この原注は一九一九年版では割愛されている。

(15) トロツキーが一九一五年に『ナーシェ・スローヴォ』に連載した綱領的論文。邦訳は『トロツキー研究』第四九号(二〇〇六年)。

3 『総括と展望』ロシア語版序文（一九一九年）

【解題】この序文は、一九〇六年に出版された『わが革命』の最終章に入れられた論文「総括と展望」が、一九一七年革命後の一九一九年に単独の著作としてロシアで再版されたときに付された序文である（トロツキー『総括と展望——革命の推進力』、モスクワ、一九一九年）。その後、この著作は西欧の各国語に翻訳され出版された。この序文の中でトロツキーは自己の永続革命論について簡単に要約しているが、それと同時に、ボリシェヴィキとメンシェヴィキとの政治的評価に関しては誤っていたことを率直に認めている。後にあらゆる異端のレッテルを貼られ、反革命とまで糾弾されたトロツキーの永続革命論が、一九一九年に堂々とソ連の公的な出版社から出版され何度も版を重ねた事実は、この異端説を完全に反駁するものである。この序文の中でトロツキーは、自分の永続革命論が一九一七年におけるボリシェヴィキの路線を先取りするものであったことを当然のこととして振り返っている。当時、誰もこのことに異論を唱える者はいなかったし、レーニンに対する冒瀆であると考えた者もいなかった。一九二四年になって初めて、トロツキーのこの見解がレーニン主義とは縁もゆかりもない異端であることがスターリンによって「発見」されたのである。

この序文の中でとくにカウツキーが批判されているのは、当時の状況に理由がある。カウツキーは一九〇五年革命当時には、トロツキーやレーニンらの左派の潮流を鼓舞する立場で論文を書いていたにもかかわらず、実際にカウツキーの当時の予測にかなり近い形でボリシェヴィキが権力を取ると、手の平を返してメンシェヴィキを擁護し、ボリシェヴィキ攻撃を開始した。そして、ボリシェヴィキ政権が外国からの武力干渉と国内の白衛派将軍によるあいつぐ反乱によって最も危機的状況にあるときに、カウツキーは安全な国外において延々とボリシェヴィキ攻撃を繰り返していたのである。

ロシア革命の性格をめぐる問題は、それに沿ってロシア革命運動のさまざまな思想潮流や政治組織のグループ編成が生じた根本問題であった。現実の事態によってこの問題が具体的な形で提起されるやいなや、それは社会民主党それ自身の内部に最大の意見の相違を引き起こした。一九〇四年以降、この対立関係は、メンシェヴィズムとボリシェヴィズムという二つの基本的な潮流の姿を取った。メンシェヴィキの観点は、わが国の革命はブルジョア革命であり、したがって、その帰結は当然ながら、ブルジョアジーへの権力の移行とブルジョア的議会制度の条件を創出することであるという考えにもとづいていた。ボリシェヴィキの観点は、来たるべき革命が不可避的にブルジョア的性格を持つことを認めつつも、プロレタリアートと農民の独裁によって民主共和制を創出することを革命の課題としていた。

メンシェヴィキの社会分析は極端なまでの浅薄さできわだっていた。それは基本的に俗流的な歴史的アナロジー――「教養ある」小市民に典型的な方法――に帰着した。ロシア資本主義の発展条件がその両極［ブルジョアジーとプロレタリアート］のどちらにおいてもはなはだしい矛盾をつくり出し、ブルジョア民主主義派を取るに足りない存在にするよう運命づけていたにもかかわらず、メンシェヴィキは「真の」「本物の」民主主義派を倦むことなく探し求めつづけた。そして、その後に起きた諸事件の経験を経た後でもメンシェヴィキはそうしつづけたのである。彼らによれば、「真の」「本物の」民主主義派は、「国民」の先頭に立って、資本主義的発展のための議会的で可能なかぎり民主主義的な条件をつくり出すはずであった。メンシェヴィキはいつでもどこでも、ブルジョア民主主義派の発展の徴候を見つけ出そうと努力し、見つけ出すことができない場合には、それをでっち上げさえした。彼らは、「民主主義的な」宣言や演説であれば何でもその意義を誇張し、同時に、プロレタリアートの力とその闘争の展望を過少評価した。彼らは、ロシア革命の「合法則的」なブルジョア的性格を保証するために、指導的なブルジョア民主主義派を見つけ出そうと躍起になって努力するあまり、実際の革命期において指導的ブルジョア民主主義派が存在しないことが明らかになったとき、メンシェヴィキは自らその任を果たすことを引き受け、多少なりともそれに成功したのである。というのも、小ブルジョア民主主義派といえども、何らかの社会主義イデオロギーなしには、何らかの階級的・マルクス主義的な素養なしには、ロシア革命の諸条件のもとでは、メンシェヴィキが二月革命の「指導的」政党として果たしたような役割を果たすことなどできないからである。そのメンシェヴィキもきわめて急速に使い果たされ、革命の八ヵ月目には階級闘争の歩みによって脇に放り出されてしまった。まさにそのことによって、ブルジョア民主主義派のための本格的な社会的基盤など存在しないことが、メンシェヴィキ自身の運命を通じて明らかになったのである。

ボリシェヴィズムは、これとは反対に、ロシアの革命的ブルジョア民主主義派の強さや力量に対する信頼にかぶれることはけっしてなかった。最初からボリシェヴィキは、来たるべき革命における労働者階級の決定的な意義を認識していた。しかし、最初の時期には、この革命の綱領を何千万もの農民の利益によって限定した。この農民なしには、あるいは農民に対立しては、プロレタリアートは革命を最後まで推し進めることなどできなかったからである。このことから、革命のブルジョア民主主義的性格を——当分のあいだ——承認することになった。

当時、筆者［トロツキー］は、革命の内的力と革命の展望の評価に関して、ロシア労働者運動の主要潮流のいずれにも属していなかった。当時、筆者が擁護していた見解は、図式的に表わすと以下のように定式化することができる。革命は、その直接の課題においてはブルジョア革命として始まったとしても、ただちに強力な階級的諸矛盾を発展させるだろう。革命が勝利することができるのは、被抑圧大衆の先頭に立つことのできる唯一の階級であるプロレタリアートに権力が移行する場合のみである。ひとたび権力に就いたプロレタリアートは、ブルジョア民主主義的綱領に自己を限定することを望まないだけでなく、そうすることはできない。だがロシア・プロレタリアートが革命を最後まで推し進めることができるのは、ロシアの革命がヨーロッパ・プロレタリアートの革命へと飛び火する場合のみである。その場合、革命のブルジョア民主主義的綱領はその一国的限界とともに克服され、ロシア労働者階級の一時的な政治的支配は、長期的な社会主義的独裁へと発展するであろう。逆にヨーロッパが無気力なままにとどまるなら、ブルジョア反革命は、ロシアの勤労大衆の政府を容赦しないであろうし、国をはるか後方へ、労働者と農民の民主主義共和国よりも後方へと投げ戻すだろう。それゆえ、プロレタリアートはいったん権力に就いたならば、ブルジョア民主主義の限界に自己を限定することはできず、永続革命の戦術を展開しなければならない。すなわち、社会民主党の最大限綱領と最小限綱領との境界を乗り越え、社会変革をますます深化させていくことへと移行し、西ヨーロッパの革命に直接の支えを求めなければならない。以上のような立場が、一九〇四〜〇六年に最初に書かれ、今回再版されようとしている本書において展開され主張されているものである。一五年にわたって永続革命の見解を堅持してきたにもかかわらず、筆者は、社会民主党内の相争う二つの分派に関しては誤った評価に陥っていた。筆者は、ボリシェヴィキとメンシェヴィキの両者とも、ブルジョア革命の展望から出発しているのであるから、両分派間の対立は分裂を正当化しうるほど深刻なものではないと想定していた。同時に筆者は、事態のいっそうの発展が、一方では、ロシアのブルジョア民主主義派の無力さと取るに足りなさをはっきりと暴露するであろうし、他方では、プロレタリアートを民主主義的綱領の限界内にとどめておくことが客観的に不可能であることを明らかにするだろうと期待していた。それゆえ筆者は、このことが分派的な対立の基盤を掘りくずしてしまうだろうと考えたのである。

亡命期間中この二つの分派の外に立っていた筆者は、ボリシェヴィキとメンシェヴィキとの対立の線に沿って、実際に、一方の側に断固とした革命家たちが結集し、他方の側にますます日和見主義と順応主義にむしばまれていく分子が集まっていったという決定的な事実を十分に評価しなかった。一九一七年の革命が勃発した時、ボリシェヴィキ党は中央集権化された強力な組織となっており、先進的な労働者と革命的インテリゲンツィアのすべての最良分子を自己のうちに吸収していた。ボリシェヴィキは――若干の党内闘争の後――国際情勢の全体とロシアにおける階級関係に完全に合致して、労働者階級の社会主義的独裁をめざす戦術を大胆に採用した。それに対してメンシェヴィキ分派はこの時までに、前述したように、ちょうどブルジョア民主主義派の任を実行するまでになっていたのである。

今日、本書を再版することで筆者が意図しているのは、自分自身や他の同志たちが、何年もの間ボリシェヴィキ党の外部にとどまっていたのに、一九一七年初頭以降に同党の運命に自らの運命を結びつけることを可能にした原理的な理論的基盤を説明することだけではない（このような個人的な動機は本書を再版する十分な理由にはならないだろう）。プロレタリア独裁が既成事実になるずっと前に、労働者階級による政治権力の獲得がロシア革命の課題でありうるし、またそうならなければならないという結論を導いた、ロシア革命の推進力に関する社会的・歴史的分析を改めて想起しておくことも本書を再版する目的である。一九〇六年に書かれた本書――ただし、その基本的な諸論点はすでに一九〇四年に定式化されていた――を、今日、変更なしに再版することができるという事実は、マルクス主義理論が、ブルジョア民主主義のメンシェヴィキ的代理人に与しているのではなく、現在、労働者階級の独裁を実地に遂行している党に与していることを、十分説得的に証拠づけるものである。

理論の最終的な検証は経験によってなされる。われわれがマルクス主義理論を正確に適用したことを示す反駁しがたい証拠は、われわれが今参加している諸事件が、そしてその参加の仕方そのものさえもが、その基本的な点ではすでに一五年も前に予見されていたという事実によって与えられている。

われわれは、付録として、パリで発行されていた『ナーシェ・スローヴォ』の一九一五年一〇月一七日付に掲載された論文「権力のための闘争」を再録しておいた。この論文は論争的出発点を有している。それは、メンシェヴィズムの指導者たちが「ロシアの同志たち」に宛てた綱領的「手紙」に対する批判から始まっている。そしてそれは、一九〇五年革命以降の一〇年間に、階級関係の発展が、ブルジョア民主主義に対するメンシェヴィキの希望をますます掘りくずしつつあること、したがってなおのこと、ロシア革命の運命は労働者階級の独裁の問題と明らかに結びついている、という結論にいたっている…。これまでの多年にわたるイデオロギー闘争を経てもなお十月革命の「冒険主義」について云々するためには、よほど愚鈍な頭の持ち主でなければならない！

ロシア革命に対するメンシェヴィキの態度について語る場合、カウツキーのメンシェヴィキ的堕落について論じないわけにはいかない。カウツキーは今や、マルトフ[1]＝ダン＝ツェレテリ[2]の「理論」のうちに、自らの理論的・政治的衰退の表現を見出している。一九一七年一〇月の後、われわれはカウツキーから次のように聞かされた。たしかに労働者階級による政治権力の獲得は、社会民主党の歴史的課題である。しかし、ロシア共産党は、カウツキーが指定するドアを通らず、彼の指定する時ではない時期に、権力に至った。それゆえ、ソヴィエト共和国を、ケレンスキー、ツェレテリ、チェルノフ[3]の手に引き渡さなければならない、と。第一次ロシア革命の時期を自覚的に通過し、一九〇五年～〇六年のカウツキーの諸論文を読んだ同志たちにとっては、カウツキーの衒学的で反動的な批判はなおさら思いがけないものであったにちがいない。当時カウツキーは――たしかにローザ・ルクセンブルクの有益な影響もあってのことだが――、ロシア革命は、ブルジョア民主主義共和国にとどまることはできないのであって、ロシア国内における階級闘争の到達水準および資本主義の全国際的状況ゆえに、労働者階級の独裁に突き進んでいかざるをえないことを十分に理解していたし、承認していた。当時カウツキーは、社会民主党が多数を占める労働者政府について卒直に書いてさえいた。当時の彼にとっては、政治的民主主義の過渡的で表面的な組み合わせに依存して階級闘争の現実の進路を設定するなどということは、思いもよらないことだった。

当時カウツキーは、革命が初めて何百万人もの農民と都市の小ブルジョア大衆を目覚めさせ始めること、しかも一気にではなく、徐々に、一層また一層と目覚めさせていくこと、それゆえ、プロレタリアートと資本主義ブルジョアジーとの闘争が決定的な瞬間に達した時、広範な農民大衆は依然として政治的発展のはなはだ初歩的な水準にとどまっており、彼らの票は農民階級の後進性と偏見を反映しているにすぎない中間諸政党に投じられるであろうことを理解していた。さらにカウツキーは、革命そのものの論理によって権力獲得へと導かれるプロレタリアートは、この行為を恣意的に不確定の未来に延期することなどできないこと、なぜなら、こうした自制は反革命への道をはき清めることにしかならないからだ、ということを理解していた。また、カウツキーは当時、プロレタリアートはいったん革命権力を握ったなら、どんな時でも、革命の運命を、最も意識が低くまだ目覚めていない大衆の一時的な気分に依存させることなどできないのであって、反対に、プロレタリアートは、その手に集中した全国家権力を、最も後進的で最も蒙昧な農民大衆を啓発し組織するための強力な機構に転化させなければならないということを理解していた。

カウツキーは、ロシア革命をブルジョア革命と呼び、そう呼ぶことでその課題を制限するということは、この世界で生じていることについて何も理解していないことを意味する、ということを理解していた。カウツキーは――ロシアとポーランドの革命的マルクス主義者とともに――、ロシア・プロレタリアートがヨーロッパのプロレタリアートに先んじて権力に到達した場合には、支配階級としてのその状況を、ブルジョアジーにさっさと自らの地位を明け渡してしまうために用いるのではなく、ヨーロッパの、そして全世界のプロレタリア革命に強力に働きかけるために用いるべきだ、ということをまったく正しく認識していた。マルクス主義的教義の精神に貫かれているこうした世界的展望の全体は、当時にあっては、カウツキーにとっても、われわれにとっても、その後、一九一七年一一～一二月のいわゆる憲法制定議会選挙の際に農民がどのように誰に投票するのかという問題に左右されるものではなかった。

一五年前に描かれていた展望が現実のものとなった今日、カウツキーは、ロシア革命がブルジョア民主主義の政治的地所に登記されていないという理由で、ロシア革命に出生証明書を発行するのを拒否している。驚くべき事実だ！　マルクス主義を途方もなく貶めるものだ！　完全な権利をもって次のように言うことができるだろう。第二インターナショナルの破産は、その最も重要な理論家の一人によるロシア革命に対するこうした俗物的姿勢のうちに、一九一四年八月四日の戦時公債に対する賛成投票以上におぞましい形で表現されている、と。

何十年にもわたってカウツキーは社会革命の思想を発展させ擁護してきた。それが現実のものとなった今日、カウツキーは恐怖してそれから飛びのく。彼は、ロシアのソヴィエト権力を否認し、ドイツの共産主義的プロレタリアートの力強い運動に敵対する。カウツキーは次のような惨めな学校教師にそっくりである。息づまるような教室の壁の中で、来る年も来る年も生徒たちに春のすばらしさを繰り返し語っていた老教師が、後年、その教師活動の終わりが近づいた頃、春がようやく大自然に訪れたというのに、それが春だということを認めようとせず、すっかり激昂し（学校教師に特有の怒り方でだ）、春は春ではなく、自然の巨大な無秩序でしかない、なぜなら、それは自然の法則に反して生じているのだから、ということを証明しようとする。労働者がこの最も権威ある衒学者の声に耳を傾けず、春の声に耳を傾けているのは、何とすばらしいことだろう！

マルクスの生徒であるわれわれは、ドイツの労働者とともに次のような確信のもとにとどまり続けている。革命の春は、社会的自然の法則に完全にしたがって、それと同時にマルクスの理論の法則にしたがって生じている。なぜならマルクス主義は、歴史の頭上で振り回される学校教師の指し棒ではなく、現に生じている歴史的過程の道筋と方法の社会的分析だからである。

＊　＊　＊

私は、以下に収録された一九〇六年と一九一五年の二つの論考のどちらにも、いかなる変更も施さなかった。当初私は、叙述を現在の状況に適応させるような注をテキストに付すつもりであった。しかし、テキストを読み返したところ、この計画を断念せざるをえなかった。もし細部にまで立ち入ろうとすれば、本書の厚さを二倍にするような注をつけるはめになったであろう。だが、そのための時間は今の私にはないし、そのような「二階建て」の本は読者にとってはなはだ便を欠くだろう。そして、最も重要なことだが、私が確信するところ、本書で叙述された思想の基本線は、現在の状況に著しく近いものであって、この本をより注意深く研究する労をいとわない読者にとっては、現在の革命の経験から必要な材料を取り出して、この本の叙述を補うことは難しいことではないだろう。

L・トロツキー

一九一九年三月一二日

クレムリンにて

訳注

（1）ダン、フョードル・イリイチ（一八七一～一九四七）……ロシアの革命家、メンシェヴィキの指導者。一八九四年からロシア社会民主主義運動に参加。一九〇三年の分裂後はメンシェヴィキ。第一次世界大戦中は社会愛国主義者。一九一七年の二月革命後、ペトログラード・ソヴィエト執行委員。一九二二年にソ連から追放。その後アメリカに亡命し、そこで死去。

（2）ツェレテリ、イラクリー・ゲオルギエヴィチ（一八八一～一九五九）……メンシェヴィキの指導者。一九一七年の二月革命後、流刑地から戻ってきてペトログラード・ソヴィエト議長代理。五月に第一次臨時政府に逓信大臣として入閣。十月革命に反対し、一九一八年にグルジアに帰ってメンシェヴィキ政府の指導者の一人に。一九二一年に亡命。

（3）チェルノフ、ヴィクトル・ミハイロヴィチ（一八七三～一九五二）……エスエルの最も優れた指導者。第一次世界大戦中は受動的国際主義の立場でツィンメルワルト会議およびキンタール会議に参加。一九一七年二月革命後、第一次・第二次臨時政府で農相。一九一八年の短命に終わった憲法制定議会の議長。その後、ソヴィエト政権と闘争。一九二一年に亡命。

第2部　十月革命の擁護

4 十月革命とは何か――ロシア革命の擁護（一九三二年）

【解説】これは、一九三二年一一月二七日にデンマークのコペンハーゲン（ケブンハウン）で行なわれた有名な演説であり、一般に「コペンハーゲン演説」ないし「十月革命の擁護」として知られているものである。大講堂をいっぱいに埋めた聴衆に向かって、トロツキーはドイツ語で二時間にわたってロシア十月革命の核心を解明する演説を行なった。集まった約二〇〇〇人の聴衆は、ロシア革命の指導者にして赤軍の創始者、そして、スターリンとの政治闘争に敗れて祖国を追われた後も、世界帝国主義とスターリニズムに対する非妥協的な闘争を亡命地で継続しているこの伝説の革命家の演説に聞き入り、深い感銘を受けた。そこに参加していたスターリニストでさえこの歴史的演説が終わった時に思わず熱烈な拍手を送ったという。

このコペンハーゲン演説はトロツキーが多くの聴衆の前で行なった最後の大演説であり、その後、各国語に訳されて世界中に広まった。この演説会はデンマークの社会民主党の学生組織（コペンハーゲン大学の組織）の要請を受けて実現したものである。当時トロツキーはトルコのプリンキポに亡命しており、大著『ロシア革命史』を書き終えたところだった。トロツキーはこの要請を快く引き受け、この小旅行を、久しぶりにヨーロッパの空気を吸い、仲間たちと直接コンタクトを取り、世界にロシア革命の正統性を訴えるまたとない機会にしようとした。革命的煽動や政治的発言は控えることを条件に、短期間だけプリンキポを離れてデンマーク入りすることが正式に許可された（それゆえこの講演ではスターリン体制に対する批判はなされていない）。トロツキーは、警護兼監視役の警察官たちに伴われたまま、一九三二年一一月二三日に家族とともにデンマーク入りし、二七日にこの演説を行なった。デンマーク滞在はわずか八日間だった。

この演説会には、後に戦場カメラマンとして世界的に有名になる若きロバート・キャパも参加していて、身振り手振りを交えながら大聴衆に熱心に演説するトロツキーの一連の姿を愛用のライカに収め、それをドイツの雑誌に発表した。それはトロツキーの姿を生き生きと捉えており、キャパの最初の発表作にして代表作の一つとなった（第2部の扉の写真参照）。

はじめに

尊敬する聴衆のみなさん！

まず最初に心からのお詫びを申し上げることをお許し願いたい。コペンハーゲンの聴衆を前にして私はデンマーク語で演説することができない。そのことで諸君が何らかの損失をこうむることになるかどうかはわからない。講演者たる私に関して言えば、デンマーク語を知らないことで、何よりも、一次資料と原語にもとづいてスカンジナビアの生活とスカンジナビアの文学を直接学ぶことができないことは損失である。そしてこれは何と大きな損失であることか！

本日私はドイツ語で話さざるをえない。ドイツ語は力強く豊かな言語であるとはいえ、私のドイツ語はかなり制約されている。複雑な問題を自在に論じることは、自国の言語でしかできないことだ。それゆえ私はあらかじめ諸君のご寛恕を請わざるをえない。

私が初めてコペンハーゲンを訪れたのは国際社会主義大会(1)のときのことだ。そのとき私は諸君の街のすばらしい思い出を持ち帰った。これは四分の一世紀近くも前のことであり、その時以来、ベルト海峡とフィヨルドの水は何度となく入れ替わった。変化したのは水だけではない。戦争が古いヨーロッパ大陸の背骨を打ち砕いたのだ。何度となくヨーロッパの河と海が人々の血を洗い流した。全人類、とりわけヨーロッパの人々は、厳しい試練を経ることで、ますます険しく陰鬱になった。あらゆる種類の闘いはいよいよ激しいものになった。世界は大きな転換期に入った。その極端な現われが戦争と革命である。

本日の講演のテーマであるロシア革命に入る前に、私としては、本集会を企画したコペンハーゲンの社会民主党学生組織の諸君に感謝の意を表することを自分の義務とみなす。私はあくまでも政治的敵対者としてこの感謝を表す。たしかに私の講演が追求するのは、あくまでも科学的・歴史的課題であって、政治的課題ではない。しかし、一定の政治的立場を取ることなしにソヴィエト共和国を生み出した革命を語ることは不可能である。講演者としての私は、革命の諸事件に参加した時と同じ旗のもとに依然として立っている。

先の大戦までボリシェヴィキ党は国際社会民主主義に属していた。一九一四年八月四日、ドイツ社会民主党の指導部が軍事予算に賛成投票したことでこの関係は永遠に終結し、ボリシェヴィズムと社会民主主義との絶えることのない非妥協的な闘争の時代が開かれた。だとすると、本集会を組織した人々は私を講演者に招いたことで誤りを犯したのだろうか？　これについて判断を下すことは講演が終わった後で初めて可能になるだろう。では私が、ロシア革命について報告するようにという招待を受けたことに関してはどうか。それについては、以下のことを引き合いに出すことで正当化しておきたい。三五年という私の政治生活において、革命というテーマは私の関心と活動の実践的・理論的基軸をなすものであった。トルコ滞在の四年間を、私は主としてロシア革命の諸問題の歴史的研究に費やした。おそらくこのことは、私が友人や同意見者ばかりでなく敵対者に対しても、これまで見過ごされてきた革命の若干の諸側面について理解する助けになる——たとえ部分的であれ——ことを期待する多少の権利を私に与えてくれている。

いずれにせよ、私の講演の課題は理解を助けることである。革命を煽動することでも、革命に駆り立てることでもない。私が望んでいるのは説明することである。スカンジナビアのオリンポスの神々に反乱の女神がいるかどうか私は知らない。たぶんいないだろう！　いずれにせよ今日は彼女の引き立ては請わないでおこう。今日はわれわれの講演を、老いた知恵の女神スノトラ[2]のもとに置く。生きた過程としての革命の情熱的な劇的要素は脇に置いて、冷徹な解剖学者として革命を扱うよう努めよう。その結果、いささか講演が味気ないものになったとしても、お許しいただきたい。

革命の客観的要因と主体的要因

いくつかの初歩的な社会科学上の諸命題から始めよう。きっとそれらについては諸君もよく知っていると思うが、革命のような複雑な現象を扱う場合には記憶を新たにしておく必要がある。

人間社会は、生存と世代の継承を保障するための闘争の中で歴史的に成長してきた共同体である。社会の性格はその経済の性格によって規定される。経済の性格は労働手段によって規定される。生産力の発展における各々の大きな時代区分に照応して、一定の社会体制が成立する。各々の社会体制はこれまでのところ、支配階級に巨大な優位性を保障してきた。

以上述べたことからしてもすでに、社会体制は永遠のものではないことがわかる。それは歴史的に生成し、やがて進歩にとっての足枷になる。「生まれてくるものいっさいは、滅びるに値する」[3]（ゲーテ）。

しかし、支配階級が自発的かつ平和的に退場したことは一度としてない。死活にかかわる問題において、理性の論理が力の論理に取って代わったことはいまだかつてない。これはおそらく悲しむべきことだが、事実は事実である。この世界を作ったのはわれわれではない。それをあるがままに受けとめなければならない。

したがって革命とは社会体制の交替を意味する。それは権力を、すでに時代遅れとなったある階級の手から、上昇しつつある別の階級の手へと移行させる。蜂起は二つの階級間の権力闘争における最も危機的で先鋭な瞬間である。蜂起が革命の現実の勝利と新体制の確立へと至ることができるのは、それが進歩的階級に依拠し、自己の周囲に国民の圧倒的多数を結集することができる場合のみである。

自然史の過程とは違って、革命は人間によって人間を通じて遂行される。しかし、革命においても人間は、自分が自由に選んだ条件のもとでではなく、過去から受け継いだ社会的諸条件のもとで行動するのであり、この諸条件は人間の進む道を否応なく規定している。まさにそれゆえ、ただそれゆえにのみ、革命は合法則的なのである。

人間の意識は客観的諸条件を受動的に反映するのではなく、それに能動的に反応する。ある瞬間には、この反応は大規模で緊張に満ちた情熱的な性格を取る。法のバリアと権力のバリアが覆される。大衆が事態に能動的に介入すること、これこそ革命の必要不可欠な契機をなす。

しかし、最も激しい能動性であっても、デモや一揆の段階にとどまって、革命の水準にまで高まらない場合もある。蜂起は、ある階級の支配を打倒してそれを別の階級の支配に替えるところまで進まなければならない。そうなってはじめて革命が完了したと言える。

したがって大衆の蜂起は、恣意的に引き起こすことのできる孤立した事象ではない。

それは革命の発展における客観的に条件づけられた一契機であり、革命自体が社会の発展における客観的に条件づけられた一過程であるのと同じである。しかし、蜂起の条件が存在するときには、口を開けて受動的に待っていてはならない。シェイクスピアも知っていたように、「人間のなすことには潮時というものがある」[4]。

時代遅れとなった体制を一掃するには、進歩的階級はその時機が到来したことを理解し、権力の獲得という目的を自らの前に立てなければならない。ここにおいて意識的な革命的行動の領域が開かれ、そこでは予見や計算が意志や大胆さと結びつく。言いかえれば、ここにおいて党の行動の領域が開かれるのである。

革命党は進歩的階級の精鋭たちを自己のうちに結集させる。具体的諸状況の中で正しく方向を見定め、事件の歩みとリズムとを正しく評価し、時機を失せず大衆の信頼を勝ち取ることのできる党、そういう党なしには、プロレタリア革命は不可能である。以上が、革命と蜂起における客観的要因と主体的要因との相互関係である。

「クーデターの技術」

諸君も知っての通り、学問上の真理であっても極端化すれば不条理に陥る。反対者がそれを意識的にやることでその真理の信用を失墜させるという手法は、論争においてしばしば用いられてきた。とくに神学においてはそうだ。この手法は論理学において「帰謬法」と呼ばれている。われわれはこれとは反対の道をとることにする。すなわち、出発点でまず不条理な命題を取り上げ、かえってより確実に真理に接近する道である。革命が問題になっている場合には、いずれにせよ不条理の不足に悩むことはない。その最も鮮明で最新の事例を取り上げよう。

イタリアの作家マラパルテ(5)は、ファシストの理論家とでも言うべき人物だが——そういう人物も存在する——、最近、『クーデターの技術』という著作を出版した。言うまでもなく著者はその「研究書」のかなりのページを十月革命に充《あ》てている。「レーニンの戦略」が一九一七年のロシアの社会的・政治的諸条件と結びついているのとは異なり、「トロツキーの戦術は」——とマラパルテは言う——「反対に、国内の一般的諸条件といっさい結びついていない」[6]。これが同書の主要な思想なのだ！マラパルテは、その著作でかなりのページを割いてレーニンとトロツキーに数多くの会話をさせているのだが、その中でこの二人の対話者が開陳する思想の深さたるや、まさに自然がマラパルテ自身に与えたのとちょうど同じレベルのものである。革命の社会的・政治的前提条件について語るレーニンの考慮に対して、マラパルテは想像上のトロツキーに文字通り次のように反論させている。

あなたの戦略を実行するにはあまりにも多くの有利な条件を必要とする。だが蜂起はいかなる条件も必要としない。蜂起はそれ自体として独立に達成することができるのだ[7]。

お聞きの通り、「蜂起はいかなる条件も必要としない」！　聴衆のみなさん、これこそ、われわれが真理に接近するのを助けてくれるあの不条理に他ならない。著者は、十月革命において勝利したのはレーニンの戦略ではなくトロツキーの戦術だと執拗に繰り返す。著者の言うところでは、この戦術こそが今やヨーロッパ諸国の安寧を脅かしている。文字通り引用するとこうだ。

レーニンの戦略はヨーロッパの諸政府にとって差し迫った危険を意味していない。ヨーロッパの諸政府にとって現実の、そして将来にわたって永続的な危険性をなしているのは、トロツキーの戦術である。(8)

さらに具体的に筆者は言う。

ケレンスキーの位置にポアンカレ(9)がいたとしても、一九一七年一〇月におけるボリシェヴィキのクーデターは同じく見事に成功しただろう。(10)

このような著作が多くの言語に翻訳されて、まじめに受けとめられているとは、にわかに信じがたい！

もし「トロツキーの戦術」があらゆる状況において同じ課題を解決するのだとすると、歴史的諸条件に依拠した「レーニンの戦略」はそもそも何のために必要なのか？

このことを究明しようとしても無駄であろう。さらに、革命を達成するのに若干の技術的処方箋で十分だとすれば、成功した革命はなぜこれほどまでにわずかなのか？

ファシスト作家によって紹介されているレーニンとトロツキーとの対話なるものは、その趣旨からしても形式からしても、最初から最後まで低劣なつくり話である。この種のつくり話は世界のあちこちに少なからず出回っている。たとえばマドリードでは現在、私の名前で『レーニンの生涯』なる著作が出版されている。私はこの著作に対して、マラパルテの戦術的処方箋と同じく、いささかの責任も負っていない。マドリードの週刊誌『エスタンパ』は、レーニンに関するトロツキーの著作なるものからいくつもの章を転載しているが、その中では、私が現在に至るまで同時代人の誰よりもずっと高く評価している人物の思い出に対して、嫌悪を催すような侮辱がなされている。

しかし、偽造屋のことはその運命に任せておこう。老ヴィルヘルム・リープクネヒト[11]——忘れがたき闘士にして英雄たるカール・リープクネヒト[12]の父親——はよく言ったものだ。革命的政治家たるもの、面の皮は厚くなければならない、と。ストックマン博士［イプセンの『民衆の敵』の主人公］はもっと遠回しにこう勧めた。世論に逆らって進もうとする者はみな、おろしたてのズボンを履くべきではない、と。二人の貴重な助言を心にとめて、講演のテーマに戻るとしよう。

十月革命の提起する問題

十月革命は思考力のある人々に対してどのような問題を提起しているだろうか？

1、この革命はなぜどのようにして起こったのか？　より具体的に言うと、なぜプロレタリア革命がヨーロッパの最も後進的な国の一つで勝利したのか？

2、十月革命は何をもたらしたか？

そして最後に、

3、十月革命は正当化されたのか？

最初の問い――原因――に対しては、現在すでに多少なりとも満足のいく形で答えることができる。私は『ロシア革命史』の中でそれを試みている。ここで私にできるのは、その主要な結論を定式化することだけである。

プロレタリアートがかつての帝政ロシアのような後進国で初めて権力に到達したと

いう事実は、一見したところ不可解に見える。だが実際にはそれはまったく合法則的であった。それは予見することができたし、予見された。それどころか、革命的マルクス主義者はこの事実の予見にもとづいて、決定的な事件が起こるずっと以前から自己の戦略を立てていたのである。

最初の最も一般的な説明はこうだ。後進国ロシアは世界経済の一構成部分でしかなく、資本主義世界システムの一要素でしかない。この意味で、レーニンはロシア革命の謎を次のような簡潔な定式で余すところなく解明した。「鎖はその最も弱い環で破られる」。

端的な例証を挙げよう。世界帝国主義の諸矛盾から発生した先の大戦は、その大渦の中に異なった発展水準にある多くの国を引きずりこみ、すべての参戦国に同一の要求を突きつけた。明らかなのは、戦争の重荷が最も後進的な国にとってとりわけ耐えがたいものになるにちがいないということである。ロシアが真っ先に脱落を余儀なくされた。しかし、戦争から身を引き離すには、ロシア人民は支配階級を打倒しなければならなかった。こうして戦争の鎖は最も弱い環で破られたのである。

しかしながら、戦争は地震のような外的破局ではなく、別の手段でもってする政治の継続である。戦争においては、「平時」における帝国主義システムの基本的な諸傾向がより鮮明に現われただけである。世界の生産力が高度になればなるほど、世界的競争が熾烈になればなるほど、対立が先鋭になればなるほど、軍拡競争が激しさを増せば増すほど、それだけますます弱小の参戦国の困難は増大する。まさにそれゆえ、後進諸国は崩壊過程において第一番目を占めるのである。世界資本主義という鎖は、最も弱い環で破れる傾向を常に有している。

たとえ何らかの例外的な、つまり例外的に不利な条件の結果として──たとえば外部からの軍事干渉が勝利したり、ソヴィエト権力自身が取り返しのつかない誤りを犯すなど──、ソヴィエトの広大無辺の領土にロシア資本主義が復活したとしても、それとともに不可避的にその歴史的諸矛盾も復活し、ロシア資本主義はまもなく再び、一九一七年にそれを破壊したのと同じ諸矛盾の犠牲になるだろう。

いかなる戦術的処方箋も、ロシアがその胎内に革命を宿していなかったなら、十月革命を生み出しはしなかったろう。革命党は結局のところ、帝王切開に訴えることを余儀なくされる産科医の役割を果たすことができるだけである。

歴史的後進性の概念

次のような反論がなされるかもしれない。たしかに、君の一般的考察は、旧ロシア――そこの後進資本主義にあっては下部に膨大な貧農を抱え、上部では寄生的貴族と腐敗した君主制が君臨していた――がなぜ崩壊せざるをえなかったのかを十分説得的に説明する。しかし、「鎖とその最も弱い環」の比喩ではいまだ、主要な謎を解く鍵は与えられていない。主要な謎は、いかにして後進国で社会主義革命が勝利しえたのか、である。

旧ロシアの崩壊は一見したところ、ロシアを社会主義国家よりも資本主義的植民地に転化させる方が必然的だったように思える。国と文化の衰退にともなって古い諸階級が崩壊しつつも、時機を失せず進歩的階級に交替することのできなかった事例が、歴史には少なからずあるではないか。

非常に興味深い反論だ。それはわれわれを問題全体の核心へとまっすぐ導いてくれる。とはいえ、やはりこの反論は誤っている。そう言ってよければ、それは内的バランスを欠いている。それは一方では、ロシアの後進性について極端に誇張された観念に依拠しつつ、他方では、歴史的後進性の現象そのものについて理論的に誤った観念に依拠している。

解剖学的・生理学的構造と比べて、人間の心理学的構造は、個人的なものも集団的なものも、はなはだ柔軟で弾力性に富む。この点にこそ、人間が、その動物学上最も近い同類、たとえばサルに対して持つ卓越した長所がある。広さと深みをもった人間の精神は歴史的進歩の必要不可欠の条件であり、それは、いわゆる「社会有機体」に――現実の有機体たる生物学上の有機体とは違って――きわめて不安定な内的構造を与える。国民と国家との発展において、とりわけ資本主義国家の発展において、一様性も均等性も存在しない。文化の異なった諸段階が、対極的な諸段階さえもが、しばしば同じ一つの国の生活において接近し、結合する。

尊敬する聴衆のみなさん、歴史的後進性が相対的な概念であることを思い起こそう。後進国と先進国とが存在するということはつまり、両者間の相互作用も存在するということである。先進国から後進国への圧力が存在し、後進国にとっては、先進国を模倣し後者から技術、科学等々を摂取する必要性が生じる。こうして発展の複合的タイプがつくり出される。後進性の諸特徴が、世界の技術や思想における最新の成果と結合する。最後に、後進性から抜け出すために、歴史的に後発的な諸国は順番を飛ばすことを余儀なくされる。この意味で、十月革命はロシア人民にとって自国の経済的・文化的野蛮さを克服する英雄的手段であったと言えるだろう。

革命前ロシアの社会構造

しかし、この歴史哲学的で、おそらくは、あまりに抽象的な一般論から、生きた経済的諸事実にもとづいてより具体的に問題を立てることへと移ろう。二〇世紀初頭におけるロシアの後進性は次の事実のうちに最もはっきりと示されていた。ロシア国内において工業が農業よりも、都市が農村よりも、プロレタリアートが農民よりも、小さな位置を占めていたことである。このことは全体として国の労働生産性が低いことを意味していた。次のことを言っておけば十分だろう。帝政ロシアがその生活水準の最高点に達した世界大戦直前の時期［一九一三年］において、住民一人あたりの国民所得はアメリカ合衆国の八分の一から一〇分の一程度だった。「規模」という言葉を後進性にも当てはめることができるとすれば、以上が後進性の規模を数字で表したものである。

しかし、同時に、複合的発展法則は経済分野において、最も単純な現象から最も複雑な現象まで、いたるところでその姿を現わす。舗装道路がほとんどないのに、ロシアは大規模な鉄道を建設することを余儀なくされた。ヨーロッパ的な手工業やマニュファクチュアを素通りして、直接に機械化された工場へと移行した。中間段階を飛び越えること、これは後発国の運命である。

農業は遅れており、しばしば一七世紀の水準にとどまっていたのに対して、ロシアの工業は、規模においてではないにせよ、タイプにおいては、先進国の水準に達していたし、いくつかの点では凌駕していることさえあった。一〇〇〇人以上の労働者を雇用する大工場は、アメリカでは全工業労働者数の一八％未満を占めていたのに対して、ロシアではそれは四一％を超えていたと言えば十分だろう。この事実を、経済的後進性に関する通俗的観念にあてはめるのは困難である。とはいえ、それはロシアの後進性を否定するものではなく弁証法的に補完するものなのだ。

この国の階級構造も同じような矛盾した性格を有していた。ヨーロッパの金融資本は強行的テンポでロシア経済を工業化した。ロシアの産業ブルジョアジーはたちまち大資本家的性格と反人民的性格を帯びた。さらにロシアの工業を支配していた外国の株主たちは国外に住んでいたが、労働者はもちろんのことロシア人であった。こうして、数の上では少ない買弁的タイプのロシア・ブルジョアジーに、国民の深部に深く根を張った相対的に強力なプロレタリアートが相対していたのである。

労働者階級の革命的性格に寄与したのは、ロシアがまさに後発国であったがゆえに、競争相手に追いつく努力をせざるをえず、自国の保守主義を――社会的保守主義も政治的保守主義も――醸成することに成功しなかったという事実である。ヨーロッパにおいて、いや全世界においても、最も保守的な国とみなされているのは、間違いなく、最も古い資本主義国たるイギリスである。他方、ヨーロッパにおいて保守主義を最も免れている国はおそらくロシアだろう。

とはいえ、若くて清新で決然としたロシア・プロレタリアートはやはり国民の中の取るに足りない少数派でしかなかった。革命勢力の予備軍はプロレタリアート自身の外部に、すなわち半農奴的な農民と被抑圧民族に見出された。

農民

ロシア革命の基盤をなしたのは土地問題であった。古い身分的・君主制的隷属は、新しい資本主義的搾取という条件のもとで二重に耐えがたいものとなった。農村の総土地面積は約一億四〇〇〇万デシャチーナ〔一デシャチーナは約一・一ヘクタール〕である。平均二〇〇〇デシャチーナを所有する三万人の大土地所有者は総計で約七〇〇〇万デシャチーナを所有していた。つまり、約一〇〇〇万戸の農家あるいは五〇〇〇万人の農民の所有する土地の総計と同じ面積の土地を所有していた。しかも、地主が所有していたのは最良の土地であった。土地に関するこの統計はそのまま農民蜂起の出来合いの綱領となった。

大貴族のボボルイキン[13]は、一九一七年に、最後の国会〔第四国会〕の議長であった従僕のロジャンコ[14]に次のような手紙を送った。「余は地主である。余が自分の土地を失うなど、しかも、社会主義の教義を実地に試すというおよそ信じがたい目的のために失うなど、まったく納得がいかない」。しかし、革命とは、支配階級にとって納得のいかないことを成し遂げることを自己の課題としているのだ。

一九一七年の秋、農民蜂起の地はほぼ全土に広がった。旧ロシアの六二四郡のうち四八二郡がこの運動に捉えられた。七七％だ！　農村で燃え広がる大火の赤い炎が都市における蜂起の舞台を明るく照らし出した。

しかし、そうは言っても、地主に対する農民戦争は、プロレタリア革命ではなくブルジョア革命の古典的要素の一つではないのか！　そう諸君は反論するだろう。まったくその通りだ、と私も答えよう。過去にはまさにそうであった。ところが――そしてまさにこの点に歴史的後発国における資本主義社会の生命力のなさが、とりわけはっきりと示されているのだが――農民戦争はブルジョア階級を前方へと駆り立てるのではなく、反対に彼らをすっかり反動の陣営へと投げ込んだのである。農民は、滅びたくなければ、工業プロレタリアートに与するしかなかった。レーニンは、労働者と農民との革命的協力を天才的に予見し、それを長年にわたって準備した。

もし土地問題がブルジョアジーによって大胆に解決されていたなら、もちろんのこと、ロシアのプロレタリアートは一九一七年に権力に到達することはけっしてなかったろう。遅れて登場し早々に老いぼれてしまった貪欲で臆病なロシア・ブルジョアジーは、封建的所有に手をつける勇気を持ち合わせていなかった。まさにそのことによって、彼らはプロレタリアートに権力を、そしてそれとともにブルジョア社会の運命を決する権利をもプロレタリアートに引き渡したのである。

したがって、ソヴィエト国家が実現するためには、異なった歴史的時代に属する二つの要因が結びつくことが必要であった。農民戦争、すなわちブルジョア的発展のあけぼのに特徴的な運動と、プロレタリアートの蜂起、すなわちブルジョア社会のたそがれを示す運動、である。まさにここにロシア革命の複合的性格がある。

農民という熊が後足で立ち上がるとき、その怒りたるや恐るべきものである。しかし、農民は、自己の憤激に意識的表現を与えることができない。彼らには指導者が必要なのだ。蜂起した農民は歴史上初めてプロレタリアートのうちに信頼できる指導者を見出した。

四〇〇〇万の産業・運輸労働者が一億の農民を指導した。以上が、ロシア革命におけるプロレタリアートと農民との必然的で不可避的な相互関係であった。

民族問題

革命の第二の予備軍は被抑圧民族である。もっとも、その大部分は農民でもあった。ロシア国家の発展の拡張的性格は国の歴史的後発性と密接に結びついており、それは油の染みのようにモスクワという中心から周辺へとしだいに広がっていった。東方ではより後進的な諸民族を従属させていき、ついで、それらの諸民族を利用して、西方のより発達した諸民族を封じ込めた。住民の主要部分をなす七〇〇〇万の大ロシア人に、約九〇〇〇万人もの「異民族」が少しずつつけ加わった。

このようにしてロシア帝国は成立したのであり、その構成において支配民族は四三％を占めるにすぎず、残る五七％は、異なった文化水準にある無権利の種々の少数民族によって構成されていた。ロシアにおける民族的抑圧は近隣諸国、すなわち西方のみならず東方で国境を接している諸国と比べてもはるかに粗野なものだった。このことは民族問題に巨大な爆発力を付与した。

ロシアの自由主義ブルジョアジーは、民族問題においても土地問題と同じく、抑圧と暴力の体制に修正を加えること以上に進もうとはしなかった。ミリュコーフとケレンスキーの「民主主義」政府は、大ロシア人のブルジョアジーと官僚制の利益を反映しており、その存在の八ヵ月間というもの、不満を持つ諸民族に、奪い取らないかぎり何も得られないということを急いで叩き込んだのである。

レーニンは、ロシアにおいて遠心的な民族運動が発展することの不可避性を早くから指摘していた。ボリシェヴィキ党は長年にわたって、民族自決権のための、すなわち完全な国家的分離の権利のための闘争を倦むことなく展開した。民族問題のこのような大胆な立て方によってのみ、ロシア・プロレタリアートはしだいに被抑圧民族の信頼を勝ち取ることができたのである。

民族解放運動は、土地獲得運動と同じく、必然的に公式の民主主義派［ブルジョア民主主義派］と対立しつつ、プロレタリアートを強化し、十月革命の河床へと流れ込んでいったのである。

永続革命

プロレタリア革命がなぜ歴史的後発国で勝利したのかという謎は、こうして徐々にわれわれの前に明らかになっていく。マルクス主義派の革命家たちは、現実の事件が起こるずっと以前に、革命の全般的な歩みとロシア・プロレタリアートの将来の役割とを予見していた。ここではおそらく、私自身の一九〇五年の著作から短い引用を行なっても許してもらえるだろう。

経済的により後進的な国で、プロレタリアートが先進資本主義国よりも早く権力に就くことは可能である。(15)……

ロシア革命は、……ブルジョア自由主義の政治家たちがその統治能力を全面的に発揮する可能性を得る以前に、権力がプロレタリアートの手に移りうる（革命が勝利すれば移るにちがいない）条件をつくり出している。(16)

農民……の最も基本的な革命的利益の運命は、革命全体の運命に、すなわちプロレタリアートの運命に結びついている。権力に就いたプロレタリアートは、農民の前に解放者の階級として登場するだろう。[17]

プロレタリアートは、国民の革命的代表者として、絶対主義と農奴制的野蛮に対する闘争の公認の人民的指導者として政府に入る。[18]

プロレタリア体制が最初の時期にしなければならないことは、農業問題の解決に取り組むことである。この問題は、ロシアの膨大な住民大衆の運命をめぐる問題と結びついている。[19]

私がこれらの文章を引用するのを必要とみなしたのは、本日ここで私が描き出している十月革命の理論がその場しのぎの即興的なものでもなければ、事態の圧力のもとで後知恵的にこしらえたものでもないことを示すためである。いや、政治的予測として、それは革命そのものよりもはるかに先行していた。理論は総じて、発展の歩みを予見し、それに合目的的に働きかけるのに役立つかぎりで価値がある。このことに諸君も同意するだろう。まさにこの点に、一般的に言って、社会的・歴史的方向設定の道具としてのマルクス主義の測りしれない意義があるのだ。

残念ながら、本講演の限られた枠内では、先に引用した文章をあまり敷衍することはできない。それゆえ、一九〇五年の著作を全体として短く要約することに限定しておこう。

ロシア革命は、その直接的な課題からするとブルジョア革命である。しかし、ロシア・ブルジョアジーは反革命的であり、革命の勝利はプロレタリアートの勝利としてのみ考えられる。しかし、勝利したプロレタリアートはブルジョア民主主義の綱領にとどまることなく、社会主義の綱領に移行するだろう。ロシア革命はこうして世界社会主義革命の第一段階になるだろう。

以上が、一九〇五年に私によって提起され、「トロツキズム」の名のもとに激しい批判にさらされた永続革命の理論である。より正確に言えば、以上はこの理論の一部にすぎない。現代においてとりわけアクチュアルなものになっているそのもう一つの部分は、以下の通りである。

現代の生産力はとっくに一国の枠組みを越えてしまった。一国の境界の内部で社会主義社会は実現することはできない。孤立した労働者国家の経済的成功がどれほど大きなものであるとしても、「一国社会主義」の綱領は小ブルジョア的な国際的ユートピアである。ヨーロッパ規模の、次には世界的規模の社会主義共和国連邦だけが、調和的な社会主義社会の現実的舞台になりうる。

事実による検証を受けた今日、この理論を放棄する何らかの根拠は以前にもまして存在しないと私はみなすものである。

ボリシェヴィズム

ここまで語った後で、まだファシスト作家マラパルテを想起する必要があるだろうか？　戦略から独立していて、常にあらゆる所で適用可能な蜂起の技術的処方箋に還元される、そういう戦術を私に帰している人物のことを。少なくとも、不幸なクーデター理論家の名前が、クーデターを実際に勝利させた実践家の名前と異なっているおかげで、両者を区別することができるのはよいことだ。マラパルテとボナパルトとを混同する者は誰もいないだろうから[20]！

もし一九一七年一一月七日の武装蜂起がなかったなら、ソヴィエト国家は存在しなかっただろう。しかし、蜂起それ自体は天から降ってきたわけではない。十月革命にとっていくつかの歴史的前提条件が必要だった。

1、旧支配階級たる貴族、君主、官僚の腐朽。

2、ブルジョアジーの政治的弱さ、それが人民大衆のうちに根を持っていないこと。

3、農民問題の革命的性格。

4、被抑圧民族の問題の革命的性格。

5、プロレタリアートの社会的比重が大きかったこと。

これらの有機的前提条件にさらに二つのはなはだ重要な状況的条件[21]をつけ加えなければならない。

6、一九〇五年の革命が一九一七年革命の偉大な学校、あるいはレーニンの表現を用いればその総稽古になったこと。次のことを言うだけで十分だろう。革命におけるプロレタリア統一戦線の欠くことのできない組織形態であったソヴィエトは、一九〇五年に初めて形成されたのである。

7、帝国主義戦争があらゆる矛盾を先鋭にし、最も遅れた大衆を不活発な状態から叩き出し、そうすることで、壮大な規模の破局を準備したことである。

しかしながら、以上の諸条件は革命の勃発にとってはまったく十分なものだが、革命の勝利を保障するには十分ではなかった。プロレタリアートが権力を獲得するには以下のものが必要だった。

8、ボリシェヴィキ党[22]。

私がこの条件を最後に挙げたのは、これが論理的な順序と一致しているからであって、党を意義の上で最下位に置いているからではない。いや、私はこのような考えからほど遠い。自由主義ブルジョアジーなら［革命党がなくとも］権力を獲得することができるし、実際、彼ら自身が参加しなかった闘争の結果として一度ならず権力を獲得してきた。彼らには見事に発達した簒奪機関があるからだ。だが勤労者階級はまったく異なった状況に置かれている。彼らは奪われることには慣れているが、奪い取ることには慣れていない。彼らは働き、できるかぎり耐え忍び、希望を抱き、我慢の限界に達し、立ち上がり、闘争し、死に赴き、他の者に勝利を授け、欺かれ、士気阻喪し、再び背中を曲げて働く…。以上が、あらゆる体制のもとでの人民大衆の歴史であった。自己の手中に権力を強固かつ確実に掌握するためには、ロシア・プロレタリアートには一つの党が、思想の明確さと革命的決然性の点で他のあらゆる党を凌駕する党が、必要だったのである。

ボリシェヴィキ党は、人類の歴史上最も革命的な党として一度ならず規定されてきた。それはロシア現代史の生きた凝縮であり、そこにおけるあらゆる生きた動的なものの凝縮であった。さらに、ヨーロッパと世界の発展における革命的諸潮流は一時的にであれ、ロシア・ボリシェヴィズムのうちにその最も完成された表現を見出した。ツァーリズムを打倒することは、とっくの昔にロシア人民の経済的・文化的発展にとっての必要条件になっていた。しかし、この歴史的課題を解決するための勢力が欠けていた。ロシア・ブルジョアジーは革命を恐れていた。インテリゲンツィアは農民を立ち上がらせようとしたが、自己自身の苦境と課題を一般化することのできなかったムジークはこの呼びかけに応えなかった。インテリゲンツィアはダイナマイトで武装した。まるまる一つの世代がこの闘争で燃え尽きた。

一八八七年の三月一日、アレクサンドル・ウリヤーノフ(23)は、この時代における大規模なテロ計画の最後のものを実行した。アレクサンドル三世を爆弾で暗殺する計画は失敗に終わった。ウリヤーノフとその共犯者たちは処刑された。革命的階級を化学薬品［爆薬］で代行しようとする試みは破産した。最も英雄的なインテリゲンツィアといえども、大衆なしには無なのである。

この事実とこの結論の直接的な印象のもとで、アレクサンドル・ウリヤーノフの弟、ウラジーミルは成長し、その人格を形成した。後にロシア史上最も偉大な人物となるレーニンその人である。すでに青年時代にレーニンはマルクス主義の基盤に立ち、プロレタリアートに関心を向けた。片時も農村のことを視界からはずすことなく、労働者を通じて農民に至る道を探求した。革命的先駆者たちから、決然とした姿勢、自己犠牲、最後までやりぬく決意を受け継いだレーニンは、若い頃から革命的インテリゲンツィアの新しい世代と先進的労働者にとっての教師となった。

労働者はすでに、ストライキや街頭闘争で、また監獄や流刑地で必要な訓練を受けていた。彼らに必要だったのは、専制体制という暗闇の中で歴史的な道を照らし出すマルクス主義というサーチライトだった。

一八八三年、亡命者のあいだから最初のマルクス主義グループが生まれた（プレハーノフ）。一八九八年には秘密大会の場でロシア社会民主労働党の結成が正式に宣言された（われわれはみな当時は社会民主主義者と呼ばれていた）。一九〇三年、ボリシェヴィキとメンシェヴィキとのあいだで分裂が起こった。一九一二年、ボリシェヴィキ分派は最終的に独立した党になった。

ボリシェヴィキ党は、一二年間（一九〇五〜一九一七年）にわたる大きな諸事件を通じて、闘いながら社会の階級的メカニズムを習得していった。党は、イニシアチブを発揮すると同時に規律に服することのできるカードルを育て上げた。革命的行動の規律は、教義の単一性、共同闘争の伝統、試されずみの指導部に対する信頼にもとづいている。

これが一九一七年の党であった。公式の「世論」なるものを軽蔑し、インテリ系の新聞が紙上で行なう轟々たる非難をものともせず、党は勤労大衆の運動に足並みをそろえた。工場でも軍隊でも党は確固たる指導的地位を築いた。何百万もの農民はますます党に引きつけられていった。「国民」という言葉を特権的な上層の意味で解するのではなく、国民の多数者、すなわち労働者と農民のことであると解するなら、ボリシェヴィズムは一九一七年のあいだに真に国民的な党、すなわちナロードの党になった。

同年九月、地下に隠れることを余儀なくされていたレーニンは、合図を発した。「危機は熟した。蜂起のときは来たり！」。彼は正しかった。支配階級は、戦争問題、土地問題、民族問題を前にして袋小路にはまり込んでいた。ブルジョアジーは完全に度を失っていた。民主主義諸党、すなわちメンシェヴィキといわゆる「社会革命党」は、帝国主義戦争を支持し、無力な妥協政策を実行し、ブルジョア的・封建的所有者たちに譲歩を重ねることによって、大衆を自分たちから離反させた。目覚めた兵士たちは、自分たちには無縁な目的のためにこれ以上戦おうとはしなかった。民主主義者たちの忠告も聞かず、農民は地主たちをその領地から追い出した。ロシア帝国の抑圧された周辺民族はペトログラードの官僚に対して立ち上がった。最も重要な労働者・兵士代表ソヴィエトはボリシェヴィキが支配した。労働者と兵士は行動を求めた。腫瘍は熟れきっていた。メスでの切開が必要だった。

このような社会的・政治的条件のもとでのみ蜂起は可能になったのだ。そしてそのことによってそれは必要不可欠なものにもなった。しかし、蜂起をもてあそぶことはできない。メスをぞんざいに扱う外科医に災いあれ！　蜂起は一つの技術である。それには独自の法則と規則とがある。

党は十月の蜂起を、冷静な計算と燃えるような決意でもって遂行した。まさにそのおかげで、蜂起はほとんど犠牲者を出すことなく勝利したのである。勝利したソヴィエトを通じて、ボリシェヴィズムは地表の六分の一を占める大国の頂点に立ったのである（拍手）。

一五年

今日ここに来られている聴衆の大半は、思うに、一九一七年の時点ではまだまったく政治に関わっていなかっただろう。それならますますけっこう。若い世代の前方には疑いもなく、多くの興味深いことが、たとえ容易ならざるものだとしても待ち受けているからだ。しかし、この会場におられる古い世代の代表者の諸君は、もちろんのこと、ボリシェヴィキの権力獲得が当時どのように受けとめられたかをよく覚えておいでだろう。何かの冗談、スキャンダル、あるいは最も多かったのが、朝の最初の光とともに消えうせる悪夢とみなされた。ボリシェヴィキはもって二四時間だろう！　いや一週間だ！　一ヵ月！　一年！　期間はどんどん延びていったが、なおますます先に延期しなければならなかった…。全世界の支配者たちは最初の労働者国家に対する軍事闘争に着手した。内戦を煽り、次から次へと干渉をしかけ、封鎖を行なった。このようにして、一年また一年と過ぎていった。そして歴史はすでに、ソヴィエト権力存続の一五周年という時を刻むに至っている。

別の反対者は次のように言うだろう。たしかに、十月の冒険はわれわれの多くが考えていたよりも強固であることがわかった。あるいはそれはそもそも「冒険」ですらなかったのかもしれない。それでもやはり次の問題はそのまま今日でも有効である。それほど高い代償を払っていったい何が達成されたのか？　革命の前夜にボリシェヴィキによって宣言されたあの立派な諸課題は実現されたのか？

この想像上の反対者に答える前に、問題そのものは新しくないことを指摘しておこう。それどころか、それは十月革命が成立した日から常に付きまとっていた問題である。

革命の時期にペトログラードに滞在していたフランス人ジャーナリストのクロード・アネ(24)は、すでに一九一七年一〇月二七日にこう書いている。「最大限綱領主義者（フランス人は当時ボリシェヴィキのことをこう呼んでいた）が権力を獲得した。偉大な日がやって来た。すでに何年も前から約束されてきた社会主義の楽園が実現されるのを――と私はつぶやいた――とうとうこの目で目撃するのだ…。何という素晴らしい出来事！　何という僥倖！」云々。皮肉に満ちた歓迎の言葉の下に、どれほど心からの嫌悪が潜んでいることか！　早くも冬宮占拠の翌朝に、この反動的ジャーナリストはさっそくチケットを差し出してエデンの園に入場する権利を求めたのである。革命から一五年も経た今日、なおのこと敵対者たちは、ソヴィエトがいまだ全般的豊かさの王国とは似ても似つかないことについて皮肉な喜びを剝きだしにしている。何のための革命だったのか、それによる犠牲は何のためだったのか、と。

尊敬する聴衆のみなさん！　私はソヴィエト体制が抱えるさまざまな矛盾、困難、誤り、苦境について他の誰よりも承知しているつもりである。私は個人的にこれらの問題について隠したことは一度もない。演説でも、出版物でもそうだ。革命政治は保守政治とは異なって、事実の隠蔽の上に立脚することはできない。私はそのように考えてきたし、今もそう考えている。「ありのままを語ること」――これが労働者国家の最高原則でなければならない。

しかし、批判においては、創作の場合と同様、正しいバランスが必要だ。主観主義はまずい助言者であり、大きな問題においてはなおさらだ。期間の設定は課題にふさわしいものでなければならず、個人的な気分にもとづいてはならない。一五年？　一個人の一生においてはこれは何と長い歳月だろう！　この期間に、われわれの世代の少なからぬ人々がこの世を去り、残された者たちの髪の毛にもめっきり白いものが増えた。しかし、同じ一五年でも、国民の一生においては何と短い期間であることか！　歴史の時間となると一瞬でしかない。

資本主義は数世紀を要して、中世との闘いをやり抜き、科学と技術を発展させ、鉄道を敷設し、電線を敷いた。では、その後どうなったか？　その後、人類は資本主義によって戦争と恐慌という地獄に投げ込まれたのだ！　だが、社会主義に対してその敵対者たちは、すなわち資本主義を支持する者たちは、あらゆる快適さの備わった楽園を地上に建設するのにわずか一五年しか認めようとしない。いや、このような義務をわれわれは引き受けはしなかった。このような期間をわれわれはけっして設定しなかった。大規模な社会改造の過程はそれにふさわしい尺度で測らなければならない。

社会主義社会が聖書の楽園に似ているのかどうか私は知らない。ほぼ間違いなく似ていないだろう。しかし、ソヴィエト連邦にはそもそもまだ社会主義は存在していないのだ。そこに鎮座しているのは、過去の重苦しい遺産を背負わされ、さらには資本主義国家の敵対的圧力のもとに置かれた、矛盾に満ちた過渡的体制である。十月革命は新しい社会の原理を布告した。ソヴィエト共和国はその実現の最初の段階にすぎない。エジソンの最初の電球はきわめて出来の悪いものだった。最初の社会主義建設に見られる誤りや失敗から未来を区別するすべを知らなければならない！

革命の犠牲

しかし、生きた人間に降りかかる災難はどうなのか？　革命の結果は、それによって引き起こされた犠牲を正当化できるのか？　この問いは不毛で純粋に修辞的だ！あたかも歴史の過程に収支決算書を求めることができるかのようだ。だがこのような論理をもってすれば、個人の生活に存在するさまざまな困難や苦しみを前にして、こう問うこともできるだろう。そもそもこの世に生まれてくる意味はあるのかと。ハイネはそれについてこう書いている。「そして愚者は答えを待つ…」(25)。陰鬱な思索にもかかわらず、これまでのところ、人々が子供を産んだりこの世に生を亨《う》けることを妨げられてはいない。幸いなことに自殺は、今日の未曽有の世界恐慌の時期ですらわずかなパーセンテージにすぎない。まして国民全体が自殺に逃げることはない。彼らは耐えがたい苦しみからの活路を革命に見出すのだ。

それにしても、社会革命の犠牲に対して憤っているのは誰なのか？　たいていの場合それは、帝国主義戦争の犠牲をお膳立てし、それを美化してきた者たちであり、あるいは少なくとも、それを易々と受け入れてきた者たちだ。今度はわれわれが問う番だ。戦争は正当化されたのか？　それは何をもたらしたのか？　それは何を教えたのか？（拍手）

反動的歴史家イポリット・テーヌ(26)はフランス大革命を攻撃する六巻もの著作の中で、いささか意地の悪い喜びを込めて、ジャコバン独裁とその後の時期にフランス人民がこうむった苦難を描き出している。とりわけ辛酸を舐めたのは都市の下層民たる平民、すなわち、サンキュロットとしてその最良部分が革命に身を捧げた当の人々だった。彼らないしその妻たちは今では凍てつく寒さの中、夜を徹して長蛇の列に並びながら、翌朝には何も手にすることなく火の消えたわが家に帰らなければならなかった。革命一〇年目のパリは、革命の直前よりも貧しかった。

入念に取捨選択され、部分的には作為的に集められた事実にもとづいて、テーヌは革命に有罪宣告を下す。平民たちは独裁者にならんと欲したが、貧困のどん底に落ちこんだだけではないか、と。これ以上に陳腐な道徳的説教は思いつくのも難しい！

フランス大革命は、パン屋の前に並んだ飢えた人々の行列に尽きるものでは断じてない。近代フランスの全体が、いくつかの点では近代文明の全体が、フランス革命の洗礼盤から出現したのだ！

一八六〇年代におけるアメリカ南北戦争の時期に五〇万もの人々が亡くなった。この犠牲は正当化されるのか？　アメリカの奴隷所有者や、彼らと歩調を合わせたイギリスの支配階級にとっては、ノーである。アメリカ社会の進歩勢力の観点からは、そして黒人とイギリス労働者の観点からは、全面的にイエスだ。では、人類全体の発展の見地からはどうか？　この点に関しても疑いはありえない。一八六〇年代の南北戦争から現在のアメリカ合衆国が、あの猛烈な実行力と、合理化された高度な技術と、巨大な経済規模をもった大国が生まれたのである。新しい社会体制はアメリカニズムのこの成果の上に打ち立てられるだろう。

十月革命はこれまでのどの革命よりも深く社会の至聖域たる所有関係の中に侵入した。それだけに、革命の創造的結果が生活の全領域に現われるには、より長い期間が必要である。しかし、社会改造の一般的な方向性は現在すでに明らかだ。資本主義的非難者に対してソヴィエト共和国がこうべを垂れたり、弁明の言葉を口にする根拠はまったくない。

労働生産性の成長

進歩の最も客観的で争う余地のない一つの基準は、社会的労働の生産性の成長である。この観点から見た場合、十月革命の評価はすでに経験によって検証されている。社会主義的組織化の原理は、短期間のうちに前代未聞の生産上の成果を達成する能力があることを歴史上初めて実地に証明した。

ロシアにおける工業発展の曲線は大雑把な指数で示すと次のようになる。［第一次］大戦前の最後の年である一九一三年を一〇〇とすると、一九二〇年は内戦のピークであるとともに工業生産の最低点を記録した年であるが、その年の指数は二五であり、戦前における生産水準の四分の一だった。一九二五年には七五まで上昇し、戦前の四分の三まで回復した。一九二九年は約二〇〇であり、一九三二年は三〇〇、すなわち大戦前夜の三倍である。

国際的な指標に照らせば、この構図はいっそう明瞭なものになる。一九二五年から一九三二年までに、ドイツの工業生産高は三分の一だけ減少し、アメリカはほぼ半分に減少した。その間にソ連は四倍を上回る増大を成し遂げた。これらの数字はおのずから語っている。

こう言ったからといって、私は別にソヴィエト経済の暗い面を否定したり隠したりするつもりはない。工業指数が示す成果は農業の芳しくない発展によって著しく損なわれている。この分野では本質的にまだ社会主義的方法にまで高まっていないにもかかわらず、十分な準備もなしに、技術的・経済的にというよりも官僚的に集団化の道へと急いで移行したからである。これは非常に重大な問題だが、私の講演の範囲を越えている。

先に示した指数はなおまだ一つの本質的な留保を要する。ソヴィエトの工業化のまぎれもない、そしてある意味で目も眩むような成功は、経済のさまざまな要素間の均衡、その動態的発展、したがってその効率性という観点から、さらなる経済上の検証を必要とする。この点ではまだ、大きな困難に逢着したり、後方に押し返されることも避けられない。ミネルヴァがジュピターの頭から生まれたり、ヴィーナスが海の泡から生まれたりするように、社会主義が五ヵ年計画から出来あがった形で生まれてくるわけではないのだ。これからまだ数十年にわたる粘り強い仕事、誤り、修正と刷新とが控えている。そして何より忘れてはならないのが、社会主義建設はその本質そのものからして国際的舞台でのみ完成を見ることができるということである。

しかし、現在までに達成された成果に関して、最も不利な経済的バランスシートを取り上げたとしても、それが示しているのは、事前の計算の不正確さ、計画の誤り、指導の不手際といったものだけであって、経験的に確定された事実をけっして覆すものではない。すなわち、労働者国家は社会主義的方法にもとづいて集団的労働の生産性を未曽有の高さにまで引き上げることができるということだ。この成果は世界史的性格を有しており、誰も何ものも否定することはできない。

二つの文化

以上述べたことを踏まえるならば、十月革命があたかもロシアにおいて文化の衰退をもたらしたかのような嘆きについて、もはやあれこれ論じる必要はないだろう。これは、不安に駆られた支配層の客間やサロンの声である。プロレタリア革命によって転覆された貴族的・ブルジョア的「文化」は、金メッキされた野蛮にすぎなかった。それはロシアの人民にとって縁遠いものでありつづけ、人類の宝物庫にほとんど何も新しいものを持ち込まなかった。

だが、白系の亡命者たちがかくも嘆いているこの文化の破壊に関しても、もっと正確に問題を立てなければならない。それはいかなる意味で破壊されたのか？ 答えは一つである。文化財に対する取るに足りない少数派の独占が打破されたのである。しかし、古いロシア文化のうち真に文化的なもののいっさいは、破壊されることはなかった。ボリシェヴィズムというフン族は思想の成果も芸術作品も蹂躙しなかった。反対に、人類の創造物の遺産を丹念に収集し、模範的な形で分類した。君主、貴族、ブルジョアジーの文化は今では歴史博物館の文化になっている。

ロシアの人々は熱心にこれらの博物館を訪れている。しかし、人々はその中で生活しているわけではない。彼らは学び、彼らは建設する。十月革命はロシアの人民に、そして帝政ロシアの何十という諸民族に読み書きを教えた。この事実一つだけでも、過去の温室的なロシア文化のいっさいを凌駕している。（拍手）

十月革命は新しい文化のための基礎を据えた。選ばれた一握りの者たちのための文化ではなく、万人のための文化だ。このことは全世界の人民大衆によって感じ取られている。このことから、ソヴィエト連邦に対する熱い共感が生まれているのであり、その熱烈さたるや、かつての帝政ロシアに対する憎悪の激しさに匹敵するほどである。

尊敬する聴衆のみなさん！　諸君もご存知のように、人間の言葉というのは、あれこれの現象を命名するための道具であるだけでなく、それを評価するためのかけがえのない道具でもある。言葉は、偶然的なもの、エピソード的なもの、作為的なものを脇に退け、基本的なもの、特徴的なもの、重みのあるものを自己のうちに取り入れる。文明諸国の言語がいかに敏感にロシアの発展における二つの時代を区別しているか、このことに注目してほしい。ロシアの貴族文化が世界に流通させたのは、ツァーリ、コサック、ポグロム〔ユダヤ人虐殺〕、ナガイカ〔コサック兵の革鞭〕といった野蛮な言葉であった。十月革命が世界のすべての言語に持ち込んだのは、ボリシェヴィキ、ソヴィエト、コルホーズ、ゴスプラン〔国家計画委員会〕、五ヵ年計画といった言葉である。ここでは実践的な言語学が歴史の最高裁における審判となっている！（拍手）

革命と国民性

どの大革命でもそうなのだが、その最も深い意義を示すものでありながら直接的には最も測りがたいのは、それが国民性を成型し打ち鍛えることである。ロシア人と言えば、鈍重で受動的、あるいは夢想的で神秘主義的というイメージが広く流布している。これは偶然ではない。その起源は過去のうちにある。しかし、今なお西欧の人々は、革命がロシア人の国民性にもたらした深刻な変化を十分に評価していない。それも当然だ。

それなりの人生経験を積んだ人なら誰しも、知り合いの中に次のような青年の姿を想起することができるだろう。感受性が強く、情緒的で、感じやすかった青年が、その後、何らかの強い精神的衝撃を受けて、驚くほどしっかりとし、鍛えられ、見違えるように成長した姿だ。国民全体の発展においては、革命がこのような精神的変容をもたらす。

ツァーリ専制に対する二月の蜂起、貴族に対する闘争、帝国主義戦争に対する闘争、平和のための、土地のための、民族的同権のための闘争。さらに、十月の蜂起、ブルジョアジーの打倒、ブルジョアジーと協調しようとした諸政党の打倒。周囲八〇〇〇キロメートルに及ぶ戦線で繰り広げられた三年にわたる内戦。封鎖、窮乏、飢餓、伝染病の年月。新たな諸困難と窮乏の真っ只中での張りつめた経済建設の年月。これらは厳しいが偉大な学校だった。重いハンマーはガラスをこなごなにするが、鋼鉄を鍛えもする。革命というハンマーは国民性という鋼鉄を鍛え上げたのだ。（拍手）

十月革命のしばらく後、旧帝政ロシアの将軍の一人ザレスキー[27]はこう書いている——「誰が信じようか、掃除夫や門番が突如として裁判長になったり、病院の使用人が病院長に、理髪師が高官に、准尉が総司令官に、雑役夫が市長に、鍛冶工が工場長になるなどと？」

「誰が信じようか？」だが信じざるをえなかった。准尉が将軍たちを粉砕し、雑役夫出身の市長が旧官僚の抵抗を抑え込み、車両の油差し工が輸送を調整し、鍛冶工が工場長として工業を向上させたとき、信じないわけにはいかなかった…。誰が信じようか？　信じたくなければどうぞお好きなように！

ソヴィエト連邦の人民大衆は革命の数年間に信じがたいほどの忍耐強さを発揮した

が、外国の一部の観察者はこれを説明するのに、古い記憶にもとづいて、ロシア人の性格の受動性を持ち出している。ひどいアナクロニズムだ！　革命的大衆は我慢強く困窮を耐え忍んでいるが、受動的にではない。彼らは自分たちの手でよりよい未来を建設しつつあり、何としてでもそれを建設しきるつもりでいる！　階級敵がこの我慢強い大衆に自分たちの意志を外部から押しつけようというのなら、やってみるがいい…。いや、やらないほうが身のためだろう！（拍手）

経済を理性に従わせる

最後に、十月革命の地位を、ロシア史だけでなく人類史の中に位置づけてみよう。一九一七年、八ヵ月という期間中に歴史の二つの曲線が交差した。二月革命は、過去数世紀にオランダ、イギリス、フランスなど、ほぼヨーロッパ大陸全土で繰り広げられた偉大な諸闘争の遅ればせの反響であり、一連のブルジョア革命に連なる革命であった。それに対して十月革命はプロレタリアートの支配を宣言し、新しい時代を切り開いた。ロシアの領土において真っ先に大敗を喫したのは世界資本主義であった。

鎖は最も弱い環で破られた。しかし、破られたのは鎖そのものであって、環だけではなかった。

資本主義は世界システムとしては歴史的に時代遅れになっている。それは、人間の力と富を高めるというその基本的な使命を果たさなくなった。人類は、すでに到達した水準にずっととどまっていることはできない。生産と分配の計画的な、すなわち社会主義的な組織化による生産力の新たな上昇のみが、人々に――すべての人々に――まっとうな生存条件を保障することができ、それと同時に、自己自身の経済に対する自由という貴重な感覚を与える。この場合の自由は二つの方面でのそれだ。第一に、人間は自分の生活の主要な部分を肉体労働に費やすようもはや強制されない。第二に、人間はもはや市場の法則に、すなわち自分たちの背後で作用する無統制で目に見えない力に依存することをやめる。人間は自分たちの経済を自由に、計画的に、コンパスを手に建設するだろう。この場合に問題になっているのは、社会の解剖学であり、それを徹底的に解明し、社会のレントゲン写真を撮り、そのいっさいの秘密を暴露し、その機能のすべてを集団的人間の理性と意志に従わせることである。

この意味で社会主義は、人類の歴史的発展における一つの新しい段階になるにちがいない。最初は石斧で武装していたわれわれの原始的祖先たちにとって、自然の全体が、不可思議で敵対的な諸力の陰謀に思えたことだろう。その後、自然科学は実践的な技術と手に手を取って、自然をその最深部まで解き明かしていった。今では物理学者は電気エネルギーを用いて原子核に刺激を加えている。科学が錬金術の課題をついに解決して、肥料を金に、金を肥料に変える時もそれほど遠い先の話ではない。自然の悪魔と女神がわがもの顔で暴れまわっていた領域に、今では人間の工業的意志がますます大胆にその支配を及ぼしつつある。

しかし、人間は、自然との闘争に勝利を収めつつある一方、他の人々との関係をほとんどミツバチやアリのように盲目的につくり上げた。人々は人間社会の諸問題に対しては、後になってから、そしてはなはだためらいがちに接近した。まず宗教から始まって、次に政治へと移っていった。宗教改革は、時代遅れの伝統が支配していた領域において批判的理性が達成した最初の成果だった。(突然、「ブラボー!」の叫び。どうやら、神学部の学生たちのグループからのもの)。

批判的思考は教会から国家へと移っていった。絶対主義と中世的身分制に対する闘争の中で、人民主権の理論、人権と市民権の教義が生まれ強化されていった。議会制度が形成された。批判的思考は国家管理の領域にも浸透した。民主主義という政治的合理主義は革命的ブルジョアジーが達成した最高の成果であった。

しかし、自然と国家とのあいだにある経済はどうか？　技術は古い自然力──土、水、火、風──の専制から人間を解放したが、その後で人間を技術自身に従属させただけであった。人間は自然の奴隷であることをやめたが、機械の奴隷となりはて、さらに悪いことには需要と供給の奴隷になった。現在の世界恐慌はとりわけ悲劇的な形で次のことを物語っている。海の底にまで潜り、成層圏にまで飛翔し、目に見えない電波で地球の反対側にいる人々と会話する人間、この傲慢で大胆不敵な「自然の支配者」が、依然として、自分自身の経済の無統制な力に対する奴隷であることを！　われわれの時代の歴史的課題は、市場の野放図な作用を理性的な計画に置きかえ、生産力を制御し、それらがお互いに調和的に働いて、人間の必要に従順に奉仕するようにすることである。このような新しい社会的基盤にもとづいてはじめて、人間はその疲れた背中をまっすぐにすることができ、そして──選ばれた者だけでなく、すべての者が──完全な権利を持った市民として思想の王国に入ることができるようになるのだ！（拍手）

人類そのものの発展

だがこれはまだ終着点ではない。それどころかそれは出発点にすぎない。人間は被造物の頂点であると自ら称している。そう自称する何ほどかの権利はたしかにある。しかし、現在の人間が種の最高にして最後の代表者であると誰が言ったのか？いや、人間は肉体的にも精神的にも完成品からはほど遠い。それは生物学的にはまだ未熟な作品であって、思考は脆弱で、自らにとっての有機的均衡をまだ見出していない。

たしかに、人類は、ちょうど山脈の中の一段高い峰のように同時代人の上にそびえ立っている知の巨人や行動の巨人を一再ならず生み出してきた。人類は、自分たちのアリストテレス、シェイクスピア、ダーウィン、ベートーベン、ラプラス、ゲーテ、マルクス、エジソン、レーニンを誇りに思って当然である。しかし、どうして彼らはこれほどに稀なのか？　何よりも、彼らがほとんど例外なく、上流ないし中流階級の出身だったからである。わずかな例外を除けば、人民の抑圧された深部に存在する天才のひらめきは開花する前にしおれてしまう。それと並んで、人間の誕生、成長、教育の過程そのものが現在に至るまで基本的に偶然に委ねられてきたからでもある。それは、徹底的に解明されることもなければ、理論と実践によるレントゲン撮影も行なわれず、意識と意志に従ってもいなかった。

人類学、生物学、生理学、心理学はすでに山のような研究材料を蓄積しており、人間の前に、自己自身を肉体的・精神的に完成の域にまで高めいっそう発展させるという課題を全面的に提起している。精神分析は、人間の「心」と詩的に呼ばれているあの井戸にかぶせられていた覆いを、ジークムント・フロイトの天才的な手でもって上に持ち上げた。それによってわかったことは、われわれの意識的な思考が、目に見えない精神諸力の作用の一部にすぎないということである。学者のダイバーは海の底に潜って、そこに生息する神秘的な魚の写真を撮る。人間の思考は、それ自身の心的井戸の底に潜って、精神の最も神秘的な推進力を解明し、それを理性と意志に従わせなければならない。

自らの社会の無政府的諸力を制御するようになった人間は、今度は、化学者の乳鉢とレトルトでもって自分自身の加工に取りかかるだろう。人類ははじめて自分自身を原材料と、あるいはせいぜい肉体的ないし精神的な半加工品とみなすようになる。矛盾に満ち、調和の欠いた現在の人間は、より高度でより幸福な新しい種へと成長していくだろう。この意味でも、社会主義は必然性の王国から自由の王国への飛躍を意味するのだ。(満場の拍手。聴衆の一部から「インターナショナル」の歌)

訳注

(1)国際社会主義大会……一九一〇年八月にコペンハーゲンで行なわれた第二インターナショナルの国際大会のこと。

(2)スノトラ……北欧神話における最高神オーディンを長とする神々の系統アース神族に属する女神。

(3)「生まれてくるものいっさいは、滅びるに値する」……ゲーテの『ファウスト』の一節で、悪魔のメフィスト・フェレスがファウストに最初に会ったときに語るセリフの一部。ゲーテ『ファウスト』第一巻、新潮文庫、一〇五頁。ゲーテ『ファウスト』第一部、岩波文庫、九三頁。

(4)「人間のなすことには潮時というものがある」……シェイクスピア『ジュリア

ス・シーザー』の一節で、ブルータスがキャシアスに語るセリフの一部。シェイクスピア『ジュリアス・シーザー』光文社古典新訳文庫、二〇〇七年、一四二頁。英語版ではもう少し長く引用されている。

(5) マラパルテ、クルツィオ（一八九八〜一九五七）……イタリアのジャーナリストで作家。一九二二年にムッソリーニ率いるファシスト党のローマ進軍に参加。ファシズム左派の中心的理論家として活躍。一九三一年にパリで『クーデターの技術』を出版。一九三三年にファシスト党から除名。

(6) クルツィオ・マラパルテ『クーデターの技術』中公選書、二〇一五年、六七頁。

(7) 同前、七八頁。

(8) 同前、六八頁。

(9) ポアンカレ、レイモン（一八六〇〜一九三四）……フランスのブルジョア政治家。一九一二〜一三年にフランスの首相兼外相として軍拡を推進し、三国協商を強化。一九一三年にフランス大統領。一九二二〜二四年に再び首相。一九二六年に「国民連合」の首相兼蔵相。

(10) 前掲『クーデターの技術』、七〇頁。

(11) リープクネヒト、ヴィルヘルム(一八二六〜一九〇〇)……ドイツの革命家。マルクス、エンゲルスの盟友で、ベーベルとともにドイツ社会民主党の初期の左派指導者として活躍。

(12) リープクネヒト、カール(一八七一〜一九一九)……ドイツの革命家、ヴィルヘルム・リープクネヒトの息子。ドイツ社会民主党の左派。第一次世界大戦において、帝国議会で軍事公債にただ一人反対。ローザ・ルクセンブルクとともにスパルタクス団を結成。大戦後、ドイツ共産党を結成。一九一九年にローザ・ルクセンブルクとともに社会民主党政府によって虐殺される。

(13) ボボルイキン、ピョートル・ドミトリエヴィチ(一八三六〜一九二一)……ロシアの自然主義作家。一九世紀後半のロシア社会のさまざまな階層を描いた。

(14) ロジャンコ、ミハイル・ウラジミロヴィチ(一八五九〜一九二四)……ロシアのブルジョア政治家、大地主、オクチャブリストの創設者の一人。一九〇七〜一七年、国会議員。一九一一〜一七年に国会議長。二月革命後に国会議員臨時委員会議長。国内戦中はデニーキン白衛軍に属して、ソヴィエト政権に敵対。一九二〇年にユーゴスラヴィアに亡命し、そこで死去。

（15）トロツキー「総括と展望」、本書、六八頁。トロツキーはこの引用の直前でこの著作を「一九〇五年の著作」としているが、出版された年は正確には一九〇六年である。しかし、その主要部分は一九〇五年にすでに書かれていた。
（16）同前、六九頁。
（17）同前、八四頁。
（18）同前、九〇頁。
（19）同前、一四一頁。
（20）マラパルテとボナパルト……マラパルテはペンネームであり、彼は「ボナパルト（良き部分）」をもじって「マラパルテ（悪しき部分）」と名乗った。
（21）「有機的」条件と「状況的」条件……「有機的（英 organic）条件」とはより長期的で一般的な条件を指しており、「状況的（英 conjunctural）条件」とは、特定の時代状況におけるより具体的で限定的な条件のことを意味する。
（22）「ボリシェヴィキ党」……ロシア語テキストでは単に「プロレタリア政党」になっているが、英語版・ドイツ語版にもとづいて修正。
（23）ウリヤーノフ、アレクサンドル・イリイチ（一八六六～八七）……レーニンの兄で人民の意志派の一員。アレクサンドル三世の暗殺を試みようとしたが、事前に計画が漏れていて、決行前に警察に拘束され、嘆願も拒否して死刑に処される。

（24）アネ、クロード（一八六九〜一九三一）……フランスのジャーナリストで作家。一九一七年にフランスの新聞の特派員としてペトログラードに滞在。この滞在中のことをまとめた著作『ロシア革命』を一九二七年に出版。

（25）「そして愚者は答えを待つ…」……ハインリヒ・ハイネの詩集『歌の本』に収録されている「問い」の一節。「人間の意義とは何か？　人間はどこから来て、どこへ行くのか？……そして愚者は答えを待つ」。

（26）テーヌ、イポリット（一八二八〜九三）……フランスの哲学者で歴史家。保守主義の立場からフランス革命を論難する六巻本の未完の大作『近代フランスの起源』（一八七五〜一八九三年）を執筆。

（27）ザレスキー、ピョートル・イワノヴィチ（一八六七〜一九二五）……帝政ロシアの将軍（陸軍少佐）で、軍事問題の著述家。トロツキーが取り上げているのはおそらく、ザレスキーが一九二五年に亡命先のベルリンで出版した『ロシアの破局の原因』であると思われる。

5　スターリニズムとボリシェヴィズム（一九三七年）

【解説】一九三六年から始まったソ連での一連のモスクワ裁判およびそれと並行してソ連国内で吹き荒れた大量粛清は、欧米の社会主義者、共産主義者、左派知識人のあいだに幻滅と清算主義的気分の大きな波を引き起こし、そもそもレーニン主義ないしボリシェヴィズムそのものがスターリニズムを生み出したのではないかという、今日でも主流の議論を活発化させた。このような風潮に対して、何よりもボリシェヴィズムないしレーニン主義の名においてスターリニズムと闘ってきたトロツキーは、敢然と反論の筆を執《と》った。本論文はその中の一つであり、副題は「第四インターナショナルの歴史的・理論的起源の問題によせて」とある。結局、ボリシェヴィズムとスターリニズムとを同一視することは、逆の方向からスターリニストの立場（自分たちこそがボリシェヴィズムの正統な後継者であるとする立場）を肯定することになる。このような議論にトロツキーが与しえなかったのは当然である。逆にトロツキーは、ボリシェヴィズムとスターリニズムとの根本的な違い、その対立性を主張することでボリシェヴィズムの最良の伝統をスターリニズムから奪い返そうとしたのである。この論文は、トロツキーが亡命地で発行していた『反対派ブレティン』の一九三七年九／一〇月号に掲載された。

今日から見れば、この論文におけるボリシェヴィズム擁護論はいささか一面的であり、擁護の度合いが強すぎると言えるだろう。とくに、ソヴィエトにおける一党独裁を当時における「例外的状況」を理由にして正当化している部分がそれである。「例外的状況」を理由にして自らの教義の根幹を否定するに至ったアナーキストに対して放ったトロツキーの鋭い矢は、トロツキー自身にも突き刺さる。ソヴィエト多党制と党内民主主義とは、労働者階級の自己権力としての労働者民主主義の根幹に関わる。それはどんな例外的状況を理由にしても、たとえ一時的であれ否定することは許されない。

われわれの生きている現在のような反動の時代というのは、労働者階級を分解させ弱体化させ、その前衛を孤立させるだけでなく、運動の全般的なイデオロギー的水準をも低下させ、とっくに乗り越えられた段階へと政治的思考を投げ戻す。こうした状況における前衛の課題は何よりも、全般的な逆流に身を任せることではなく、流れに抗して泳ぐことである。不利な力関係のせいで、以前に獲得した政治的陣地を保持できない場合でも、少なくともイデオロギー的陣地で持ちこたえなければならない。なぜなら、そこにこそ、高い代償を払って獲得された過去の経験が表現されているからである。愚か者には、このような政策は「セクト主義」に見えるだろう。だが実際には、それだけが、来たるべき歴史的上げ潮の波が到来した際の、前方への新しい巨大な飛躍を準備するのである。

マルクス主義とボリシェヴィズムに対する反動

大きな政治的敗北は不可避的に再評価を喚起するが、それは一般に二つの方向で起こる。一方では、真の前衛は、敗北の経験によって思想を豊かにし、革命思想の遺産を断固として保持しつつ、それにもとづいて将来の大衆闘争に向けて新しいカードルを教育しようとする。他方では、事なかれ主義者、中間主義者、ディレッタントは、敗北に驚愕し、革命的伝統の権威を破壊しようとし、「新しい言葉」の探求の名のもとに、はるか後方へと逆戻りする。

イデオロギー的反動の実例は枚挙にいとまがない。もっとも、それはたいていの場合、単なる意気消沈という形態を取る。第二インターナショナルと「現在の」第三インターナショナルのすべての文献は、その中間主義的衛星団体であるロンドン・ビューロー(1)の文献と同様、基本的にそのような実例をなしている。そこにはマルクス主義的分析のかけらもない。敗北の原因を解明しようとするいかなる真剣な試みも見られない。将来に関する斬新な言葉は一つも見つからない。紋切り型、旧習墨守、偽造、そして何よりも、自己の官僚主義的保身への配慮以外の何ものも存在しない。ヒルファディング(2)やオットー・バウアー(3)といった人々から一〇行ばかり読むだけで、腐敗臭を十分感じることができるだろう。コミンテルンの理論家たちについてはそもそも語るまでもない。誉れ高いディミトロフ(4)は、飲み屋の店主並みに無知で凡庸である。こうした人々の思考はあまりにも怠惰なため、マルクス主義と手を切ることもできず、それを切り売りしているのである。今、われわれにとって関心があるのはこうした人々ではない。「革新者」の方に目を向けよう。

オーストリアの元共産党員ウィリー・シュラム(5)は、『嘘の独裁』という意味深長な題名の小冊子を出版し、モスクワ裁判について論じている。彼は才能あるジャーナリストであり、その関心は主として時事問題に向けられている。シュラムが同書で行なっている、モスクワ裁判のでっち上げに対する批判、「自白」の心理的メカニズムの暴露は秀逸である。しかし、彼はこれで満足せず、将来における敗北とでっち上げを防ぐ保証となるような新しい社会主義理論をつくり出すことを欲している。だが、シュラムは理論家にはほど遠く、おそらくは社会主義の発展史についてさえ知識が乏しく、そのため、新発見の名のもとに、前マルクス主義的な社会主義へと、しかも、そのドイツ的形態、すなわち最も後進的で感傷的で甘ったるいタイプのものへとすっかり逆戻りしている。シュラムは、プロレタリアートの独裁は言うまでもなく、弁証法と階級闘争をも放棄する。社会改造の課題は、彼にあっては、いくつかの永遠の道徳的「真理」を実現することに還元される。彼は資本主義体制のもとですでにこの真理を人類に浸透させようとする。

道徳的リンパ液を注入することで社会主義を救おうとするウィリー・シュラムの企ては、ケレンスキーの雑誌『新しいロシア』(パリで発行されている旧ロシアの地方雑誌)において、喜びをもってだけでなく自慢げな態度でも迎えられている。編集部がいみじくも結論づけたところでは、シュラムは、真正ロシアの社会主義の原理にたどり着いたのだ。この社会主義はとっくの昔に、冷酷かつ非情な階級闘争に対して信仰と希望と愛の神聖なる原理を対置していた。だがもっと言うと、ケレンスキーの属していたロシア「社会革命党」の当初の教義は、その「理論的」前提に関しては、「一八四八年の」三月革命以前のドイツの真正社会主義に回帰するものでしかなかった。しかしながら、思想史に関してシュラムよりも詳しい知識をケレンスキーに求めるのは、あまりに不公平というものだろう。はるかに重要なのは、シュラムと連帯しているケレンスキーが、政府の首班であったときには、ボリシェヴィキをドイツ参謀本部の手先だとして迫害する首謀者であったことである。すなわち、ケレンスキーは、シュラムが今まさに使い古された形而上学的絶対概念を振り回して闘争しようとしているその当の「でっち上げ」を組織した人物なのである。

シュラムやその同類たちの思想的反動の心理的メカニズムはたいして複雑なものではない。ある一定の期間、これらの人々は階級闘争をうたっていた政治運動に参加し、言葉の上では唯物論的弁証法に訴えていた。オーストリアでは、ドイツと同様、事態は破局に終わった[ナチズムの勝利]。シュラムは十把一絡げ的な結論を引き出す。こんなことになったのは階級闘争と弁証法のせいだ！　だが、この新発見に至る過程は彼の歴史的経験と個人的知見によって制約されていたので、わが革新者は、新しい言葉を探し求めて、結局は、とっくの昔に投げ捨てられた古着をひっつかんだのである。そして彼は勇敢にもこの古着をボリシェヴィズムに対してのみならず、マルクス主義にも対置している。

一見したところ、シュラムによって提示されたタイプのイデオロギー的反動は、あまりにも幼稚すぎて（マルクスから…ケレンスキーへ！）、あれこれ論じるに値しないように思える。しかし実際にはそれは大いに教訓的なのである。まさにその幼稚さのおかげで、それは、他のあらゆる形態の反動の、とりわけボリシェヴィズムを十把一絡げ的に拒否するタイプの反動の、公分母になっている。

「マルクス主義に帰れ」？

ボリシェヴィズムのうちに、マルクス主義はその最も壮大な歴史的表現を見出した。ボリシェヴィズムの旗のもとに、プロレタリアートは初めて勝利し、最初の労働者国家を建設した。この事実を歴史から取り除くことは、どんな力をもってしても不可能である。しかし、十月革命は現段階では、抑圧と略奪と偽造のシステムを伴った官僚支配に——シュラムの的確な表現によれば「嘘の独裁」に——行き着いた。このことから、形式的で皮相な思考の持ち主の多くは次のような総括的結論に傾くだろう。ボリシェヴィズムを拒否することなしにはスターリニズムと闘うことはできない、と。シュラムは、すでに見たように、さらにその先まで行く。スターリニズムへと堕落したボリシェヴィズムは、もともとマルクス主義から発生した。したがって、マルクス主義の基盤にとどまったままでスターリニズムと闘うことはできない、と。

　より首尾一貫しない人々、だが数の上ではより多い人々は、反対のことを言う。「ボリシェヴィズムからマルクス主義に帰らなければならない」と。どの道を通ってか？　いかなる、いかなるマルクス主義にか？　マルクス主義はボリシェヴィズムという形態で「破産する」前に、それは社会民主主義という形態で崩壊を遂げていた。「マルクス主義に帰れ」というスローガンは、したがって、第二インターナショナルと第三インターナショナルの時代を飛び越えて…第一インターナショナルに戻るということを意味するのか？　しかし、それもまた当時の時代に崩壊してしまっている。ということは、問題は結局のところマルクスとエンゲルスの…『全集』に帰れということになる。

　この種の英雄的飛躍は、自分の書斎から一歩も出ることなく、スリッパを脱ぐことさえなく達成することができる。しかし、いったいどうやって、ボリシェヴィズムと十月革命の経験を含む数十年間の理論的・政治的闘争をすっ飛ばして、われわれの古典家たち（マルクスが死んだのは一八八三年、エンゲルスが死んだのは一八九五年だ）から新しい時代の課題へと移行することができるのか？　ボリシェヴィズムを歴史的に「破産した」潮流として放棄するよう提案する者たちの誰も、新しい道を提起しなかった。それゆえ問題は「『資本論』を研究せよ」との単純な助言にまで還元される。これには反対することはできない。しかし、ボリシェヴィキも『資本論』を学んでいた。しかも、かなり良く学んでいた。にもかかわらず、このことはソヴィエト国家の堕落とモスクワ裁判の上演を妨げるものではなかった。ではどうすればいいのか？

ボリシェヴィズムはスターリニズムに責任を負っているか？

しかしそれにしても、スターリニズムがボリシェヴィズムの法則的産物であるというのは本当なのか？　あらゆる反動家がそう前提し、スターリン自身もそう主張し、メンシェヴィキ、アナーキスト、そして、自分のことをマルクス主義者とみなしている一部の左翼教条家たちもそう考えているように、だ。シュラムは言う、「われわれは常にこのことを予言してきた。十月革命は、他の社会主義諸政党の禁止、アナーキストの抑圧、ソヴィエトにおけるボリシェヴィキ独裁の樹立から始まって、官僚独裁へと行き着かざるをえなかった。スターリニズムはレーニン主義の継続であり、それと同時にその破産である」。

こうした判断の誤りは、暗黙のうちにボリシェヴィキと十月革命とソヴィエト連邦とを同一視することに始まる。敵対する諸勢力間の闘争にもとづいた歴史的過程が、真空の中で進行するボリシェヴィズムの進化に置きかえられる。しかし、ボリシェヴィズムは一つの政治的潮流にすぎず、労働者階級と密接に融合していたとはいえ、それと同一のものではなかった。だが、労働者階級以外にも、ソ連には一億以上の農民、さまざまな少数民族、抑圧・貧困・無知という遺産が存在する。ボリシェヴィキによって創設された国家は、ボリシェヴィズムの思想と意志を反映するだけでなく、国の文化的水準、住民の社会的構成、野蛮な過去の圧力、そしてそれに劣らず野蛮な世界帝国主義の圧力をも反映する。ソヴィエト国家の堕落の過程を、純粋ボリシェヴィズムの進化として描き出すことは、社会的現実を構成する一要素だけを論理的に抽出することで社会的現実の全体を無視することを意味する。基本的にこの種の初歩的誤りは、それをはっきり指摘しさえすれば、それで片がつく。

ボリシェヴィズムそれ自身はいずれにせよ、自らを十月革命とも、そこから生じたソヴィエト国家とも同一視しなかった。ボリシェヴィズムは自らを、歴史の諸要因の一つ、その「意識的な」要因とみなした。それはきわめて重要ではあるが、決定的なものではない。われわれはけっして歴史的主観主義の罪は犯さなかった。われわれは、決定的な要因が——与えられた生産力的土台の上では——階級闘争に、しかも、国内的な階級闘争だけではなく、国際的規模での階級闘争にあるとみなしていた。

ボリシェヴィキは、農民の所有者的傾向に譲歩し、入党に対する厳格なルールを設定し、この党から異質な諸分子を一掃し、他の諸政党を禁止し、ネップを導入し、企業を利権に賃貸することを認め、帝国主義諸政府と外交関係を結んだが、それらはボリシェヴィキが以下のような基本的諸事実から引き出した部分的結論に他ならなかった。すなわち、理論的には最初からボリシェヴィキにとって自明なことではあったが、権力の獲得はそれ自体としていかに重要であったとしても、けっして党を歴史的過程の全能の支配者に変えるものではないということである。国家を奪取することによって、党はたしかに、それ以前は利用できなかった力を用いて、社会の発展に働きかける可能性を手に入れた。しかし、それと引き換えに、党自身が、社会の他のあらゆる要素から十倍も影響をこうむることになったのである。敵対する諸勢力の直接的な打撃を受けて、党が権力から放逐される可能性もある。あるいは、発展テンポがより停滞することで、党が権力を維持しながらも、内的に変質する可能性もある。セクト主義的屁理屈屋はまさにこうした歴史的過程の弁証法を理解しない。彼らは、スターリン官僚制の腐敗のうちにボリシェヴィキに対する壊滅的な論拠を見出そうとする。基本的に、これらの紳士諸君はこう言っているのである。それ自身のうちに、堕落しない保証を備えていない革命党は悪い党である、と。このような基準にもとづくなら、ボリシェヴィズムはもちろん有罪である。彼らはそのようなお守りを持っていなかったからである。しかし、このような基準自体が偽りなのだ。科学的思考は具体的分析を必要とする。すなわち、いかにしてなぜ党が堕落したかの分析である。これまで誰もこのような分析を提示していない。ボリシェヴィキ自身を除いて。だが、ボリシェヴィキはそうするにあたって、ボリシェヴィズムと手を切る必要はなかった。反対に、彼らは自分たちの武器庫の中に、自らの運命を説明するのに必要ないっさいのものを見出した。ボリシェヴィキが至った結論はこうだ。たしかに、スターリニズムはボリシェヴィズムから「発生」した。だが論理的にではなく弁証法的に発生した。すなわち、革命的肯定としてではなく、テルミドール的否定として。これはけっして同じことではない。

ボリシェヴィズムの基本的予測

しかし、ボリシェヴィキにとって、ソ連の政権党の堕落の原因を説明するのにモスクワ裁判を待つ必要はなかった。彼らはかなり以前から、このようなタイプの発展の可能性を理論的に予想していたし、あらかじめそのことについて語ってもいた。そのような予測を、ボリシェヴィキは十月革命直前に行なっただけでなく、その何年も前に行なっていたことを指摘しておく。国内的および国際的な規模での特殊な力関係の組み合わせのせいで、プロレタリアートはロシアのような後進国でも権力に最初に到達することができる。しかし、この同じ力関係の組み合わせのせいで、遅かれ早かれ先進諸国におけるプロレタリアートの速やかな勝利なしには、ロシアの労働者国家は持ちこたえることはできないだろうとあらかじめ予測することができた。孤立したままに置かれたソヴィエト国家は崩壊するか堕落するだろう。より正確に言うと、最初に堕落して、次に崩壊するだろう。私個人について言えば、このことを一九〇五年以来何度となく言ってきた。私の『ロシア革命史』（最後の巻の「付録」である「一国社会主義」を参照せよ)[6]には、この件に関して一九一七年から一九二三年までの時期に、ボリシェヴィズムの指導者によって言われたことを集めておいた。それらはみな一つの結論に至っている。西欧における革命なしには、労働者国家[7]は、国内の反革命によってか国外からの干渉によって、あるいは両者の結合によって解体されるだろう、と。レーニンは一度ならず、とりわけ次のように指摘した。ソヴィエト体制の官僚化は技術的ないし組織的な問題ではなく、労働者国家の社会的変質の開始を意味しうる、と。

一九二二年三月の第一一回党大会において、レーニンは、ネップの開始以来、一部のブルジョア政治家から、とりわけ自由主義的教授たるウストリャーロフ[8]からソヴィエト・ロシアに与えられた「支持」について語っている。ウストリャーロフは言う、「私はロシアのソヴィエト権力を支持することに賛成だ。なぜなら、この権力は、普通のブルジョア権力に滑り落ちていく道に立ったからである」。レーニンは、「甘ったるい共産主義的駄弁」よりも敵のあけすけな発言の方を好んだ。レーニンは、党が直面している危険性について容赦のない警告を与えた。

ウストリャーロフが言っているようなことは実際に起こりうることだと率直に

言わなければならない。歴史にはあらゆるタイプの変容が見られる。信念や献身やその他の優れた精神的資質に頼るのは、政治においてはまったく不真面目なことである。優れた精神的資質は少数の人間にしかないが、歴史の帰趨を決するのは膨大な大衆であって、少数の人間が大衆に適応しない場合には、大衆は時としてこの少数の人々をあまり丁重には扱わないものなのだ(9)。

要するに、党は発展の唯一の要因ではなく、より大きな歴史的規模では決定的なものでもない。レーニンは彼が参加したこの最後の大会で次のように続けた。

ある民族が他の民族を征服することがある。……これはごく単純で、誰にでもわかることだ。しかし、これらの民族の文化についてはどうだろうか？　ここでは問題はそれほど単純ではない。征服した民族が征服された民族よりも文化的に高度である場合には、征服した民族は自己の文化を征服された民族に押しつける。だが、その反対の場合には、被征服民族の方が征服民族に自己の文化を押しつけるということがしばしば起こる。ロシア社会主義共和国連邦の首都でもこれと似たようなことが起こったのではないか？　ここでは四七〇〇人の共産党員（ほぼ一個師団の規模であり、みな最良の党員だ）が、異質な文化に従属するという結果になったのではないか(10)？

これは一九二二年初めに言われたことであり、しかもこのとき初めて言われたのではない。歴史というものは、少数の人々によって作られるものではない。たとえそれが「最良の」人々であってもだ。それだけではない。これら「最良の人々」であっても、「異質な」文化、すなわちブルジョア文化によって堕落しうるのである。ソヴィエト国家が社会主義の道から逸脱するという事態が起こりうるだけでなく、ボリシェヴィキ党が、不利な歴史的諸条件のもとで、そのボリシェヴィズムを失うことも起こりうるのである。

左翼反対派はこうした危険性を明確に理解することから出発しており、それは一九二三年に最終的に形成された。左翼反対派は、日々堕落の徴候を記録しながら、迫りくるテルミドールに対して、プロレタリア前衛の自覚的意志を対置しようとした。しかし、この主体的要因だけでは不十分であることがわかった。レーニンによれば闘争の帰趨を決する「膨大な大衆」は、国内における欠乏と、世界革命をあまりにも長く待ちすぎたせいで、倦み疲れていた。大衆は意気消沈していた。官僚が支配権を獲得した。官僚はプロレタリア前衛を押さえつけ、マルクス主義を踏みにじり、ボリシェヴィキ党を乗っ取った。スターリニズムが勝利した。左翼反対派のうちに体現されたボリシェヴィズムは、ソヴィエト官僚とコミンテルン官僚から決裂した。以上が発展の現実の歩みである。

たしかに、形式的な意味では、スターリニズムはボリシェヴィズムから発生した。モスクワ官僚は今日でさえボリシェヴィキ党を自称しつづけている。彼らは、大衆をよりうまく欺くために、ボリシェヴィズムという古い商標を利用しているにすぎない。それだけにいっそう惨めなのは、外皮を核と、外観を本質と取り違えている理論家たちである。スターリニズムをボリシェヴィズムと同一視することによって、これらの人々は、テルミドール派に最良の奉仕をなし、そうすることで疑いもなく反動的役割を果たしている。

政治的舞台から他のすべての政党が排除されている場合には、住民の各層における相矛盾するさまざまな利害や傾向は必然的に、程度の差はあれ、政権党の中に表現されることになる。政治的重心がプロレタリア前衛から官僚へと移行するにつれて、党は、イデオロギーにおいてだけでなくその社会構成の上でも大きく変化した。発展の歩みが嵐のような性格を有していたせいで、ボリシェヴィキ党は社会民主主義が半世紀の間にこうむったよりもはるかに根本的な変質をこの一五年間にこうむった。現在行なわれている「粛清」は、ボリシェヴィズムとスターリニズムとのあいだに単に血の一線を引くものであるどころか、血の川をまるまる引くものであろう。ボリシェヴィズムの古参世代の全体、内戦に参加した中間世代のかなりの部分、ボリシェヴィキの伝統を真剣に摂取した若い世代のかなりの部分、こうした諸世代が絶滅させられたことは、政治的のみならず、直接的に肉体的な意味でも、スターリニズムとボリシェヴィズムとの非両立性を示している。どうしてこれを見ないでいることができようか？

スターリニズムと「国家社会主義」

一方、アナーキストは、スターリニズムを、ボリシェヴィズムとマルクス主義の有機的産物とみなしただけでなく、一般に「国家社会主義」の有機的な産物とみなした。彼らは、バクーニン流の家父長的な「自由な諸共同体の連合」をより現代的な「自由なソヴィエトの連合」に置き換えることに同意する。しかし、彼らは以前と同じく中央集権的国家に反対する。実際、「国家マルクス主義」の一部門たる社会民主主義は、権力の座に就くや、資本の公然たる手先となった。もう一方の片割れたるスターリニズムは、新しい特権的カーストに成り果てた。となれば、悪の根源が国家にあることは明白ではないか？　広大な歴史的観点からすれば、こうした主張にも一片の真理が存在する。強制の機構としての国家が政治的・道徳的伝染病の発生源であることは疑いない。このことは、経験が示しているように、労働者国家にもあてはまる。したがって、こう言うことも可能だ。スターリニズムは社会がまだ国家という拘束衣を脱ぎ捨てることができないという状況の産物である、と。

しかし、こうした事情は、ボリシェヴィズムないしマルクス主義を評価する上では何の役にも立たない。それはただ、人類の一般的な文化水準を、なかんずく、プロレタリアートとブルジョアジーとの力関係を特徴づけるものでしかない。国家（労働者国家でさえ）が階級的野蛮の産物であり、人類の本史が国家の廃絶とともに始まるであろうという点に関して、われわれはアナーキスト諸君に同意する。しかし、その上でなお、われわれの前には次のような問題がその効力をいささかも失うことなく残されている。いかなる手段と方法が究極的に国家を廃絶に至らせることができるのか、という問題である。最近の経験は、いずれにせよそれがアナーキズムの方法ではないことを物語っている。

世界で唯一重要なアナーキスト組織であるスペインのCNT（全国労働総連合）の指導者たちは、危機の瞬間にブルジョア内閣の大臣となった。アナーキストは、自己の理論に対するこの公然たる裏切りを、「例外的状況」の圧力で説明した。しかし、ドイツ社会民主党の指導者たちもかつて同じ口実に訴えたのではなかったか？ もちろん、内戦というのは、穏当でも平凡でもなく「例外的状況」である。だが、すべての真面目な革命組織というのはまさにこうした「例外的状況」に向けて準備をしているはずだ。スペインの経験はまたしても次のことを示した。すなわち、「通常の状況」下で、そしてブルジョア国家の許可を受けて出された小冊子の中で国家を「否定する」ことはできても、革命という状況は国家を「否定する」余地などまったく残さないということ、反対に、国家を獲得することが必要とされる、ということである。

彼らがペンの単なる一振りによって国家を清算しなかったことを非難するつもりはさらさらない。革命党は、権力を獲得した場合でさえ（スペインのアナーキスト指導者は、アナーキスト労働者の英雄主義にもかかわらず、あえてそうしようとしなかったのだが）、社会の全能の支配者ではけっしてない。しかし、だからこそなおいっそう厳しくわれわれはアナーキストの理論を非難する。それは、平時にはまったく適合的に見えたかもしれないが、「例外的状況」たる革命が到来するやいなや急いで否定しなければならなかったような代物だからである。昔（おそらく今もいるだろうが）、軍隊にとって最も有害なのは戦争であると考えた将軍がいた。このような将軍よりもそれほどましでないのは、革命が自らの教義を破壊することを嘆く革命家である。

マルクス主義者は、国家の廃絶という究極目標に関してはアナーキストに完全に同意する。マルクス主義が「国家的」であるのは、国家の廃絶が単に国家を無視することによっては達成できないかぎりにおいてでしかない。スターリニズムの経験は、マルクス主義の教義を反駁するどころか、それを逆方向から裏づけるものである。革命的教義はプロレタリアートに対し、正しく状況判断しそれを積極的に利用するよう教えるが、しかし、もちろんのこと、自己のうちに勝利の自動的保証を何ら備えてはいない。しかし、その代わり、勝利はこの教義によってのみ可能になるのである。さらに言えば、この勝利というものを一回かぎりの行為として考えてはならない。問題を大きな一時代の展望の中で取り上げなければならない。最初の労働者国家――貧困な経済的土台にもとづき帝国主義の鉄柵の中にある労働者国家――は、スターリニズムの憲兵隊のごとき存在に堕した。しかし、真のボリシェヴィズムは、この憲兵隊に対して生死をかけた闘争を開始した。現在、スターリニズムは自己を維持するために、「トロツキズム」と呼ばれているボリシェヴィズムに対する直接の内戦を、ソ連のみならずスペインにおいても遂行することを余儀なくされている。かつてのボリシェヴィキ党は死んだが、ボリシェヴィズムはいたるところでその頭をもたげている。

スターリニズムをボリシェヴィズムから、あるいはマルクス主義から演繹することは、より広い意味では、反革命を革命から演繹するのとまったく同じである。自由主義者と保守主義者の思考は、その後には改良主義者の思考は、常にこうした決まり文句に沿って動いていた。革命は、社会の階級的構造ゆえに常に反革命を生み出してきた。屁理屈屋は言う、このことは、革命的方法のうちに何らかの内的欠陥があることを意味するのではないか、と。しかしながら、これまでのところ、自由主義者も、改良主義者も、より「経済的な」方法を思いつくことができなかった。しかし、生きた歴史的過程を実際に合理化することは容易ではないが、その代わり、スターリニズムを論理的に「国家社会主義」から、ファシズムをマルクス主義から、反動を革命から、一言で言えばアンチテーゼをテーゼから演繹することによって、歴史的過程の潮目の転換を合理主義的に解釈することには、何の困難もない。この領域においては、他の多くの領域と同様、アナーキストの思考は自由主義的合理主義の囚人なのである。真の革命的思考は弁証法なしには不可能である。

スターリニズムの源泉としてのボリシェヴィズムの政治的「罪」

合理主義者の議論は、時に、少なくとも外見上はより具体的な性格を帯びることもある。彼らは、スターリニズムをボリシェヴィズム全体からではなく、その政治的罪から演繹する。* ホルテル、[11] パンネクック、[12] そして一部のドイツの「スパルタクス派」などはわれわれにこう語る。ボリシェヴィズムはプロレタリアートの独裁を党の独裁に置きかえ、スターリンは党の独裁を官僚の独裁に置きかえた。ボリシェヴィキは自党以外のすべての党を根絶し、スターリンはボナパルティスト徒党の利益のためにボリシェヴィキ党を絞め殺した。ボリシェヴィキはブルジョアジーと妥協し、スターリンはブルジョアジーと同盟しその支柱となった。ボリシェヴィキは、古い労働組合とブルジョア議会への参加を必要だとみなし、スターリンは労働組合官僚とブルジョア民主主義派の友人になった。このような比較は好きなだけすることができる。その外見的効果にもかかわらず、それらはまったく空疎である。

＊原注　こうしたタイプの思考を代表する一例は、スターリンに関する著作を書いたフランス人著述家のB・スヴァーリン(13)である。スヴァーリンの著作の事実的・記録的側面は、長期にわたる良心的な研究の産物である。しかしながら、著者の歴史哲学は彼の俗流性を示している。革命後のいっさいの歴史的災厄を説明するために、彼はボリシェヴィズムのうちに潜む内的欠陥を探し求める。歴史的過程の現実の諸条件がボリシェヴィズムに与えた影響力は彼にとっては存在しない。イポリット・テーヌと彼の「環境」に関する理論の方がスヴァーリンよりもマルクスに近い。

　プロレタリアートは、その前衛を通じてのみ権力に到達することができる。国家権力の必要性そのものが、大衆の文化水準の不十分さとその非均質性から生じている。党に組織された革命的前衛のうちには、解放に向けた大衆の志向が結晶化している。前衛に対する階級の信頼なしには、前衛に対する階級の支持なしには、権力の獲得など問題になりえない。この意味で、プロレタリア革命とプロレタリア独裁は全階級の事業なのだが、それは前衛の指導なしにはありえないのである。ソヴィエトは前衛と階級との結びつきの組織的形式にすぎない。この形式に革命的内容を与えることができるのは党だけである。このことは、十月革命の肯定的経験によって、そして他の諸国（ドイツ、オーストリア、そしてスペイン）の否定的経験によって証明されている。何を欲しているかを知っている党の政治的指導なしにどうやってプロレタリアートが権力を獲得することができるのか？　このことを実地に示した者が誰もいないだけでなく、紙の上でも明瞭に説明しようとした者さえいない。この党がソヴィエトを政治的に自己の指導に従わせたとしても、この事実それ自体はいささかもソヴィエト制度を廃絶するものではない。それは、イギリス保守党の多数派による議会支配がイギリスの議会制度を廃絶しないのと同じである。

他のソヴィエト諸党の禁止に関して言えば、これはいささかもボリシェヴィズムの「理論」から生じたものではなく、四方を敵に囲まれた後進的で疲弊しきった国のプロレタリア独裁を防衛するための措置であった。この措置――後にそれは政権党自身の内部における分派禁止によって補完された――がきわめて重大な危険性を孕んでいたことは、ボリシェヴィキにとっては最初から明らかだった。しかしながら、危険の根源は教義にも戦術にもあったのではなく、独裁の物質的脆弱さに、国内外の情勢の困難さにあったのである。たとえドイツでだけでも革命が勝利していたなら、他のソヴィエト諸党を禁止する必要性はたちまち消え去っただろう。一党支配がスターリンの全体主義システムにとって出発点として法的に役立ったこと、このことにまったく議論の余地はない。しかし、ソ連が全体主義的な発展を遂げた原因は、一時的な戦時措置としての他党の禁止にあるのではなく、ヨーロッパとアジアにおけるプロレタリアートのあいつぐ敗北のうちにある。

アナーキズムとの闘争に関しても同じことが言える。革命の英雄時代において、ボリシェヴィキは真の革命的アナーキストと手に手をとって活動した。党は、彼らの多くを自己の隊列に迎え入れた。当時、本稿の筆者は一度ならずレーニンと次の問題について議論したものだ。現地住民との合意にもとづいて領土のある一定部分でアナーキストに「国家なき社会」の実験を許可する可能性についてだ。しかし、内戦、封鎖、飢饉といった状況は、こうした計画のための余地をあまりにもわずかしか残さなかった。

ではクロンシュタットの反乱は？　だが、革命政府は、もちろんのこと、この反動的農民兵士の一揆に若干名の怪しげなアナーキストが参加しているというだけの理由で、首都防衛にあたっているこの要塞を反乱水兵に「進呈」するわけにはいかなかった。実際の諸事件について具体的な歴史的分析を行なうならば、クロンシュタット、マフノ、(14) その他革命のエピソードに関する無知とセンチメンタリズムによって作り上げられた数々の伝説にまともな根拠がないことがわかるだろう。

まだ残されているのは、ボリシェヴィキが最初から説得の手段のみならず強制の手段をも用いたこと、しかもしばしば最も過酷な形で用いたという事実だけである。革命から生まれた官僚制がその後、強制のシステムを自己の手中に独占したということも、同じく議論の余地がない。発展の各々の段階は、たとえ問題になっているのが革命と反革命のような破局的段階であったとしても、それに先立つ段階から生じ、その中に自己の根を持ち、その一定の特徴を継続させる。ウェッブ夫妻(15)を含む自由主義者たちは、ボリシェヴィキ独裁はツァーリズムの新版にすぎないと絶えず主張している。彼らはその際、君主制と身分制の廃止、農民への土地の引き渡し、資本の収奪、計画経済の導入、無神論的教育の導入といった「些事」については目を閉じる。同じく自由主義的・アナーキスト的思考が目を閉じているのは、ボリシェヴィキ革命が、そのあらゆる弾圧措置にもかかわらず社会関係を大衆の利益に沿って変革したのに対して、スターリンのテルミドール的変革がソヴィエト社会を特権的少数派の利益に沿って改造したという事実である。スターリニズムとボリシェヴィズムとの同一視がいささかも社会主義的基準にもとづくものでないのは明らかである。

理論の諸問題

ボリシェヴィズムの最も重要な特徴の一つは、理論の問題に対する厳格で首尾一貫した、あら探し的でさえある態度である。レーニンの二六巻もの全集は、最高度の理論的良心の模範として永遠に残るだろう。この基本的資質がなければ、ボリシェヴィズムはけっしてそれが果たしたような歴史的役割を果たすことはなかったろう。この点に関して完全に対極にあるのが、粗野で無知で骨の髄まで経験主義的なスターリニズムである。

すでに一〇年以上も前に反対派はその政綱の中で次のように述べておいた。「レーニンの死後、多くの新理論がつくり出されたが、その趣旨はもっぱら、国際プロレタリア革命の道からのスターリン・グループの退行を理論的に正当化することである」(16)。つい数日前、スペイン革命に積極的に参加したアメリカの社会主義者リストン・M・オーク(17)は次のように書いた――「実際のところ、今やスターリニストはマルクスとレーニンの最も極端な修正主義者である。ベルンシュタインでさえ、マルクスの修正に関してスターリンが行なったことの半分も行なわなかった」。これはまったく正しい。ベルンシュタインには実のところ一定の理論的要求があったということをつけ加えるだけでよい。彼は、社会民主党の改良主義的実践とその綱領とを一致させようと良心的に試みた。それに対して、スターリニスト官僚はマルクス主義といかなる共通性も持っていないだけでなく、総じてどんなものであれ理論や体系と無縁なのである。その「イデオロギー」には、骨の髄まで警察的主観主義が染み込んでおり、その実践は剝き出しの暴力の経験主義でしかない。その利害の本質そのものからして、簒奪者のカーストは理論に敵対的である。なぜなら、自らの社会的役割について、自分に対しても他者に対しても明確に説明することができないからである。スターリンはマルクスとレーニンを修正したが、理論家のペンによってではなく、ゲ・ペ・ウ(国家政治保安部)のブーツでもってそうしたのである。

道徳の諸問題

ボリシェヴィズムの「非道徳性」についてとりわけ嘆いているのは、ボリシェヴィズムによってすでにその安っぽい仮面を剝がされた傲慢で取るに足りない人々である。小ブルジョア的、インテリゲンツィア的、民主主義的、「社会主義的」、文学的、議会主義的、等々の界隈では、確固たる価値観の不在を隠すための陳腐な価値観、陳腐な言葉がたっぷり存在する。この広範で雑多な「相互隠蔽の共同体」――「もちつもたれつ!」――は、その敏感な肌にマルクス主義のメスが触れることにまったく我慢ならない。さまざまな陣営のあいだを動揺しているこれらの理論家、著作家、道徳家たちは、ボリシェヴィキが意見の相違を悪意をもって誇張し、「誠実な」協力を不可能にし、その「陰謀」でもって労働者運動の統一を破壊しているとみなしてきたし、今もそうみなしている。さらに、敏感で怒りっぽい中間主義者たちは、自分自身の中途半端な思想をボリシェヴィキが彼らに代わって（なぜなら彼ら自身にはそうすることが全然できないからだが）最後まで徹底したというそれだけの理由で、ボリシェヴィキが自分たちを「中傷している」とみなした。ところが、このような貴重な資質のみが、すなわち、あらゆる中途半端さと偏向に対する不寛容さだけが、いかなる「例外的状況」にも不意を打たれないような革命党を鍛え上げることができるのである。

どの党の道徳も、究極的には、その党が代表している歴史的利害から生じる。ボリシェヴィズムの道徳には、自己犠牲、無私、勇気が含まれ、また、あらゆる見かけ倒しのものや偽りのものに対する軽蔑が含まれる。これは人間性の最良の資質だ！　こうしたボリシェヴィズムの道徳は、被抑圧者に奉仕する上での革命的非妥協性から生じている。スターリニスト官僚はこの領域においてもボリシェヴィズムの言葉と身振りとをまねている。しかし、「非妥協性」と「不屈さ」が特権的少数者に奉仕すべく警察機構によって遂行される場合には、それは道徳的堕落と組織的犯罪行為の源泉となるのである。ボリシェヴィキの革命的英雄主義とテルミドール派の官僚的シニシズムとを同一視するこれらの紳士諸君に対しては、軽蔑以外の何ものも感じえない。

＊　＊　＊

そして最近における劇的な事実［古参ボリシェヴィキの大量粛清］にもかかわらず、今なお、ボリシェヴィズム（「トロツキズム」）とスターリニズムとの闘争において問題になっているのが個人的な野心、あるいは、せいぜいのところ、ボリシェヴィズムにおける二つの「色合い」間の闘争でしかないと考えたがる凡庸な俗物がいる。こうした見解の最も粗野な実例は、アメリカ社会党の指導者ノーマン・トーマス(18)によるものである。彼はこう書いている（『ソーシャリスト・レビュー』一九三七年、六頁）。

トロツキーがスターリンの地位に取って代わった(！)としても、ロシアにおいて陰謀や奸計や恐怖支配に終止符が打たれるだろうと考える根拠はない。

そしてこの人物は自分のことをマルクス主義者と考えているのだ…。同じ根拠にもとづいて次のように言うこともできよう。「ローマ法王の座がピウス一一世(19)からノーマン一世に代わったとしても、カトリック教会が社会主義の砦になると考える根拠はない」と。ノーマン・トーマスが理解していないのは、問題になっているのがスターリンとトロツキーとの決闘ではなく、官僚とプロレタリアートとの対立だということである。たしかに、ソ連の支配階層は今のところ、完全には清算されていない革命の遺産に適応することを余儀なくされている。だが、それと同時に、彼らは直接的な内戦（流血の「粛清」――不満分子の大量虐殺）を通じて社会体制の交替を準備している。しかし、スペインにおいては、スターリニスト一派は今日すでに、社会主義に対抗するブルジョア的秩序の砦として公然と振舞っている。ボナパルティスト官僚に対する闘争は、われわれの眼前で階級闘争に転化しつつある。二つの世界、二つの綱領、二つの道徳…。トーマスが、卑劣な抑圧者のカーストに対して社会主義プロレタリアートが勝利しても、ソヴィエト体制は政治的にも道徳的にも再生することはないだろうと考えているのだとしたら、彼はそのことによって、自分が――そのあらゆる留保や言い逃れや敬虔ぶった慨嘆にもかかわらず――労働者よりもはるかにスターリニスト官僚に近いことを証明するだけである。ボリシェヴィキの「非道徳性」を暴露する他の連中と同じく、トーマスは単に革命的道徳の高みにまで至らなかったにすぎない。

ボリシェヴィズムの伝統と第四インターナショナル

ボリシェヴィズムを飛び越してマルクス主義に「帰る」試みを行なった「左派」にあっては、たいていの場合、問題はあれこれの万能薬に帰着する。古い労働組合をボイコットすること、議会をボイコットすること、「真の」ソヴィエトを創設すること、などである。これらはみな、戦後の最初の時期における熱狂的雰囲気の中ではきわめて深遠なものに見えたかもしれない。しかし、これまでの経験に照らしてみるなら、これらの「左翼小児病」患者たちは今では好奇の対象でしかない。オランダのホルテルとパンネクック、ドイツの一部の「スパルタクス派」、イタリアのボルディガ派[20]は、ボリシェヴィズムからの自分たちの独立性を、ボリシェヴィズムの特徴の一つを人為的に誇張しそれを他の諸特徴に対立させることのうちに発揮したにすぎない。これらの「左派」潮流のうち実践的にも理論的にも生きているものは何もない。これは、ボリシェヴィズムこそが現代におけるマルクス主義の唯一の形態であることを示す間接的だが重要な一証拠である。

ボリシェヴィキ党は、最高度の革命的大胆さと政治的現実主義との結合を実践において示した。それは、勝利を唯一保障しうるような、前衛と階級との相互関係を初めて確立した。それは、プロレタリアートと農村および都市の被抑圧小ブルジョア大衆との同盟が可能になるのは、小ブルジョアジーの伝統的諸政党を政治的に転覆することを通じてのみであるということを示した。ボリシェヴィキ党は、いかにして武装蜂起を実行し、いかに権力を獲得するべきかを全世界に示した。党の独裁に対してソヴィエトの抽象概念を対置する人々は、ボリシェヴィキの指導のおかげでのみ、ソヴィエトが改良主義的沼地から脱け出してプロレタリアートの国家形態の水準にまで高まることができたということを理解するべきだろう。ボリシェヴィキ党は、内戦において軍事技術とマルクス主義的政治との正しい結合を実現した。たとえスターリニスト官僚が新社会の経済的基盤を破壊することに成功したとしても、ボリシェヴィキ党の指導のもとで遂行された計画経済の経験は、全人類にとって偉大な学校として永遠に歴史の中に刻まれるだろう。以上のいっさいを見ることができないのは、ボリシェヴィキ党によって受けたアザのことを恨みに思って歴史的過程に背を向けているセクト主義者だけであろう。

しかし、これですべてではない。ボリシェヴィキ党がその壮大な「実践的」仕事を遂行することができたのは、まさにその一歩ごとに理論の光に照らして進んだからである。ボリシェヴィズムがこの理論をつくり出したのではない。それはマルクス主義によって与えられたものだ。しかし、マルクス主義は運動の理論であって停滞の理論ではない。壮大な歴史的規模をもった行動だけが理論そのものを豊かにすることができる。ボリシェヴィズムは、帝国主義の時代を戦争と革命の時代として分析することによって、また、腐朽しつつある資本主義の時代におけるブルジョア民主主義の分析、ゼネストと蜂起との相互関係、プロレタリア革命の時代における党、ソヴィエト、労働組合の役割、さらにソヴィエト国家と過渡期経済に関する理論、資本主義の衰退期におけるファシズムとボナパルティズムに関する理論、そして最後に、ボリシェヴィキ党自身とソヴィエト国家の変質の条件に関する分析によって、マルクス主義に貴重きわまりない貢献をなした。ボリシェヴィズムの以上の諸結論と諸理論に何か本質的なものをつけ加えた他の潮流が何かあったとしたら、その名前を挙げてみるがよい。アトリー少佐[21]やノーマンは言うまでもなく、ヴァンデルヴェルデ[22]、ド・ブルケール[23]、ヒルファディング、オットー・バウアー、レオン・ブルム[24]、シロムスキー[25]は、理論的にも政治的にも過去の残骸を糧に生きている。コミンテルンの堕落は、それが理論的に第二インターナショナルの水準にまで転落したことのうちに最も粗野な形で示されている。あらゆる種類の中間的グループ（イギリス独立労働党、POUM、およびその同類）は、毎週新たにマルクスとレーニンの偶然的諸断片を、当面する自分たちの必要に合わせて利用する。これらの人々には労働者に教えるべきことは何もない。

理論に真剣な態度をとったのは、マルクスとレーニンのあらゆる伝統をわがものとし、そこに独自の貢献をつけ加えた第四インターナショナルを建設した人々だけである。十月の勝利の二〇年後に革命家たちが再びささやかなプロパガンダ的準備活動の立場に投げ戻されたことを、俗物どもは笑うがよい。大資本は、この問題に関しても他の諸問題と同じく、自分のことを「社会主義者」ないし「共産主義者」だと思い込んでいる小ブルジョア的俗物よりもはるかに洞察力がある。第四インターナショナルの問題が世界中の新聞雑誌の紙面からいっこうに消えないのは偶然ではない。革命的指導部を求める切実な歴史的必要性は、第四インターナショナルに対し例外的に急速な成長テンポを約束している。そして、そのさらなる成功を保障している最も重要な事情は、第四インターナショナルが歴史の大道から外れたところで形成されたのではなく、ボリシェヴィズムから有機的に成長してきたことにあるのだ。

L・トロツキー

一九三七年八月二八日

『反対派ブレティン』第五八・五九号

訳注

(1)ロンドン・ビューロー……正式名称は「革命的社会主義政党のロンドン・ビューロー」。第二インターナショナルと第三インターナショナルには属さないが、第四インターナショナルの結成にも反対している中間主義左翼政党の連合体。ドイツの社会主義労働者党(SAP)、イギリスの独立労働党(ILP)、スペインのマルクス主義統一労働者党(POUM)、フランスの社会主義労働者農民党(PSOP)が参加。

(2)ヒルファディング、ルドルフ(一八七七~一九四一)……ドイツ社会民主党指導者、オーストリア・マルクス主義の代表的理論家。ワイマール共和国時代に蔵相。主著として『金融資本論』など。

（3）バウアー、オットー（一八八一～一九三八）……オーストリア社会民主党と第二インターナショナルの指導者。オーストリア・マルクス主義の代表的理論家。一九一八年のオーストリア革命後に外相に就任。

（4）ディミトロフ、ゲオルギ（一八八二～一九四九）……ブルガリア共産党の指導者。一九三三年、国会議事堂放火事件裁判の犯人として逮捕。ライプチヒ裁判でナチズムを糾弾し、国際世論で無罪となり、釈放。一九三四～四三年のコミンテルンの執行委員会書記。一九三五年のコミンテルン第七回大会で書記長として「反ファシズム人民戦線」を提唱。第二次世界大戦後、ブルガリア首相。

（5）シュラム、ウィリー（一九〇四～七八）……ジャーナリストでオーストリア共産党の元指導者。党内で反対派を組織し、一九二九年に除名。一九三三年にプラハに亡命。同地で『ディー・ノイエ・ヴェルトビューネ』を発行し、反ナチ闘争を行なう。同誌にはトロツキーの論文も多数収録されている。一九三八年にニューヨークに亡命し、『嘘の独裁』を出版し、スターリニズムとモスクワ裁判を厳しく批判。その後、急速に右傾化して、マックス・イーストマンやジェームズ・バーナムらとともに『ナショナル・レヴュー』という保守系雑誌に参加し、いわゆる「ネオコン」系の知識人となる。
（6）トロツキー『ロシア革命史』第五巻、岩波文庫、二〇〇一年に収録。
（7）「労働者国家」……原文は「ボリシェヴィズム」だが、文脈からして「労働者国家」の書き間違いであると思われる。
（8）ウストリャーロフ、ニコライ・ワシリエヴィチ（一八九〇～一九三七）……ロシアの弁護士、経済学者。革命前はカデットで、内戦時はコルチャックと協力し、ソヴィエト権力に敵対。その後、中国に亡命。ネップ導入後、ソ連政府で平和的に資本主義が復活するものと信じて、ネップを支持。『道標転換』誌を編集し、ソ連との協力を訴え、「道標転換派」と呼ばれる。一九二〇年代の党内論争では、スターリン派を支持。一九三五年、ソ連に戻り、ソヴィエト政府のために活動。一九三七年に逮捕、粛清。
（9）レーニン「ロシア共産党（ボ）中央委員会の政治報告」、邦訳『レーニン全集』第三三巻、大月書店、二九二頁。
（10）同前、二九四頁。
（11）ホルテル、ヘルマン（一八六四～一九二七）……オランダの革命家。一八九七年にオランダ社会民主労働者党に入党。一九〇七年、週刊誌『デ・トリビューン（演壇）』

を創刊し、オランダ社会民主党内の左派指導者として活躍。一九一八年、パンネクックとともにオランダ共産党を創設。議会への参加に反対し、レーニンの『共産主義における「左翼」小児病』で厳しく批判される。

(12) パンネクック、アントン（一八七三〜一九六〇）……オランダの革命家、哲学者、評議会共産主義者。一九〇二年にオランダ社会民主党に入党し、その左派に所属。一九〇七年、ホルテルとともに『デ・トリビューン（演壇）』を創刊。一九一八年にオランダ共産党の創設に参加。一九二〇年にその極左的立場をコミンテルン指導部から批判され、オランダ共産党から離れる。その後、共産主義運動からも離れる。

(13) スヴァーリン、ボリス（一八九三〜一九八四）……ロシア出身のフランスの革命家。フランス共産党の創立者の一人で、スターリンの最初の伝記作家の一人（翻訳は、『スターリン』上下、教育社、一九八九年）。キエフに生まれ、その後パリに移住。一九二一年のコミンテルン第三回大会にフランス代表団の一員として参加。大会で執行委員に。党内では左派の指導者として活躍。一九二四年、トロツキーの『新路線』をフランス語に翻訳し、除名。一九三〇年代にトロツキズムも拒否し、反共自由主義者に。

(14) マフノ、ネストル（一八八九〜一九三四）……ロシアの無政府主義者。内戦時、農民兵士を従えた義勇軍を組織し、南部戦線における対デニーキン闘争において赤軍に協力。その後、赤軍と対立し弾圧される。一九二一年にルーマニアに亡命。

(15) ウェッブ夫妻……シドニー・ウェッブ(一八五九〜一九四七)とベアトリス・ウェッブ(一八五八〜一九四三)。イギリスの漸進主義的改良主義者で、フェビアン協会の創設者。夫妻は、労働組合運動や協同組合に関する数多くの著作を共同で執筆。両名は一九三五年に『ソヴィエト・コミュニズム——新しい文明?』を執筆。

(16) トロツキー、ジノヴィエフ他「合同反対派の政綱」、『ソヴィエト経済の諸問題』現代思潮社、一九六八年、一六二〜一六三頁。

(17) オーク、リストン・M(一八九五〜一九七〇)……アメリカの左派ジャーナリスト、『ザ・ニューリーダー』の編集者。アメリカ共産党の元メンバーで、その後社会民主主義者に。スペイン革命に共和派として参加したが、そこでのスターリニストの行動に幻滅し、一九三八年にアメリカに帰国後、反スターリニストに。

(18) トーマス、ノーマン(一八八四〜一九六八)……アメリカの社会党指導者、長老派教会の牧師。一九二八年から一九四八年に至るまでのアメリカ社会党の大統領候補。

(19) ピウス一一世(一八五七〜一九三九)……一九二二年から一九三九年までローマ

法王。反社会主義、反ユダヤ人的傾向が強く、ヒトラー政権成立後にナチスに協力。ナチスがカトリック教徒を弾圧し始めてようやく批判に転じた。

(20) ボルディガ派……イタリア共産党の創設者にして指導者であったアマデオ・ボルディガ（一八八九〜一九七〇）を支持するイタリアの左派共産主義グループ。このグループは当初、国際左翼反対派に所属したが、その頑固なセクト主義ゆえに一九三二年末に国際左翼反対派は同グループとの関係を解消した。

(21) アトリー、クレメント（一八八三〜一九六七）……イギリス労働党の指導者。第一次世界大戦勃発の一九一四年、祖国防衛主義の立場からイギリス軍に参加し、大戦終了時点で少佐にまで昇進。一九三一〜三五年、労働党の副党首。一九三五年に党首に。第二次世界大戦中はチャーチルに協力して挙国一致内閣の副首相をつとめる。一九四五〜五〇年の労働党政府の首相。

(22) ヴァンデルヴェルデ、エミール（一八六六〜一九三八）……ベルギー労働党と第二インターナショナルの指導者。一九〇〇年に第二インターナショナルの議長。第一次世界大戦中は社会排外主義者。戦時内閣に入閣した最初の社会主義者の一人であり、国務相、食糧相、陸相などを歴任。

(23) ド・ブルケール、ルイ(一八七〇〜一九五一)……ベルギー社会労働党の指導者、第二インターナショナルの執行委員。後に第二半インターナショナルの議長。

(24) ブルム、レオン(一八七二〜一九五〇)……フランス社会党の指導者。一九二〇年、共産党との分裂後、社会党の再建と機関紙『ル・ポピュレール』の創刊に努力。一九二五年に社会党の党首に。一九三六〜三七年、人民戦線政府の首班。社会改良政策をとったが、スペインの内戦に不干渉の姿勢をとる。戦後、第四共和制の臨時政府首相兼外相。

(25) シロムスキー、ジャン(一八九〇〜一九七五)……フランス社会党の左派指導者、親スターリニスト的傾向を持つ。第二次世界大戦後に共産党に入党。

6　ロシア革命の三つの概念（一九三九年）

【解説】この論文はもともとトロツキーの最晩年の著作『スターリン』の補遺として書かれたものである。しかし、大著『スターリン』は、スターリンの放った暗殺者ラモン・メルカデルによってトロツキーが暗殺された結果、未完のまま終わった（未完成のまま戦後、再編集されて出版）。この論文の中でトロツキーは、一九〇五年革命において形成されたロシア革命の展望をめぐる基本的なグループ分けについて簡潔に論じつつ、自己の永続革命論について総括的に述べている。その中で、トロツキーは、「複合的な社会構成体」という重要な概念を提示している。これは、『ロシア革命史』の第一巻第一章で定式化された「複合発展法則」に対応する概念である。また、この論考の中では一九〇五年当時におけるレーニンの労農民主独裁論の限界についても率直に指摘されており、トロツキーの理論とレーニンの理論との差異と同一性を知る上で重要である。またこの論文は、トロツキーが自己の永続革命論について総括的に述べた最後のものであり、その意味でトロツキーの理論的到達点を示すものでもある。

ロシア語原文には小見出しはないが、英訳に付されている小見出しを参考にしつつ、独自に小見出しを入れておいた。

一九〇五年の革命は、一九一七年の「総稽古」となっただけでなく、ロシア政治思想のあらゆる基本的グループが形成される実験室となり、その中でロシア・マルクス主義内部のあらゆる傾向と色合いが形づくられ、あるいは芽生えていった。論争と意見対立の中心に位置したのは言うまでもなく、ロシア革命の歴史的性格とその発展の道筋に関する問題だった。概念と予測をめぐるこの闘争それ自体は、スターリンの伝記と直接関係するものではない。というのも、スターリンはそこに何ら独立した形で参加していなかったからである。彼はこのテーマでいくつかのプロパガンダ的論文を書いたが、それらは、どんなわずかな理論的関心も引かないものである。何十というボリシェヴィキが手にペンを持って同じ思想を普及させていたし、しかも、ずっとうまくそうしていた。ボリシェヴィズムの革命概念の批判的記述は、本来ならばレーニンの伝記に入れるべきものである。しかし、理論はそれ自身の運命を持っている。第一革命の時期およびそれ以降、一九二三年に至るまで――まさにこの間に革命理論が形成され、実行に移されたのだ――、スターリンはいかなる独立した立場も占めてはいなかった。だが、一九二四年に事態は一変した。官僚的反動と過去の抜本的再評価の時代が開始された。革命のフィルムは逆方向に回された。

古い教義は新しい評価ないし新しい解釈に付された。一見したところまったく思いがけないことだが、その際に議論の中心になったのは「永続革命」の概念であり、これは「トロツキズム」のあらゆる謬見の源泉とされた。その後の十数年間、この概念に対する批判は、スターリンとその同僚たちの理論的な――そんな言葉を使ってよければだが――仕事の主要な中身になっている。理論的次元から見たら、「スターリニズム」そのものが、一九〇五年に形成された永続革命論に対する批判から生まれたと言うことができるだろう。それゆえ、メンシェヴィキの理論やボリシェヴィキの理論と区別されるかぎりで、この理論に関する説明を本書［『スターリン』］の中に補遺として入れないわけにはいかないのである。

ロシア革命の性格

ロシアの発展は何よりも後進性を特徴としている。しかしながら、歴史的後進性は先進国の発展を一〇〇年か二〇〇年ばかり遅れて単純に繰り返すことを意味するのではなく、まったく新しい「複合的な」社会構成体を生み出す。そこにあっては、資本主義的技術と諸構造の最新の成果が、封建的および前封建的野蛮の諸関係に浸透し、後者を変容させて自己に従属させ、諸階級の独特の相互関係をつくり出す。同じことは思想の領域にもあてはまる。ロシアはまさにその歴史的後発性のおかげで、理論としてのマルクス主義と、党としての社会民主主義とがブルジョア革命以前にすでに強力な発展を遂げていたヨーロッパ唯一の国となっていた。民主主義のための闘争と社会主義のための闘争との相互関係の問題が、まさにこのロシアにおいて最も深い理論的検討に付されたのも当然のことと言えよう。

観念論的民主主義者たち、主としてナロードニキは、迫りくる革命がブルジョア革命であることを認めるのを頑迷に拒否した。彼らはそれを「民主主義」革命と呼ぶことで、革命の社会的内容を中立的な政治的定式でもって――他人からだけでなく自分自身からも――覆い隠そうとした。しかし、ロシア・マルクス主義の創始者たるプレハーノフは、ナロードニズムに対する闘争の中で、前世紀の八〇年代［一八八〇年代］にすでに、ロシアが特権的道をたどって発展すると予想するいかなる根拠もないことを明らかにした。ロシアは他の「凡俗の」諸国民と同じく資本主義の煉獄を通らなければならないだろう。まさにこの道を通じてロシアは、後にプロレタリアートが社会主義のための闘争を遂行する上で不可欠な政治的自由を獲得するのだ、と。プレハーノフは、当面する課題としてのブルジョア革命を、不確定の未来に先送りされた社会主義革命から切り離しただけでなく、両者それぞれにおいてまったく異なった諸勢力の組み合わせを描いてみせた。プロレタリアートの政治的自由は、自由主義ブルジョアジーとの同盟の中で達成される。それから何十年もの長い期間を経てから、資本主義的発展の高度な水準にもとづいてはじめてプロレタリアートは、ブルジョアジーに対する直接の闘争の中で社会主義革命を遂行するのである。

レーニンはどうかというと、彼は一九〇四年末にこう書いている。

ロシアのインテリゲンツィアにとっては、わが国の革命をブルジョア革命と認めることは革命を生彩のないものにし、貶め、卑俗なものにするものだと常に思われている。……だがプロレタリアートにとっては、ブルジョア社会における政治的自由と民主共和制のための闘争は……社会革命のための闘争における必要な段階の一つにすぎない(1)。

また一九〇五年にはこう書いている。

マルクス主義者はロシア革命のブルジョア的性格を無条件に確信している。これは何を意味するのか？　これが意味するのは、ロシアにとって必要不可欠なものである……民主主義的改造がそれ自体としては、資本主義の破壊やブルジョアジーの支配の破壊を意味するものでないだけでなく、反対に、初めて資本主義の広範で急速な発展、アジア型ではなくヨーロッパ型の発展のための基盤を本格的

に据えるものだということであり、階級としてのブルジョアジーの支配を初めて可能にするということである。(2)

「われわれはロシア革命のブルジョア民主主義的枠から飛び出すことはできないが」とレーニンは主張する——「この枠を大いに押し広げることはできる」(3)。すなわち、ブルジョア社会のうちにプロレタリアートのその後の闘争にとってより有利な諸条件をつくり出すことはできるということである。この範囲内ではレーニンはプレハーノフに追随していた。革命のブルジョア的性格はロシア社会民主党の二つの分派のどちらにとっても出発点だった。

こうした状況のもとでは、コーバ［スターリン］が、ボリシェヴィキにとってもメンシェヴィキにとっても共通の財産をなしていた通俗的な定式をそのプロパガンダにおいて越えることがなかったのは、至極当然と言えよう。彼は一九〇五年一月にこう書いている——「平等・直接・秘密の普通選挙という原則で選ばれた憲法制定議会、これこそわれわれが今闘いとらなければならないものだ！　この議会だけが、社会主義のためのわれわれの闘争において必要不可欠な民主共和制をわれわれに与えるのだ」[4]。社会主義的目的のための長期にわたる階級闘争の舞台としてのブルジョア共和制、これが彼の展望だった。一九〇七年になっても、すなわち、国外の新聞雑誌やペテルブルクの新聞雑誌で無数の論争が行なわれ、さまざまな理論的予測が第一革命の経験にもとづいて本格的な検証に付された後になっても、スターリンはこう書いている。

われわれの革命がブルジョア革命であること、それが資本主義的秩序の解体ではなく農奴制的秩序の解体で終わらなければならないこと、それがただ民主共和制でのみ勝利しうること、この点に関してはわが党ではみな意見が一致していると思われる[5]。

スターリンは、何から革命が始まるかではなく、何で革命が終わるかについて語っており、しかも、彼はあらかじめそれをまったく断固とした調子で「民主共和制のみ」に限定している。彼の当時の著述の中に、民主主義革命と結びついた社会主義革命の展望についていて暗示だけでも見つけ出そうとしても無駄であろう。このようなものが、一九一七年の二月革命が開始された時点でも、レーニンがペテルブルクに帰ってくる直前まで、彼の立場でありつづけたのである。

メンシェヴィキの立場

プレハーノフ、アクセリロート、その他総じてメンシェヴィズムの指導者たちにとって、革命を社会学的にブルジョア革命と性格規定することは、何よりも政治的に意味のあることだった。それは、時期尚早にブルジョアジーを社会主義という赤い亡霊で刺激して反動の陣営に「追いやる」ことを禁じるものだった。メンシェヴィズムの主たる戦術家であったアクセリロートは［第四回］統一大会において次のように語っている。

ロシアの社会的諸関係はブルジョア革命にとってのみ成熟している。わが国における全面的な政治的無権利状態からして、プロレタリアートが政治権力をめぐって他の諸階級と直接対決することなど問題になりえない。……プロレタリアートはブルジョア的発展の諸条件のために闘っている。客観的な歴史的諸条件からして、わが国のプロレタリアートが共通の敵に対する闘争においてブルジョアジーと協力することは不可避である。

かくしてロシア革命の内実はあらかじめ、自由主義ブルジョアジーの利益や観点と合致するような体制変革に限定されてしまったのである。

二つの分派のあいだでの基本的な意見の対立はまさにこの点から始まった。ボリシェヴィズムは、ロシア・ブルジョアジーがそれ自身の革命を最後まで遂行しうるということを認めるのを断固として拒否した。レーニンはプレハーノフよりもはるかにきっぱりと首尾一貫して、農業問題をロシアにおける民主主義革命の中心問題として提起していた。「ロシア革命の核心は」とレーニンは繰り返し主張する――「農業（土地）問題である。革命の勝敗に関しては……基本的に土地闘争における大衆の地位を考慮することにもとづいて結論を下さなければならない(6)」。プレハーノフと同じく、レーニンも農民を小ブルジョア階級とみなしていた。すなわち農民の土地綱領をブルジョア的進歩の綱領とみなしていた。彼は統一大会でこう主張した――「国有化はブルジョア的施策である。それは資本主義の発展に刺激を与え、階級闘争を激化させ、土地の流動化を促し、農業への資本投下を増大させ、穀物価格を引き下げるだろう」[7]。

土地革命がブルジョア的性格を持っているのは自明であるにもかかわらず、ロシア・ブルジョアジーは、地主の土地を没収することに敵意を抱いていて、まさにそれゆえ彼らはプロイセン型憲法にもとづいて君主制と妥協しようとしていた。プロレタリアートと自由主義ブルジョアジーとの同盟というプレハーノフ的観念に対して、レーニンはプロレタリアートと農民との同盟という思想を対置した。この二つの階級の革命的協力が課題としているのは「民主主義独裁」を確立することであると彼は宣言した。この独裁は、ロシアから封建的ガラクタを抜本的に一掃し、自由な自営農《ファーマー》を創出し、プロイセン型ではなくアメリカ型の資本主義の発展を切り開く唯一の手段であるとした。

彼はこう書いている。革命の勝利を実現することができるのは「独裁によってでしかありえない。なぜなら、プロレタリアートと農民にとって即時かつ喫緊に必要な変革を実現することは、地主、大ブルジョア、ツァーリズムからの死に物狂いの抵抗を引き起こすからである。独裁なしには、これらの抵抗を打ちやぶり、反革命的企図を撃退することはできない。しかし、これは言うまでもなく社会主義独裁ではなく民主主義独裁であろう。それは（革命的発展の一連の中間的諸段階を経ることなしには）資本主義の土台に手をつけることはできないだろう。それができるのは、最もうまくいった場合には、農民にとって利益になるように土地所有を根本的に再編し、共和制にまで至る首尾一貫した完全な民主主義を導入し、農村のみならず工場の日常生活からもあらゆるアジア的・奴隷制的なものを一掃し、労働者の状態を本格的に改善して彼らの生活水準を高めるための基礎を据えることであり、そして最後に、といっても重要性において劣ることはないが、革命の大火をヨーロッパに飛び火させることであろう」[8]。

レーニンの概念における弱点

レーニンの概念は、立憲的改革から出発するのではなく革命の中心課題としての土地革命から出発し、それを遂行する上で社会的諸勢力の唯一現実的な組み合わせにもとづいていたかぎりで、巨大な前進を画するものだった。だが、レーニンの概念の弱点は、「プロレタリアートと農民の民主主義独裁」という内的に矛盾した観念にあった。レーニン自身、この「独裁」をブルジョア的なものであると公然と呼ぶことで、その基本的な限界性を強調していた。彼はそう呼ぶことでこう言いたかったのである。農民との同盟を維持するために、プロレタリアートは来たる革命において社会主義的課題を直接提起するのを断念せざるをえないだろうと。だがこのことは、プロレタリアートが自らの独裁を拒否することを意味するだろう。したがって、労働者が参加していたとしても、実質的にそれは農民の独裁であった。実際、いくつかの機会にレーニンはまさにそう言っていた。たとえば、ストックホルム大会において彼は、権力獲得という「ユートピア」に反対したプレハーノフにこう反論している。「いかなる綱領が問題になっているのか？　農業綱領だ。この綱領において誰が権力を獲得することが想定されているのか？　革命的農民である。レーニンはプロレタリアートの権力とこの農民とを混同しているのか？」とレーニンは自問し、こう自答する――「いや混同していない」。レーニンはプロレタリアートの社会主義権力と農民のブルジョア民主主義的権力とを厳格に区別している。そしてレーニンは宣言する――「だが、革命的農民による権力獲得なしに、どうやって農民革命の勝利が可能となるのか？」(9)この論争的定式化のうちに、レーニンは自己の立場の弱点をとりわけはっきりと露わにしている。

農民は巨大な国の広大な空間に分散しているが、この巨大な国の結節点となっているのは都市である。農民は、自分たちの利益を自ら定式化することさえできない。なぜならこの利益は部門によって実にさまざまだからである。各地方間の経済的結びつきを創出するのは市場と鉄道である。だが、市場も鉄道も都市の手中にある。農村的制約から抜け出して自己の利益を一般化しようとすると、農民は不可避的に都市への政治的従属に陥る。さらに、農民は社会的諸関係においても不均質である。富農層は自然と都市ブルジョアジーとの同盟を求めるが、反対に農村の下層は都市労働者に引きつけられる。このような状況のもとでは、農民が農民として権力を獲得することはまったく不可能である。

たしかに、古代中国においては、革命は農民を権力に就けた。より正確には農民反乱の軍事指導者たちを権力の座に就けた。これはそのたびに土地の再分割をもたらし、新しい「農民」王朝を確立したが、その後、歴史は最初からやり直される。新たな土地集中、新たな貴族政治、新たな高利貸し、そして新たな反乱。革命がその純農民的性格を維持しているかぎり、社会はこのような絶望的循環から抜け出すことができない。このようなものが、古代ロシア史を含む古代アジア史の基礎であった。ヨーロッパでは、中世末期以降、勝利した農民反乱はいずれも農民政府ではなく、左派の都市住民《ビュルガーリヒ》の党派を権力の座に就けた。より正確に言えば、農民の反乱は、都市住民の革命的部分の地位を強化することにどれだけ成功するかに正確に応じて勝利したのである。二〇世紀のブルジョア的ロシアにおいては、革命的農民の権力獲得はもはやまったく問題になりえなかった。

自由主義ブルジョアジーへの態度

すでに述べたように、自由主義ブルジョアジーに対する態度は、社会民主党の内部における革命派と日和見主義者とを分かつ試金石であった。ロシア革命はどこまで先に進むことができるのか、将来の臨時革命政府はどのような性格を帯びるのか、その政府の前にはどのような課題がどのような順番で現われるのか――きわめて大きな重要性をもったこれらの諸問題はいずれも、プロレタリアートの政策の基本性格にもとづいてのみ正しく提起されうるものであった。そしてこの性格は、何よりも自由主義ブルジョアジーに対するプロレタリアートの態度によって規定された。プレハーノフは一九世紀政治史の基本的結論に明確かつ頑強に目を閉じた。すなわち、プロレタリアートが独立した勢力として登場する場合には、ブルジョアジーは反革命の陣営に移行するという結論にである。大衆の闘争が大胆になればなるほど、自由主義の反動的堕落はますますもって急速になる。これまでのところ、階級闘争のこの法則の作用を麻痺させる手段を編み出した者は誰もいない。

プレハーノフは第一革命の数年間というものこう繰り返し続けた――「非プロレタリア諸政党の支持を大切にしなければならない。無分別な行動によって彼らをわれわれから反発させてはならない」。このような単調な説教を繰り返すことで、このマルクス主義哲学者は、自分が社会の生きた発展力学とは無縁であることを示したのである。「無分別」は個々の敏感なインテリゲンツィアを反発させるかもしれない。だが諸階級と諸政党はその社会的利害によって引きつけられたり反発したりするのである。レーニンはプレハーノフに反論してこう述べている――「確信をもって言うことができるが、自由主義的地主は無数の『無分別』を諸君に許しても、土地没収の訴えだけは許しはしないだろう」[10]。そして、地主だけではない。ブルジョアジーの上層は、有産者としての利害の同一性によって、より密接には銀行制度によって土地所有者と結びついている。小ブルジョアジーの上層とインテリゲンツィアの上層は、物質的にも精神的にもこれらの大・中所有者に依存している。彼らはみな大衆の自立した運動を恐れている。ところが、ツァーリズムを打倒するためには、何百万・何千万もの被抑圧者を英雄的で自己犠牲的で献身的な、何ものを前にしても立ち止まることのない革命的進撃へと立ち上がらせることが必要なのである。だが大衆が蜂起に立ち上がることができるのは、彼ら自身の利益の旗のもとでのみであり、したがって、地主をはじめとする搾取階級に対する非和解的な敵意に燃えている場合のみである。したがって、反政府派のブルジョアジーが革命的労働者や革命的農民に「反発する」のは、革命そのものの内在的法則なのであり、外交術や「分別」によっては回避することはできないのである。

月日が経つにつれ、自由主義に対するレーニンの評価の正しさが確証されていった。メンシェヴィキの最良の希望に反して、カデットは「ブルジョア」革命の先頭に立とうとしなかっただけでなく、反対に、ますますもってそれとの闘争のうちに自己の歴史的使命を見出すようになっていった。一二月蜂起が粉砕されて以降、短命の国会《ドゥーマ》のおかげで政治の表舞台を占めるようになった自由主義者たちは、「文化」の最も神聖な支柱が危機に脅かされていた一九〇五年秋に自分たちが十分に反革命的行動に出なかったことを君主制に対して言い訳することに全力を尽くした。冬宮［ツァーリ］と秘密交渉をしていた自由主義者の指導者たるミリュコーフが出版物の中で、まったく正しくもこう告白した。一九〇五年の終わりごろ、カデットは大衆の前に姿を現わすことさえできなかった。「当時、集会を開催することでトロツキズムの革命的幻想に対抗しなかったと今になって〔カデット〕党を非難している人々は、……当時、集会の場に集まってくる民主主義的大衆の気分を単に理解していないか忘れてしまっているのである(11)」。

「トロツキズムの幻想」という言葉でこの自由主義のリーダーが言いたかったのは、プロレタリアートの独立した政治のことであり、この政治は、都市の下層、兵士、農民、その他あらゆる被抑圧民衆の共感をソヴィエトに引きつけ、そうすることで「教養ある」社会［ブルジョアジーと地主］を反発させたのである。メンシェヴィキの進化もそれと同じ方向をたどった。彼らはますますもって自由主義者に対して、一九〇五年の一〇月以降にトロツキーとブロックを結んだことを言い訳しなければならないと感じるようになった。メンシェヴィキの才能豊かな評論家であったマルトフによる説明は、大衆の「革命的幻想」に譲歩せざるをえなかったということに結局帰着するものであった。

スターリンの立場

チフリスでも政治的なグループ編成はペテルブルクと同じ原理的基盤の上で進行した。カフカースのメンシェヴィキ指導者ジョルダニア(12)はこう書いている――「反動を粉砕し、憲法を闘いとって制定すること、このことは、プロレタリアートとブルジョアジーとがその力を意識的に統合してそれを単一の目標へと向けることができるかどうかにかかっているだろう。……たしかに、農民も運動に引き込まれ、それに自然発生的性格を与えるだろうが、それでも決定的な役割を果たすのはこの二つの階級「プロレタリアートとブルジョアジー」であろう。農民の運動はこの両階級の水車に水を送るだけだろう(13)」。

ブルジョアジーに対する非妥協的な政治的姿勢が労働者に無力さを運命づけるかもしれないというジョルダニアの恐れに対して、レーニンは次のように言って嘲笑している。ジョルダニアは「プロレタリアートが民主主義革命において孤立する可能性があるという問題を論じているが、……農民のことを忘れている！　プロレタリアートのありうる同盟者たちの中で彼は地主のゼムストヴォ［地方自治会］議員については知っており、彼らのことを好んで取り上げているが、農民のことは知らないのだ。しかもカフカースでだ[14]！」。

　レーニンのこの反論は本質的に正しいが、一つの点で問題を単純化している。ジョルダニアは農民のことを「忘れて」はいなかったし、レーニン自身が示唆していることからも明らかなように、当時農民がメンシェヴィキの旗のもとで嵐のように決起していたカフカースにおいて誰も農民のことを忘れることなどできはしなかった。しかし、ジョルダニアは農民を政治的同盟者としてよりも、むしろブルジョアジーがプロレタリアートとの同盟において利用することができるし利用しなければならない歴史的破城槌とみなしていた。彼は、農民が革命において指導的力になりうるとは信じていなかったし、独立した力になりうるとさえ信じていなかった。この点では彼は間違っていなかった。しかし彼はまた、プロレタリアートが指導者として農民反乱の勝利を保障することができるとも信じていなかった。ここに彼の致命的誤りがあった。プロレタリアートとブルジョアジーとの同盟というメンシェヴィキの思想は、農民のみならず労働者をも自由主義者に事実上従属させることを意味した。この綱領は反動的ユートピアニズムでしかなかったが、それは、すでに深く進行していた階級分化があらかじめブルジョアジーを革命的要因としては麻痺させていたからである。この根本問題においては、正しかったのは完全にボリシェヴィズムの側であった。自由主義ブルジョアジーとの同盟を追い求めることは必然的に、社会民主党を労働者と農民の革命運動に対立させることになるに違いなかったからである。一九〇五年には、メンシェヴィキはまだ自らの「ブルジョア」革命理論からすべての必要な結論を引き出す勇気を欠いていた。一九一七年には、彼らは自らの思想を最後まで徹底させ、自らの首をへし折ったのである。

自由主義者に対する態度の問題に関してスターリンは、第一革命の数年間、レーニンの立場に立っていた。言っておかなければならないが、この時期、メンシェヴィキの下部党員の大多数も、反政府派ブルジョアジーが問題になるときには、プレハーノフよりもレーニンに近かったのである。自由主義者に対する軽蔑的態度は、インテリゲンツィア急進主義の文学的伝統でさえあった。しかし、この問題に関する何らかの独立した貢献、カフカースの社会的諸関係に関する分析、新しい議論、あるいはせめて古い議論の新しい定式化でもコーバから探し出そうと骨を折っても、無駄であろう。カフカースのメンシェヴィキ指導者ジョルダニアは、レーニンに対するスターリンの関係よりもはるかにプレハーノフに対して自立的であった。一月九日事件［血の日曜日事件］の後、コーバはこう書いている。

自由主義の紳士たちは、崩壊しつつあるツァーリの玉座を救い出そうとしているが無駄だ。ツァーリに救いの手を差しのべても無駄だ！……立ち上がった人民大衆はツァーリとの和解を準備しているのではなく、革命を準備している。そうだ紳士諸君、君たちの努力は無駄だ！ロシア革命は避けられない。それは、太陽が昇るのが必然であるのと同じぐらい必然なのだ！太陽が昇るのを阻止することなどできはしない[15]！

コーバはこれ以上には進まなかった。その二年半後、彼はほとんど逐語的にレーニンを繰り返しながらこう書いている。

ロシアの自由主義ブルジョアジーは反革命的である。それは革命の推進力にはなれないし、まして指導者になどなれない。彼らは革命の不倶戴天の敵である。彼らに対して断固たる闘争をしなければならない。[16]

しかし、まさにこの基本的問題をめぐって、スターリンはその後の一〇年間に完全な変質を遂げたのであり、スターリンは一九一七年の二月革命をすでに自由主義ブルジョアジーとのブロックの支持者として迎え、それに応じて、メンシェヴィキと合同して単一の党を形成する主唱者として立ち現われたのである。レーニンが国外から帰還して初めて、スターリンのこの「独立した」政策——レーニンがマルクス主義を愚弄するものと呼んだ政策——は急転換を遂げたのである。これに関して必要なことのいっさいは本書［『スターリン』］の本文に書かれている。

革命における農民の役割

ナロードニキは労働者と農民を単に「勤労者」および「被搾取者」とみなして、ともに社会主義に利害関心があるものとみなした。マルクス主義者は農民を小ブルジョアとみなして、物質的および精神的に農民的であることをやめるのに応じてのみ社会主義者になることができるとした。ナロードニキは、彼らに特徴的なセンチメンタリズムにもとづいて、この社会学的な性格規定を農民に対する道徳的侮辱とみなした。まさにこのラインに沿って、ロシアの二つの革命的潮流は二世代にわたる大闘争を繰り広げたのである。その後のスターリニズムとトロツキズムとの論争を理解するためには、以下のことを改めて強調しておく必要がある。すなわち、マルクス主義の全伝統に一致して、レーニンは一瞬たりとも、農民をプロレタリアートの社会主義的同盟者とみなしたことはないということである。反対に、ロシアにおいて社会主義革命が不可能であるとレーニンが結論づけたのはまさに、農民が巨大な優位性を持っていたからであった。この考えは、直接・間接に農業問題を論じている彼のすべての論文に貫かれている。一九〇五年九月にレーニンはこう書いている。

われわれは、農民運動が革命的民主主義運動であるかぎり、それを支持する。それが反動的で反プロレタリア的なものとなって現われるかぎりでは、われわれはそれと闘う用意をする（今すぐにでも用意する）。マルクス主義の全核心はこの二重の任務のうちにある。(17)

レーニンは西欧プロレタリアートを、部分的にはロシア農村の半プロレタリア分子を社会主義の同盟者とみなしていたが、農民そのものをそうみなしたことはけっしてなかった。レーニンは、彼特有の執拗さをもってこう繰り返している。

われわれはまず、地主に反対して農民一般を、最後まで、地主の土地没収に至るあらゆる手段を通じて支持するが、その後（その後というよりも、むしろ同時にさえ）、農民一般に反対してプロレタリアートを支持する。(18)

一九〇六年三月にはこう書いている――「農民はブルジョア民主主義革命に勝利すれば、それで農民としてのその革命性を完全に使い果たしてしまうだろう。それに対してプロレタリアートは、ブルジョア民主主義革命に勝利すれば、そこで初めて本格的に、その真の社会主義的革命性を発展させるだろう」[19]。同じ年の五月にもこう繰り返している――「農民の運動は別の階級の運動である。それはプロレタリア的闘争ではなく、小経営主の闘争である。これは資本主義の土台に対する闘争ではなく、そこから農奴制のあらゆる残滓を一掃するための闘争である」[20]。

こうした見解は、レーニンのどの論文、どの時期、どの著作にも一貫して見出すことができる。表現や事例は違っていても、基本思想は変わることなく同じであり、そうでしかありえなかった。なぜなら、もしレーニンが農民を社会主義的同盟者だとみなしていたのだとしたら、革命のブルジョア的性格に固執したり、「プロレタリアートと農民の独裁」を純民主主義的課題に限定する根拠はいささかも存在しなかっただろうからである。レーニンが本書の著者［トロツキー］を、農民の「過小評価」として非難した際も、彼が念頭に置いていたのはけっして、農民の社会主義的傾向に対する私の無理解ではなく、反対に、農民が自らの権力を創出し、そのことによって、プロレタリアートの社会主義独裁の樹立を妨げる能力に対する——彼の目から見ての——不十分な理解のことだったのである。

この問題における価値の再評価が起こったのは、ようやくテルミドール反動の時期になってからのことである。その開始は、レーニンの病気と死におおむね一致している。それ以降、ロシアの労働者と農民の同盟はそれ自体として、復古の危険性に対する十分な防壁であり、社会主義をソヴィエト連邦の国境内で実現する確固たる保障だと説明されるようになった。国際革命の理論を一国社会主義の理論に置きかえることによって、スターリンは、農民に対するマルクス主義的評価を「トロツキズム」に他ならないと言いはじめ、しかも、現在に対してだけでなく、過去全体にさかのぼってそう呼び始めた。

もちろん、農民に対する古典的マルクス主義の見方が誤っていたのではないかという問題を提起することは可能であるが、このテーマは本論文の範囲をはるかに越えるものである。ここでは次のことを言っておけば十分だろう。マルクス主義は農民を非社会主義的階級として評価するにあたって、その規定に絶対的で不動の性格を与えたことはけっしてなかった。すでにマルクスは、農民には偏見のみならず見識もあると語っている。状況が変われば、農民自身の性質も変わる。プロレタリアート独裁の体制は、農民に働きかけて農民を再教育するきわめて広大な可能性を切り開いた。この可能性の限界を歴史はまだ最後までできわめつくしてはいない。それにもかかわらず、現在すでに明らかなのは、ソ連において国家的強制の役割が増大していることは、ロシア・マルクス主義者をナロードニキから区別した農民観の根拠を、反駁するものではなくむしろ基本的に確証するものだということである。しかし、この点に関して、新体制樹立から二〇年経った現在、どれほど事情が変わったにせよ、十月革命まで、より正確には一九二四年まで、マルクス主義陣営の誰も、とりわけレーニンはそうだったのだが、農民を社会主義的な発展要因とはみなしていなかったのであり、そのことは依然として疑いないところである。西方におけるプロレタリア革命の支援がなければ、ロシアにおける復古は不可避であるとレーニンは繰り返した。彼は誤っていなかった。スターリン官僚制こそ、ブルジョア的復古の最初の段階以外の何ものでもない。

第三の立場

以上、ロシア社会民主党の二つの基本分派の異なった立場について述べてきた。しかし、すでに第一革命の黎明期において、両分派と並んで第三の立場が定式化されていた。それは当時ほとんど注目されなかったのだが、われわれはここで、この第三の立場について、必要なかぎり完全に叙述しなければならない。なぜなら、その立場の正しさが一九一七年の諸事件の中で確証されたからだけでなく、とりわけ、この革命から七年も経って、それが正反対に引っ繰り返されて、スターリンと全ソヴィエト官僚の政治的進化においてまったく予期せざる役割を果たしはじめたからでもある。

一九〇五年初めにジュネーブでトロツキーの小冊子[21]が出版された。それは一九〇四年冬までに形成された政治的状況を分析したものだった。著者は次のような結論に至った。自由主義者による請願とパーティという独自のカンパニアはその可能性を使い果たした。自己の希望を自由主義者に向けていた急進的インテリゲンツィアも、自由主義者とともに袋小路に陥った。農民運動は勝利のための有利な諸条件をつくり出しているが、勝利を保証することはできない。したがって、事態を決することができるのはプロレタリアートの武装蜂起のみである。この途上における当面する段階はゼネストになるにちがいない、と。この小冊子は『一月九日以前』という題名がつけられたが、それというのもこれがペテルブルクでの血の日曜日事件以前に書かれたからである。この日以降に開始された強力なストライキの波は、最初の武装衝突を伴いつつ展開されたのだが、それは小冊子の戦略的予測の正しさを疑いもなくはっきりと確証するものだった。

私の著作に序文を書いたのは亡命ロシア人のパルヴスであった。彼は当時すでにドイツの著名な著述家になっていた。パルヴスは、他人の思想に感化されるだけでなく、自分の思想によって他人を豊かにすることもできる非凡な創造的個性の持ち主であった。しかし彼には内的均衡と勤勉さとが欠けていたため、思想家および著述家としてのその才能にふさわしい貢献を労働運動に与えることができなかった。彼は私の個人的成長に疑いもなく影響を及ぼしたし、われわれの時代における社会革命の概念に関してはとりわけそうだった。われわれが最初に出会う数年前、パルヴスはドイツにおいてゼネストの思想を熱心に擁護していた。しかし、当時ドイツは長期にわたる工業的繁栄の真っ只中にあり、社会民主党はホーエンツォレルン家の体制に順応していた。外国人による革命的プロパガンダは皮肉な冷淡さで迎えられただけだった。ペテルブルクの血の日曜日事件の直後に私の小冊子の原稿を読んだとき、パルヴスは後進国ロシアのプロレタリアートが果たす運命にある例外的な役割という考えにすっかり魅了された。ミュンヘンでともに過ごした数日間にわれわれは大いに語りあい、お互いに多くのことを学ぶとともに、個人的にも親しくなった。その時パルヴスが小冊子に書いてくれた序文は、ロシア革命の歴史に確固とした地位を占めるものであった。彼は数頁にわたって後発国ロシアの社会的特殊性について解明した。たしかにそれは以前から知られているものであったが、そこからいっさいの必要な結論を引き出した者は彼以前には誰一人いなかった。パルヴスは次のように書いている。

西ヨーロッパにおける政治的急進主義は、周知のように、主として小ブルジョアジーに依拠していた。彼らは手工業者であり、一般にブルジョアジーの中で、工業の発展に捉えられつつも、同時に資本家階級によって脇へ押しのけられた部分の全体であった。……それに対して前資本主義期のロシアにおいて、都市はヨーロッパ式というよりも、中国式に発達した。それは純粋に官僚的な性格を帯びた行政的中心であり、政治的重要性をほとんど持たず、経済関係では、都市の周囲にいる地主や農民のための商業上の市場《バザール》であった。その発展が資本主義的過程によって中断されたとき、都市の発展水準はまだまったく取るに足りないものだった。資本主義は大都市を自らの姿に似せて創出しはじめた。すなわち工場都市にして世界商業の中心地としてである。……小ブルジョア民主主義派の発展を妨げた事情は、ロシアにおけるプロレタリアートの階級的意識性にとっては有利に作用した。すなわち、手工業的な生産形態の発展が弱かったことがそれである。プロレタリアートはただちに工場に集中されるところとなった。(22)……

農民はますます大きな集団をなして［革命］運動へと引き込まれるであろう。しかし、彼らにできるのは、国内の政治的無政府性《アナーキー》を拡大し、そうすることで政府を弱めることだけであって、結束した革命的軍勢を構成することはできない。それゆえ、革命の発展とともに、政治的仕事のますます大きな部分がプロレタリアートにかかってくるだろう。それと同時に、その政治的自覚は高まり、その政治的エネルギーは増大するだろう。[23]……

社会民主党は、臨時政府に対する責任を引き受けるか、それとも労働者の運動から離れて傍観するか、というジレンマの前に立たされるであろう。社会民主党がどのように振る舞おうと、労働者はこの政府を自分たちの政府とみなすだろう。……ロシアにおいて革命的変革をなし遂げることができるのは労働者だけである。ロシアの革命的臨時政府は労働者民主主義の政府になるだろう。社会民主党がロシア・プロレタリアートの革命運動の先頭に立つならば、この政府は社会民主主義的政府となるだろう。[24]

社会民主主義的臨時政府は、ロシアで社会主義的変革を遂行することはできないだろうが、専制の崩壊と民主共和制の樹立の過程そのものがすでに、政治的仕事にとっての有利な基盤をこの政府に与えるだろう。[25]

革命的諸事件が最盛期にあった一九〇五年の秋、私は今度はペテルブルクでパルヴスと再会した。社会民主党の両分派からの組織的自立性を保っていたわれわれは、共同で大衆的労働者新聞『ルースコエ・スローヴォ（ロシアの言葉）』[26]を編集し、メンシェヴィキと共同で大規模な政治新聞『ナチャーロ』を編集した。永続革命の理論は通常、「パルヴスとトロツキー」の名前に結びつけられてきた。これは部分的にのみ正しい。パルヴスの革命的絶頂期は一九世紀末であって、そのころ彼は、いわゆる「修正主義」、すなわちマルクス理論の日和見主義的歪曲に対する闘争の先頭に立っていた。ドイツ社会民主党をより断固とした政策の道へと押しやろうとする試みが失敗に帰したことは、彼の楽観主義を掘りくずした。パルヴスは、西欧における社会主義革命の展望に対してますます懐疑的な態度をとるようになっていった。それと同時に彼は、「社会民主主義的臨時政府は、ロシアで社会主義的変革を遂行することはできないだろう」ともみなしていた。したがって、彼の予測は、民主主義革命の社会主義革命への成長転化ではなくて、ロシアに、オーストラリア型の労働者民主主義の体制を樹立することでしかなかった。当時オーストラリアでは、自営農民にもとづいた最初の労働党政府[27]が成立していたのだが、ブルジョア体制の枠組みを超えるものではなかった。

このような結論は私の共有するところではなかった。オーストラリアの民主主義は新大陸の処女地の上に有機的に成長してきたものだが、たちまち保守的性格を身につけ、若いが十分に特権的なプロレタリアートを自己に従属させた。それとは反対にロシアの民主主義は、壮大な革命的変革の結果としてのみ成立しうるのであり、その発展力学は、労働者政府がブルジョア民主主義の枠内にとどまることをけっして許しはしない。一九〇五年革命のすぐ後に始まったわれわれの意見の相違は、[第一次世界]大戦の開始と同時に完全な決裂へと至った。その時すでに、懐疑家としての彼が革命家としての彼を打ち負かしてしまっていた。パルヴスは、ドイツ帝国主義を支持する立場に立ち、後には、ドイツ共和国の初代大統領エーベルト(28)の顧問にして理論的支えになったのである。

永続革命の理論

小冊子『一月九日以前』を手始めとして、私は一度ならず永続革命論の発展と正当化に取り組んできた。この理論が後にこの伝記の主人公[スターリン]の思想的進化において果たしている重要性に鑑みて、一九〇五〜〇六年の私の著作からそのまま引用する形でここで紹介しておく必要があるだろう。

近代都市において、少なくとも経済的・政治的重要性をもつ都市において、住民の中核は他の諸階層からはっきりと分離した賃労働者階級である。フランス大革命当時には基本的にまだ知られていなかったこの階級こそが、わが国の革命において決定的な役割を果たす運命にある。(29)

経済的により後進的な国で、プロレタリアートが先進資本主義諸国よりも早く権力に就くことは可能である。……プロレタリア独裁を国の技術的な力と手段に何か自動的な形で依存させる考え方は、極端なまでに単純化された「経済主義的」唯物論の偏見である。このような見解はマルクス主義といかなる共通点もない。(30)

アメリカ合衆国の生産力がわが国のそれより一〇倍も高いという事実にもかか

わらず、ロシア・プロレタリアートの政治的役割、それが自国の政治に及ぼす影響力、近い将来に世界政治に及ぼしうるその影響力の可能性は、アメリカ・プロレタリアートの役割と意義よりもはるかに高いのである。[31]

ロシアの革命は、われわれの意見では、ブルジョア自由主義の政治家たちがその統治能力を全面的に発揮する可能性を得る以前に、権力がプロレタリアートの手に移りうる（革命が勝利すれば移るにちがいない）条件をつくり出している。[32]

権力に就いたプロレタリアートは、農民の前に解放者の階級として登場するだろう。……ロシア・ブルジョアジーは、革命の陣地をすべてプロレタリアートに明け渡しており、農民に対する革命的ヘゲモニーをも明け渡さざるをえないだろう。……プロレタリアートは農民に依拠しつつ、すべての力を動員して農村の文化水準を向上させ、農民の政治意識を高めるだろう。[33]

しかし、もしかすると、農民自身がプロレタリアートを押しのけて、自らその地位を占めるのではあるまいか？　いや、これは不可能である。すべての歴史的経験がそうした予想を反駁している。歴史的経験は、農民には独立した政治的役割を果たす能力が完全に欠けていることを示している[34]。

以上述べたことからして、われわれが「プロレタリアートと農民の独裁」という思想をどのように見ているかは明らかである。問題の核心は、それを原則的に容認しうるとみなすのかどうかにあるのでもなければ、政治的協力のかかる形態を「望む」のか「望まない」のかにあるのでもない。そうではなく、われわれは――少なくとも直接的な意味では――これを実現不可能なものとみなしているのである[35]。

以上述べたことからしてすでに、あたかもここで記述された「永続革命」概念が「ブルジョア革命を飛び越える」ものであるかのような、後に際限なく繰り返された主張がいかに誤っているかは明らかである。私は当時、以下のように書いている。

ロシアの民主主義的刷新のための闘争は、……完全に資本主義から成長し、資本主義の基礎の上で全面的に展開され形成されるのであり、それは直接的かつ第一義的には、資本主義社会の発展の途上に立ちはだかっている封建的・農奴制的障害物にその矛先を向けている[36]。

しかし、問題は、いかなる勢力がいかなる方法によってこの障害物を取り除くことができるのか、であった。

われわれの革命はその客観的目標からして、したがってその不可避的な結果からして、ブルジョア革命だと主張することによって、革命のすべての問題に狭い枠をはめることはできるし、しかもその際、このブルジョア革命の主たる担い手がプロレタリアートであり、彼らは革命の進行全体によって権力へと押しやられるであろうという事実に目をつぶることもできる。……ロシアの社会的諸条件はまだ社会主義経済のために成熟していないと言って自らを慰めることもできるし、しかもその際、プロレタリアートは権力に就けば、自らの置かれている状況の論理全体によって不可避的に、国家の責任による経済運営へと押しやられるだろうということを無視することもできる。[37]

無力な人質としてではなく、指導的勢力として政府に参加する以上、プロレタリアートの代表はまさにそのことによって、最小限綱領と最大限綱領との境界を突き崩しているのであり、すなわち、集産主義を日程にのぼせているのである。この方向においてプロレタリアートがどの地点で押しとどめられるかは、力関係によるのであって、けっしてプロレタリア政党の当初の意図によるのではない。[38]

しかし、現在すでに次のような問題を自らの前に提起することはできるであろう。プロレタリア独裁はブルジョア革命の枠にぶつかって不可避的に粉砕されるのか、それとも、その時の世界史的な基盤に立脚して、この狭い枠を突破し、勝利の展望を自らの前に切り開くことができるのか、という問題である。[39]

次のことだけは確信をもって言うことができる。それは国の技術的後進性につまずくよりもずっと以前に、政治的障害にぶつかるであろう。ヨーロッパ・プロレタリアートの直接的な国家的支持なしには、ロシアの労働者階級は権力にとどまることはできないし、その一時的支配を長期的な社会主義的独裁に転化することもできない(40)。

しかし、このことからけっして悲観主義的予測は出てこない。

ロシアの労働者階級によって指導される政治的解放は、この指導者を歴史上未曽有の高みにまでのぼらせ、その手に巨大な力と手段をゆだね、資本主義の世界的清算――そのすべての客観的諸条件は歴史によってすでにつくり出されている――の主導者たらしめるだろう(41)。

国際社会民主主義がどの程度までその革命的課題を遂行することができるのかに関して、私は一九〇六年に次のように書いている。

ヨーロッパの社会主義諸政党――そして何よりもその中で最も強力なドイツの党――は、それ自身の保守主義をつくり出し、それは、社会主義がより多くの大衆をとらえればとらえるほど、またこの大衆の組織性と規律性が高まれば高まるほど、強力になっていった。それゆえ、プロレタリアートの政治的経験を体現する組織であるはずの社会民主党が、ある一定の時点において、労働者とブルジョア的反動との公然たる衝突の途上に立ちはだかる直接の障害物となるかもしれない(42)。

しかし、私は自分の分析を次のような確信を表明することで締めくくった――「東方の革命は西方のプロレタリアートに革命的理想主義を感染させ、『ロシア語で』敵と語りたいという願望を彼らの中に生み出すだろう(43)」。

三つの概念の要約

要約しよう。ナロードニズムはスラブ主義のひそみにならって、ロシアの発展の完全に独自の道という幻想から出発して、資本主義とブルジョア共和制を回避しようとした。プレハーノフのマルクス主義は、ロシアの歴史的道と西欧の歴史的道との原理的同一性を証明することに集中した。ここから導き出された綱領は、ロシアの社会構造と革命的発展のまったく現実的であってけっして神秘的ではない特殊性を無視することになった。メンシェヴィキの革命観は、エピソード的な付着物や個人的な逸脱を取り除けば、以下のことに帰着する。ロシアにおけるブルジョア革命の勝利は自由主義ブルジョアジーの指導のもとでのみ考えられるし、権力はこの後者の手に移されなければならない。その後、民主主義体制のもとでロシア・プロレタリアートは、社会主義のための闘争の途上において西欧の年上の兄弟に追いつくのに、以前よりもはるかに大きな成功を収めることができるだろう。

それに対して、レーニンの展望は次のように簡明に表現することができる。遅れてやってきたロシア・ブルジョアジーは、自分自身の革命を最後まで遂行することができない。革命の完全な勝利は「プロレタリアートと農民の民主主義独裁」を通じて可能であり、それは国から中世的なものを一掃し、ロシア資本主義がアメリカ的テンポで発展するのを可能とし、都市と農村におけるプロレタリアートを強化し、社会主義のための闘争の広範な可能性を切り開くだろう。他方、ロシア革命の勝利は西欧における社会主義革命に強力な刺激を与えるだろうし、この後者は、ロシアを復古の危険性から守るだけでなく、ロシア・プロレタリアートが相対的に短い歴史的期間で権力を獲得するのを可能にするだろう。

最後に永続革命の展望は次のように要約することができる。ロシアにおける民主主義革命の完全な勝利は、農民に依拠したプロレタリアートの独裁という形態でしか考えられない。プロレタリアートの独裁は不可避的に、民主主義的課題のみならず社会主義的課題をも日程にのぼせ、それと同時に、国際社会主義革命に強力な刺激を与えるだろう。西欧におけるプロレタリア革命の勝利のみがロシアをブルジョア的復古から守り、ロシアにおける社会主義建設を最後まで遂行する可能性を保障するだろう。

以上述べた定式化においては、最後の二つの概念が自由主義的・メンシェヴィキ的展望と非和解的に対立しているという点では一致しているが、それと同時に、革命から生じてくる「独裁」の社会的性格と課題という問題に関しては、きわめて本質的な相違があったことは明らかである。モスクワの現在の理論家たちが書いたものの中では、プロレタリア独裁の綱領は一九〇五年には「時期尚早」であったという異論がしばしば表明されているが、これは無内容である。経験論的な意味では、プロレタリアートと農民の民主主義独裁の綱領も同じく「時期尚早」だったのである。第一革命の時期における不利な力関係は、プロレタリアート独裁のみならず、革命の勝利そのものを不可能にした。しかしながら、あらゆる革命的潮流は完全な勝利に対する期待から出発するのである。このような期待なしには、献身的な革命闘争は不可能だったろう。意見の相違は、革命の全般的な展望とそこから生じる戦略にあった。メンシェヴィズムの展望は根本的に誤っていた。それはプロレタリアートにまったく間違った道を指し示すものだった。ボリシェヴィズムの展望は不完全なものだった。それは闘争の全般的方向性を正しく指し示していたが、その諸段階を不正確に特徴づけていた。ボリシェヴィズムの展望の不十分さは一九〇五年段階では顕在化しなかったが、それはただ革命そのものがさらなる発展を遂げなかったからにすぎない。その代わり、一九一七年初頭にレーニンは、党の古参カードルとの直接的闘争の中で、自己の展望を変更せざるをえなかったのである。

政治的予測というのは、天文学におけるような正確さを要求できるものではない。発展の全般的筋道を正しく指し示し、事態の現実の成り行き――それは不可避的に基本的道筋から左右にずれる――の中で方針を定めるのを助けることができるならば、それで十分である。この意味で、永続革命の概念が完全に歴史の試験に合格したことを認めないわけにはいかないだろう。ソヴィエト体制の最初の数年間、このことを否定する者は誰もいなかった。それどころか、この事実は多くの公式の出版物で認められていたのである。しかし、ソヴィエト社会の自己満足的で硬直した上層部において十月革命に対する官僚主義的反動が始まったとき、それが真っ先に攻撃の対象としたのが永続革命論であった。この理論は、最初のプロレタリア革命を最も完全に反映したものであると同時に、この革命の不完全で制限された部分的性格をも公然と明らかにするものでもあった。このように、スターリニズムの基本的ドグマたる一国社会主義の理論は、永続革命論に対する攻撃を通じて生まれたのである。

一九三九年夏

訳注

（1）レーニン「専制とプロレタリアート」、邦訳『レーニン全集』第八巻、六頁。

（2）レーニン「民主主義革命における社会民主党の二つの戦術」［以下、「二つの戦術」と略記〕、邦訳『レーニン全集』第九巻、三三六頁。
(3) 同前、四一頁。
(4) スターリン「カフカースの労働者よ、復讐するときがきた!」、邦訳『スターリン全集』第一巻、一九五三年、一〇一頁。
(5) スターリン「カール・カウツキーの小冊子への序文」、邦訳『スターリン全集』第二巻、一六頁。
(6) レーニン「ロシア革命におけるプロレタリアートとその同盟者」、邦訳『レーニン全集』第一一巻、三七七〜三七八頁。
(7) 統一大会におけるレーニンの農業問題報告は邦訳『レーニン全集』に入っておらず、この引用文はそのままの形では『レーニン全集』には見出されない。この部分に類似したレーニンの主張は以下に見出せる。レーニン「労働者党の農業綱領の改定」、邦訳『レーニン全集』第一〇巻、一六二頁。レーニン「農業問題についての結語」、同前、二七二頁。
(8) レーニン「二つの戦術」、邦訳『レーニン全集』第九巻、四五〜四六頁。
(9) レーニン「ロシア社会民主労働党統一大会についての報告」、邦訳『レーニン全集』第一〇巻、三二五頁。

(10) レーニン「ロシアの現状と労働者党の戦術」、邦訳『レーニン全集』第一〇巻、一〇一頁。

(11) 以下の未邦訳文献からの引用。ミリュコーフ『第二国会選挙はいかに行なわれたか』、サンクトペテルブルク、一九〇七年、九一〜九二頁。

(12) ジョルダニア、ロイ・ニコラエヴィチ（一八六九 - 一九五三）……グルジア・メンシェヴィキの傑出した指導者。チフリス選出で第一国会の国会議員。第一次世界大戦中は社会愛国主義。十月革命後、一九二一年にソヴィエト化されるまでグルジアのメンシェヴィキ政権の首班。

(13)『ソツィアル・デモクラート』第一号、チフリス、一九〇五年四月七日からの引用。

(14) レーニン「二つの戦術」、邦訳『レーニン全集』第九巻、五三頁。

(15) スターリン「カフカースの労働者よ、復讐するときがきた！」、邦訳『スターリン全集』第一巻、九九〜一〇〇頁。

(16) スターリン「ロシア社会民主労働党のロンドン大会」、邦訳『スターリン全集』第二巻、七九頁。

(17) レーニン「農民運動に対する社会民主党の任務」、邦訳『レーニン全集』第九巻、二四二頁。
(18) 同前、二四三〜二四四頁。
(19) レーニン「カデットの勝利と労働者党の任務」、邦訳『レーニン全集』第一〇巻、二四七〜二四八頁。
(20) レーニン「農民グループないし『勤労』グループとロシア社会民主労働党」、邦訳『レーニン全集』第一〇巻、四〇五頁。
(21) トロツキー『一月九日以前』、ペテルブルク、一九〇五年。邦訳は、トロツキー『わが第一革命』、現代思潮社、一九七〇年。
(22) パルヴス「トロツキー『一月九日以前』序文」、前掲『わが第一革命』、四四八〜四四九頁、四五三頁。
(23) 同前、四五四頁。
(24) 同前、四五五頁。
(25) 同前、四五六頁。
(26)『ルースコエ・スローヴォ(ロシアの言葉)』……『ルースカヤ・ガゼータ(ロシ

アの新聞)』の書き間違いであると思われる。

(27)「最初の労働党政府」……オーストラリア連邦の南オーストラリア州において、一九〇五年の選挙で、労働党のトーマス・プライスを首班とする世界で最初の労働党政府が少数与党ながら成立した。一九一〇年の選挙では多くの州で労働党を多数派とする政府が成立した。

(28) エーベルト、フリードリヒ(一八七一〜一九二五)……ドイツ社会民主党の右派。第一次大戦中は排外主義者。一九一八年革命後の一九一九年にドイツ共和国の初代大統領に就任。ドイツ革命とスパルタクス団を弾圧し、ローザ・ルクセンブルクとカール・リープクネヒトの虐殺に関与。

(29) トロツキー「総括と展望」、本書、三六〜三七頁。

(30) 同前、六八〜六九頁。

(31) 同前、七二〜七三頁。

(32) 同前、六九頁。

(33) 同前、八四、八八頁。

(34) 同前、八五〜八六頁。

(35) 同前、八八～八九頁。
(36) 以下の未邦訳論文からの引用。トロツキー「国会はいかに作られたか」『われわれの革命』、ペテルブルク、一九〇六年、一三一～一三二頁。
(37) トロツキー「総括と展望」、本書、七七頁。
(38) 同前、九九頁。
(39) 同前、七八頁。
(40) 同前、一四五頁。
(41) 同前、一五一頁。
(42) 同前、一六二頁。
(43) 同前、一六三頁。

解説　永続革命としてのロシア革命──一〇〇年目の総括と展望

本書は一九一七年のロシア革命からちょうど一〇〇年の節目に出される。一九一七年二月、戦争に疲れ果て飢えに苦しんでいた首都ペトログラードにおいて、国際女性デーに平和とパンを求めてデモに立ちあがった女性たちの行動から始まったこの革命は、わずか数日で、数百年の長きにわたってロシアを支配してきた帝政を崩壊させ、ブルジョア政治家を中心とする臨時政府を成立させた。だがこの臨時政府は、民衆が何よりも望んだ戦争の終結も土地問題の解決も実現することができず、わずか二ヵ月後には社会主義者との連立政府に席を譲る。だが、この連立政府もすぐに使い果たされ、何度も内閣改造を繰り返した挙げ句、二月革命からわずか八ヵ月後には、二月革命直後の時点では一握りの少数派にすぎなかったボリシェヴィキによる十月革命が起こり、世界で初めて社会主義をめざす労働者国家が成立するに至ったのである。

トロツキーの予測

事態のこのような目も眩むような展開は、世界中の人々にとってはまさに晴天の霹靂以外の何ものでもなかったが、トロツキーにとってはけっしてそうではなかった。亡命先のアメリカで二月革命のニュースに接したトロツキーは、この革命が、革命的労働者政府の樹立まで永続することをただちに予測した。二月末から三月初頭にかけて、トロツキーはアメリカの亡命ロシア人革命家の新聞『ノーヴィ・ミール』でこう書いている。

もしロシアの革命が自由主義の要求通り今日ここで立ち止まったならば……明日にはツァーリと貴族と官僚の反動勢力が力を結集して、ミリュコーフ派とグチコフ派をその不安定な内閣の塹壕から追い払うことだろう。だが、ロシア革命は立ち止まりはしない。革命は、それが現在ツァーリ反動を一掃しつつあるように、さらに発展していって、前に立ちふさがるブルジョア自由主義をも一掃するだろ

う。（トロツキー「二つの顔」、『トロツキー研究』第五号、六四～六五頁）

都市プロレタリアートを先頭とする革命勢力と、一時的に権力に就いている反革命的自由主義ブルジョアジーとの間の公然たる衝突は完全に不可避である。……したがって、現在ただちに革命的プロレタリアートは臨時政府の執行機関に自らの革命的機関を、すなわち労働者・兵士・農民ソヴィエトを対置しなければならない。この闘争においてプロレタリアートは、決起しつつある人民大衆を自己の周りに結集しつつ、権力の獲得を自らの直接的な目的として設定しなければならない。（トロツキー「発展する衝突」、同前、六六～六八頁）

土地問題こそ、軍隊のプロレタリア的中核部分と農民的兵士大衆との団結という事業に巨大な役割を果たすであろう。……プロレタリアートと彼らにつき従う下層農民に直接依拠した革命的労働者政府がどれだけ急速に自由主義的・帝国主義的臨時政府に取って代われるかは、われわれによる反戦のアジテーションと闘争とが——まず第一に労働者の兵士大衆の間で、次に農民の兵士大衆の間で——

成功するか否かにかかっている。

大衆の圧力を押さえるのではなく、逆にそれを発展させるような政権だけが、革命と労働者階級の運命を保障することができる。このような政権を創出することが現在、革命の根本的な政治的課題なのである。（トロツキー「誰からどのように革命を防衛するのか」、同前、七六～七七頁）

土地革命と共和制の旗のもとに、自由主義的帝国主義者に対抗して幾百万の農民を団結させなければならない。この仕事を完全にやり遂げることができるのは、プロレタリアートに依拠した革命政府だけである。それはグチコフやミリュコーフといった輩を政権から追い払うだろう。この労働者政府は、都市と農村の最も遅れた勤労大衆を立ち上がらせ、啓蒙し、団結させるために、国家権力のあらゆる手段を行使するだろう。（同前、七七頁）

このようなきわめて正確な予測と方向設定とが二月革命勃発直後に可能になったのは、その一二年前の一九〇五～〇六年の時点ですでに、若きトロツキーが、ロシア革命の基本的な発展曲線をかなり正確に描き出していたからである。その後に起きたストルイピン反動と第一次世界大戦の勃発とは、この発展曲線の基本を変えず、むしろそれをより先鋭化させた。

一九〇五年革命において二六歳の若さでペテルブルク・ソヴィエトの議長となったトロツキーは、獄中でこの第一次ロシア革命の教訓と展望を明らかにする論考「総括と展望」を執筆し、それは一九〇六年に『わが革命』という大部の著作の最終章として公表された。解題で述べたように、出版は一九〇六年とはいえ、その主要部分はすでに一九〇五年に書かれていた。

今回、新訳を出すにあたって改めてこの「総括と展望」を再読したが、わずか二六～二七歳の青年が書いたとは思えないほどの鋭さと洞察力に満ちている。マルクス主義の革命論としては、いまだこれを凌駕するものは出ていないのではないか？　しかし、一九二三～二四年からの反トロツキズム・キャンペーン以降、トロツキーの永続革命論は政治的に抹殺され、理論的にも、ごく一部を除いては、マルクス主義革命論の世界からも消し去られた。そのため、主流のマルクス主義革命論（異端派もおおむねそうだが）は今日に至るまで、青年トロツキーが書いた「総括と展望」以前の状態をさまよっている。

二つの誤解

ここではトロツキーの永続革命論について一から論じるようなことはせず、二つの典型的な誤解についてのみ取り上げよう（「民主主義革命の飛び越し」なるあまりに初歩的な俗論についてはもはや取り上げないでおく）。

1、トロツキーの永続革命論は、ロシア革命を無理やり社会主義革命に移行させようとする極左的な理論（強制転化論）であるという誤解。

実際にはその逆である。むしろ問題は、ロシア革命の内的発展傾向に逆らって、無理やり革命をブルジョア民主主義的段階にとどめておこうとする人々に対して、トロツキーは、ロシア革命の客観的な論理、その不可避的な発展力学を対置したのである。後発国ロシアの複合的な社会構造のせいで、ロシアの大ブルジョアジーは、帝政ロシアの巨大な反動勢力を向こうに回して民主主義革命を最後まで遂行するほどの力量もその意欲も持ち合わせていなかった。後発的なロシア・ブルジョアジーは、帝政を憎悪する以上に革命的プロレタリアートを恐れていたし、旧体制のもとで旧体制に庇護されて成長したがゆえに、大地主や官僚と不可分に結びついていた。小ブルジョアジーは、その物質的基盤である分厚い都市手工業者層を欠き、またその革命的急進主義を発揮しうる以前に、大ブルジョアジーと台頭するプロレタリアートによって、すなわち上からの圧力と下からの突き上げによって、無力化されていた。

その一方で、若いロシア・プロレタリアートは、経済的には、その集団的力量を発揮しうるに十分なほどロシア資本主義が発達していた一方で、プロレタリアートが完全に取り込まれてしまうほどには資本主義は発達していなかった。さらに、彼らは、出身階層たる農民との紐帯を失う以前に、上からの工業化によって促成栽培された大工場にいきなり集中された。また政治的には、先進ヨーロッパ諸国の最も革命的な理論と経験を身につけうるほどには十分発達していた一方で、ブルジョア議会主義や改良主義によって政治的に統合されてしまうほどには発達していなかった。そして何よりも、ロシア・プロレタリアートという前衛には、自己の近代的解放の希望を（ブルジョアジーにではなく）プロレタリアートの勝利に託さざるをえなかった広大な農民的・少数民族的同盟者がいた。

これらの（またそれ以外の）複合的な諸要素の独特の組み合わせの結果として、ロシアにおけるブルジョア民主主義革命は、農民と同盟したプロレタリアートの権力としてしか実現しようがなかった。だが、権力に就いたプロレタリアートは、それ自身が置かれた状況の論理にしたがって、不可避的に社会主義的措置に進まざるをえない。なぜなら、徹底した民主主義的措置はいずれも、その実現の半分もいかないうちに、ブルジョアジーと旧体制との連合勢力という障害物にぶつかるからである。ブルジョアジーの経済的権力を覆さないかぎり、民主主義革命の遂行さえ不可能であり、そのことを回避するならば、一時的に政権に就いたプロレタリアートはすみやかに、旧体制の実体的勢力（将軍と官僚）と結託したブルジョア反革命によって覆され、ブルジョア的・旧体制的な軍事独裁に取って代わられてしまうだろう。そうなれば、プロレタリア前衛は文字どおり肉体的に絶滅させられるか四散させられ、ロシア社会は民主主義革命段階よりもはるか後方に投げ返されてしまうだろう（この予想は一九一七年の一〇年後に中国革命の敗北と蔣介石の独裁として実現され、さらにその一〇年後にスペイン革命の敗北とフランコの独裁としていっそう確証された）。

したがって社会主義革命への部分的移行は、民主主義革命を完遂するためだけであっても必要なのであり、それは恣意的な強行措置でも何でもなく、その反対に革命そのものの自己保存法則にのっとったものなのである。一般に段階革命論にあっては（通俗的な連続革命論にあってもそうだが）、民主主義革命は社会主義革命に至るまでの中間項であって、前者が手段で後者が目的だとされている。しかし実際には、民主主義革命を実現するためには社会主義革命を遂行しなければならないのであり、むしろある意味では後者こそが前者のための手段なのだ。ブルジョア反革命によって粉砕されないためには、最小限綱領（ブルジョア民主主義）と最大限綱領（社会主義）とのあいだに人為的に設定された垣根を越えなければならない。それをどこまで越えることができるかはまた別問題であり、トロツキーが言っているようにその時々の力関係による。以上がトロツキーの立場である。

2、トロツキーは農民を無視ないし軽視し、農民抜きでプロレタリアートだけで革命を遂行しようとしたという誤解。

この種の誤解も、1の誤解とまったく同じ性質のものであり、むしろ1の裏面である。そもそも、当面するブルジョア民主主義革命においてプロレタリアートが権力を取らざるをえないのはまさに、農民の解放と地主の土地没収という近代革命の最大の課題が、ブルジョアジーや小ブルジョアジーのヘゲモニー下では実現されえないからである。つまり、トロツキーの永続革命論にあっては、プロレタリアートは何よりも農民を解放するために権力に就くのである。それが農民軽視ならば、いったい農民重視とは何か?

だが、権力に就くのはプロレタリアートだけではないのか? だとするとやはり革命的主体としての農民は軽視されているのではないか? このような異論はそもそもヘゲモニーという概念をまったく理解していない。トロツキーにとって、「プロレタリアートの独裁」とは、最初からプロレタリアートの単独権力のことではなく、農民や小ブルジョアジーの代表者を含む連合権力におけるプロレタリアートのヘゲモニーのことである。トロツキーは、「プロレタリアートの独裁」を「労農ブロックにおけるプロレタリアートのヘゲモニー」として理解した最初の革命家である。トロツキーは「総括と展望」の中で次のように述べている。

政府へのプロレタリアートの参加は、支配的で指導的な参加としてのみ、客観的に最も可能性があり、かつ原則的にも容認される。もちろん、この政府を、プロレタリアートと農民の独裁だとか、あるいはプロレタリアートと農民とインテリゲンツィアの独裁だとか、あるいはまた労働者階級と小ブルジョアジーの連合政府などと呼ぶことも可能である。しかしそれでも、当の政府内のヘゲモニー、およびそれを通じての国内のヘゲモニーは誰に属するのか、という問題は依然として残る。そしてわれわれは、労働者政府について語るとき、ヘゲモニーは労働者階級に属するだろうと答える。(本書、八二頁)

農村それ自体は封建制の廃絶という革命的課題を担いうる階級を登場させなかった。農業を資本に従属させたこの都市こそが、革命勢力を登場させたのであり、この革命勢力が農村に対する政治的ヘゲモニーを握って、政治関係や所有関係における革命を農村にまで拡大したのである。(本書、八七頁)

ロシア・ブルジョアジーは、革命の陣地をすべてプロレタリアートに明け渡し

ており、農民に対する革命的ヘゲモニーをも明け渡さざるをえないだろう。（本書、八八頁）

以上のことは、それはそれで、農業に対する工業のヘゲモニー、農村に対する都市の優位性を前提している。（本書、一一四頁）

これら一連の文章で「ヘゲモニー」という概念が何度も登場しているのは偶然ではない。トロツキーは自己の永続革命論を何よりもプロレタリアートのヘゲモニー論として定式化した。しかもここでは二重のヘゲモニーが語られている。一方では、政府内におけるプロレタリアートの主体的ヘゲモニーが語られており、このヘゲモニーを実現するのは革命党をその代表者とするプロレタリアートの主体的な政策や綱領、その決然とした行動や指導力である。他方では、国内における労働者政府のヘゲモニーが語られており、それを媒介するのは農村に対する都市の構造的ヘゲモニーである。この二重のヘゲモニーを通じて初めて、ロシアにおける少数派でしかないプロレタリアートの独裁が成立するのである。

以上の点については、一九〇五年夏ごろに書かれた「ラサール『陪審裁判演説』序文」の次の一節にも明らかである。

プロレタリアートは、自らの圧力によってブルジョアジーの保守性を克服しつつも、それでもやはり、事態が最も順調に「発展する」場合には、一定の時点で直接的な障害物としてのブルジョアジーと衝突する。この障害物を克服することのできる階級は、実際にそうしなければならないし、そうすることによってヘゲモニーの役割を引き受けなければならない……。このような状況のもとでは、「第四身分」「プロレタリアート」の支配が訪れるだろう。言うまでもなく、プロレタリアートは、かつてのブルジョアジーと同じように、農民と小ブルジョアジーに依拠しながら自らの使命を果たすだろう。彼らは農村を指導し、農村を運動に引き入れ、自らの計画の成功に関心を持たせるだろう。しかし、指導者として残るのは不可避的にプロレタリアート自身である。これは「農民とプロレタリアートの独裁」ではなく、農民に依拠したプロレタリアートの独裁である。(『トロツキー研究』第四七号、一九五～一九六頁)

ここにもはっきり示されているように、トロツキーの言う「プロレタリアートの独裁」とは、「農民に依拠したプロレタリアートの独裁」のことであり、プロレタリアートは闘争の「ヘゲモニーを引き受け」、同盟者たる農民に対して「指導者」としての役割を担うのである。これのどこに農民への軽視があるというのか？

二つの弱点

ロシア革命の内的メカニズムの分析とそこから生じる革命的展望に関しては、一九〇五～〇六年におけるトロツキーの理論は明らかに傑出したものだった。しかし、そこには――いくつかの部分的な見通しの誤りとは別に――二つの重要な弱点があった。

一つは、このような革命を実行するにふさわしい鍛え抜かれた革命党とはいかなるものであるのかが独自に考察されておらず、漠然と社会民主党（当時にあってはボリシェヴィキとメンシェヴィキと非分派派の一種の連合組織）の全体が想定されていたことである。たしかに、この社会民主党は、一九〇五年革命の時には、革命的熱狂の中でボリシェヴィキのみならずメンシェヴィキでさえ永続革命について云々するほどに、トロツキーの言う「革命の内的論理」に従うようになったのだが、長い反動期において党内の政治的分化はますます進行し、一九〇五年における党全体の急進化の再来を期待することはしだいに非現実的となっていった。しかし、トロツキーは、第一次世界大戦が勃発する直前までボリシェヴィキとメンシェヴィキの和解と、党の統一のために奮闘しつづけるのである。

二つ目の弱点は、権力に就いたプロレタリアートが社会主義的な手段に訴えるにつれて農民層との対立が顕在化するようになった場合、そこからの活路が基本的に西方ヨーロッパ諸国におけるプロレタリア革命に見出されたのだが、その際、先進国における革命の独自の困難さの考察が不十分であったことである。先進ヨーロッパ諸国でプロレタリア革命がより困難なのは、後進国ロシアでプロレタリア革命がより容易だったのとちょうど反対の理由にもとづいている。すなわち、資本主義が労働者を取りこむことができるほど十分に経済的に発達していたことと（資本の主体的ヘゲモニー）、ブルジョア議会主義と改良主義が労働者党内で支配的になりうるほどに資本主義が政治的に発達していたことである（ブルジョア国家の構造的ヘゲモニー）。トロツキーも、ロシアにおける発展力学の逆をなすヨーロッパのこのような社会的特徴についてはー定気づいてはいたが（その一端は「総括と展望」の叙述にも見出される）、そうした障害は、ロシアにおけるプロレタリア革命の衝撃によって克服されるだろうとみなしていた。

しかし、農村に対する都市のヘゲモニーというトロツキーの理論からすると、いくらロシアにおけるプロレタリア革命の衝撃が大きくても、そのインパクトが十分に発揮されるのは、ロシアよりも資本主義の発達が遅れた周辺国（ロシアに対して農村的地位にある国々）に対してであり、逆にロシアに比してより都市的地位にある先進ヨーロッパ諸国に対してではないはずである。そして実際、ロシア革命の衝撃は先進ヨーロッパ諸国にも大きな影響を与えたとはいえ、ヨーロッパ・プロレタリアートが独占資本の経済的ヘゲモニーと近代国家の政治的ヘゲモニーから離脱しうるほどのインパクトにはならなかった。結果として、ロシア労働者国家は孤立し、激しい内戦や飢餓や封鎖などもあって、有機的なヘゲモニーによる統治が、しだいにヘゲモニーなき強制的統治へと変質していった。ヨーロッパの社会主義革命による支えがなければ、ロシアのソヴィエト政権は速やかに崩壊するとレーニンもトロツキーも予測していたのだが、崩壊するのではなく、官僚主義的に変質しながら生き残った。

二つの弱点の克服

以上が、一九〇五年革命時点におけるトロツキーの永続革命論に内在していた二つの弱点であった。

第一の弱点を克服する理論と実践を発展させたのは、言うまでもなくレーニンである。レーニンの党理論とボリシェヴィキ党建設の諸実践は、しばしば深刻なセクト主義を伴いつつも、永続革命の過程を担いうるような優れた戦略的党を鍛えあげた。ただし、ただちに言っておかなければならないが、ボリシェヴィキ党はあくまでもレーニンあっての革命党なのであり、レーニンなきボリシェヴィキ党は単なる左翼中間主義の党でしかなく、レーニン亡き後、急速に保守化、官僚化して、トロツキーもろとも永続革命論をも放逐するに至った。

実を言うと、ボリシェヴィズムのうちには最初から、労働者階級の下からの自己権力としての高度な民主主義（労働者民主主義）を追求する傾向（後にトロツキーの永続革命論を受け入れることを可能にした傾向）と、その反対に、狭い指導部の支配を上から貫徹しようとする官僚主義的傾向とが矛盾しながら並存していた。この二つの傾向のそれぞれは、客観的情勢や党内および党間の論争や闘争に依存して弱くなったり強くなったりしたが、一九一七年の革命的熱狂下においては前者が圧倒的な優位を持つようになり、革命を勝利に導く上で決定的な役割を果たした。まさにそれゆえ、それまでボリシェヴィキの官僚主義やセクト主義に嫌悪感を抱いていたトロツキーのような人々さえ引きつけたのである。

しかし、何年にも及ぶ厳しい内戦と飢餓、政治的孤立、国土の極端な荒廃、党と労働者階級の最良の分子が内戦で死んだり疲弊したこと、等々の結果として、しだいに二つ目の傾向が強力になっていった。レーニンの死はこの流れを決定的にした。トロツキー自身を含め多くの党指導者や活動家たちは、この二つの傾向のどちらかに接近したり遠ざかったりしていたが、やがてこの二つの傾向はしだいに、特定の人物を中心とする特定の政治集団へ結晶化していった。一方におけるトロツキーを中心とする左翼反対派と、他方におけるスターリンを中心とする党官僚である。両傾向の政治的衝突は後者の圧倒的勝利に終わり、トロツキーは追放され、左翼反対派は解体し、スターリンの独裁が成立した。ボリシェヴィズムはスターリニズムになった。トロツキーは後に、本書収録の「スターリニズムとボリシェヴィズム」において、主として客観的状況を理由にしてボリシェヴィズムのスターリニズムへの変質を論じたが、ボリシェヴィズムのうちに最初からスターリニズムの要素が存在していたからこそ、それは客観的情勢の困難さの中で支配権を確立するに至ったのである。他方、ボリシェヴィズムとスターリニズムとを区別しない人々は、ボリシェヴィズムにおける第一の傾向（一九一七年に圧倒的に支配的となり、その後も存在しつづけた傾向）の存在を認めようとしない。どちらも一面的であろう。

第二の弱点に関しては、一九二一年以降にコミンテルンの指導者であったレーニンとトロツキー自身によって、先進国革命の独自の探究、統一戦線と大衆の中でのより息の長いヘゲモニー闘争（陣地戦！）の追求を通じてしだいに克服されていったのだが、より徹底した克服をめざしたのが、獄中におけるグラムシであった。イタリア共産党の指導者であったアントニオ・グラムシは一九二〇年代終わりから一九三〇年代初頭にかけて、ムッソリーニの獄中で記した膨大なノート（『獄中ノート』）の中で、先進国におけるプロレタリア革命の独自の困難さの問題を探究し、そこでの近代国家およびブルジョア社会の諸装置による構造的ヘゲモニーの問題を深く考察し、それらを下から分子的に解体させていく陣地戦の戦略を探求した。その際、グラムシは、コミンテルン第四回世界大会におけるトロツキーの報告のうちに陣地戦への転換の端緒を見出した。「獄中ノート」の各所に見られる永続革命論への悪罵にもかかわらず、グラムシは実際にはトロツキーが始めた仕事を獄中で継続していたのである。

戦後においてもこのような創造的探究はさまざまな人々によって継続されている。いっときは、ちょうどかつてトロツキーやレーニンがロシア革命のインパクトがヨーロッパ革命の引き金になると期待したように、第三世界の諸革命が先進諸国の革命を引き起こすかのような議論もなされたが（世界の農村が世界の都市を包囲する！）、それは結局間違いだった。先進国革命は他力本願ではなく、それ自体として探究され、遂行されなければならない。

ロシア革命の悲劇と正当性

一九三二年一一月、トルコの亡命地にいたトロツキーは、デンマークの社会民主党学生組織の要請を受けて、コペンハーゲンにおいて、「十月革命とは何か、それはどのように生じ、今日いかに正当化されるのか」というテーマで二〇〇〇人を越える聴衆に向けて大演説を行なった。それは、稀代の革命的雄弁家トロツキーが、亡命後に一般聴衆に向けて行なった最初で最後の演説であった。トロツキーがコペンハーゲンで演説したとき、ロシア革命の最終的なバランスシートはまだ出ていなかった。世界資本主義は一九二九年の大恐慌の影響からまだ脱しておらず、その一方でソ連は、スターリンの官僚的支配のもとでとはいえ、経済的大躍進を遂げつつあった。スターリンによる大粛清の開始はまだ四年も先の話であり、独ソ不可侵条約の締結も、戦後の冷戦も、そしてもちろんのことソ連そのものの崩壊も、もっとずっと先の話である。そうした限定された条件のもとで、トロツキーはロシア十月革命をロシアと世界の歴史に位置づけ、その正当性を力説した。

今日では、ロシア革命のバランスシートについて当時のトロツキーよりもずっと総合的で、そしてある程度最終的な判断を下すことができる。その判断はいかなるものだろうか？　ロシア十月革命の結果として成立したソ連邦そのものが崩壊し、ブルジョア国家に道を譲った。ソ連は、たしかに革命後の内戦と大飢饉と経済封鎖、第二次世界大戦での悲惨な被害にもかかわらず、革命から半世紀足らずで世界有数の工業国になったが、鉄と石炭の重厚長大の時代がすぎると、一九七〇年代以降、しだいに停滞を余儀なくされ、最後まで品不足による行列と品質の悪さを克服することはできなかった。そして今日では、ロシアそれ自身においてさえ、レーニンは最初の労働者国家の創設者としてではなく、グロテスクな全体主義国家の創設者として位置づけられている。今日もはや、八五年前にトロツキーがやったような正当化はできないように見える。

だが、ここでもしかるべきバランス感覚が必要である。もしロシアで十月革命が成功しなかったとしたら、あるいはその後の内戦でボリシェヴィキ側が敗北していたとしたら、いったいどうなっていただろうか？　この思考実験に大いなる具体性を付与してくれるのが、一九二七年の第二次中国革命敗北後の中国の歴史である。蔣介石の軍事独裁は、都市部において共産党や労働運動を弾圧し粉砕するには十分に強力だったが、中国を強固に統一して近代的大国に引き上げる能力はまったく持ち合わせてはおらず、また日本軍による侵略に抵抗しうるほど十分に強力でも戦闘的でもなかった。蔣介石は自らの国民党軍を、日本軍との本格的な戦争によって消耗させるより、毛沢東率いる共産軍との将来の闘いまで温存しようとした。ドイツよりも明らかに技術水準も文化水準も立ち遅れていた日本が、枢軸国の中で最も長く粘れたのは、その主たる戦場がヨーロッパやソ連ではなく、強力な近代国家も労働者国家も存在していない中国大陸と東南アジアだったからである。

もしロシアで十月革命が失敗に終わったり、内戦でボリシェヴィキ政権が敗北していたとしたら、その後を継ぐのはけっして西欧型の近代統一国家ではなく、白衛派将軍に率いられた蔣介石型の（あるいはそれよりももっと反動的な）軍事独裁であり、しかも中国よりも広大な諸地方に多くのライバル的軍閥が並存したそれであったろう。このような軍事的モザイク国家は、ナチス・ドイツの電撃的攻勢に持ちこたえられるはずもなく、ドイツ軍は中国大陸における日本軍以上に、広大なロシアの地を思うままに蹂躙しただろう。日本軍と同じく農民ゲリラには悩まされただろうが、ナチス・ドイツが独ソ戦で遭遇したような、大都市における長期的な攻防戦や膨大な戦車と兵員が投入される大会戦には悩まされなかっただろう。そして、ナチス・ドイツは速やかにロシアの東端にまで侵攻し、ウラジオストクかその手前で日本軍と合流するに至ったかもしれない。そうなれば、日本軍国主義とドイツ・ファシズムがほぼユーラシア大陸全体を支配下に収め、たとえヨーロッパでナチス・ドイツが粉砕されても、ウラル以東の広大な後背地を基盤にしてさらに何年も抵抗しつづけたかもしれない。

いやもっと深刻なシナリオも十分想定可能である。何といっても旧帝政ロシアは反ユダヤ主義の祖国であり、ユダヤ人に対する迫害と虐殺（ロシアではポグロムと呼ばれた）にかけてはナチスの大先輩であった。白衛派の将軍たちも同じであり、彼らはボリシェヴィキとユダヤ人を何よりも憎み、その占領地においてユダヤ人虐殺を公然と行なった。したがって、十月革命敗北後に成立する反動ロシアは、その激烈な反共主義と反ユダヤ主義を共通項にしてナチス・ドイツと積極的に攻守同盟を結び（独ソ不可侵条約のような消極的同盟ではなく！）、日独伊ではなく、日独露伊の巨大な四ヵ国枢軸を形成したかもしれない。そうなれば、ヨーロッパから、広大なロシアを挟んで、アジアの大部分にまで及ぶ大ファシスト世界が成立することになっただろう。

このような悪夢の実現を決定的に阻んだものこそ、十月革命によって成立した強力な労働者国家の存在だったのである。スターリニズム支配下のソ連指導層自身がいかにナチスと親和的になろうとしても、それが客観的に有する階級的基盤はけっしてナチスの野心と両立しなかった。独ソ不可侵条約から始まったヒトラーとスターリンとの蜜月はわずか二年たらずで崩壊し、ナチスによる電撃的なバルバロッサ作戦に続いて激烈な独ソ戦が勃発した。この独ソ戦におけるソ連の強力な軍事的抵抗と粘り強い反撃（それはヒトラーにとってまったく計算外だった）こそが、最終的にナチスの軍事力を麻痺させ、それを崩壊させたのである。

もちろんそれは、スターリンのおかげではなく、ロイ・メドヴェージェフがいみじくも言ったように、スターリンにもかかわらず、である。もしスターリンによるあの一九二九～三二年の強制的農業集団化による国土の荒廃や一九三六～三八年の大粛清、とくに赤軍の大粛清がなかったなら、またあの裏切り的な独ソ不可侵条約がなかったなら、はるかに容易かつ急速にナチス・ドイツを粉砕することができただろう。

また、ロシア十月革命は、その後のスターリン体制の成立にもかかわらず、世界中に巨大なインパクトを与えつづけた。労働者国家は成立するやいなや、帝国主義戦争から離脱し、無賠償・無併合の講和を呼びかけ、諸民族の自決権を高らかに宣言し、秘密外交をなくし、ユダヤ人に対するあらゆる差別措置を撤廃し、ロシア帝政が周辺国に対して持っていた帝国主義的特権を自ら放棄した。ヨーロッパからアジアにまでまたがる広大な領土に打ちたてられたこの最初の労働者国家は、何よりも、中国、インド、東南アジア、ラテンアメリカなどの植民地・半植民地諸国に、帝国主義への従属でもブルジョア的開発独裁でもない形での進歩と「離陸」の巨大な希望とその現実的可能性を提供した。革命前の帝政ロシア自身が、植民地を持つ帝国であったと同時に、西欧資本主義国に対しては半ば植民地でもあった。だからこそ、ツァーリに代わって二月から一〇月まで権力に就いていたブルジョアジーや「社会主義」者たちは帝国主義戦争から離脱できなかったのである。ロシア十月革命だけがそのような植民地主義的紐帯を断ち切り、何をどのようになすべきかを世界中の植民地人民に示した。世界中でロシア革命の理念に鼓舞された諸民族が反植民地闘争に立ち上がった。

ソヴィエト国家が発したこれらの理念的政策はしばしば現実と乖離していたし、スターリン時代にはその乖離は極端に広がったが、それにもかかわらず、その理念は世界的影響を及ぼしつづけた。第二次世界大戦後の旧植民地・半植民地諸国の解放と独立は、ソヴィエト国家とコミンテルンの巨大なインパクトなしには考えられない。その後、ソ連・東欧が崩壊し、「社会主義」が第三世界の多くにとって現実的な選択肢でなくなったとき、それに代わって登場したのが、いかなる意味でも進歩的とは言えない排外主義的民族主義やイスラム原理主義勢力であった事実は、ソ連ないし「社会主義」諸国が果たしていた相対的に進歩的な役割を逆照射するものである。ユーゴとアフガニスタンの悲劇はその最たる例であろう。

ロシア革命の進歩的インパクトは後進国に限定されない。ロシア革命は世界で初めて八時間労働制を導入し、勤労者の諸権利を宣言し、男女平等の選挙権と被選挙権を導入し、離婚の自由や夫婦別姓、中絶の権利と母性保護の権利を承認し、同性愛に対する刑事罰を撤廃した。これらの諸措置は、スターリン体制下でしだいに形骸化され時に否定されていったが、それでも先進国を含む世界中に大きな影響を与えつづけた。一九三〇年代以降におけるソ連の計画経済による急速な経済成長と、戦後のソ連がまがりなりにも実現した完全雇用と無償医療、無償教育は、先進資本主義国への政治的プレッシャーでありつづけた。また、先進国においてはたしかに社会主義革命の勃発には至らなかったが、各国で強力な共産党や労働者運動を生みだし、「社会主義」国に対抗して福祉国家の路線を取ることを支配層に余儀なくさせた。先進国における福祉国家の成立はもちろん「社会主義」国への対抗という次元だけで語ることはできないにしても、それはきわめて有力な要因の一つだった。ソ連・東欧諸国の崩壊後に、先進資本主義諸国で新自由主義が吹き荒れた事実はこのことを明瞭に物語っている。

旧ソ連諸国における資本主義への移行によって最も大きな被害をこうむったのは、もちろんのこと、何よりも旧ソ連諸国の国民自身である。一九九一年におけるソ連の崩壊とその後のショック療法による資本主義化とは、ロシアの経済と生活に壊滅的打撃を与えた。国民一人あたりGDPは三〇％以上も下がり（一九二九年の大恐慌期におけるアメリカに匹敵する）、失業率はほぼ〇％から二〇％以上にはね上がり、貧困率は一九八八年の二％から一九九五年には四〇％に急上昇した。そのため、ロシアの人口は、病気や自殺などの早すぎる死によって、ロシアだけで数百万、旧ソ連諸国全体で一〇〇〇万人近くも失われた（デヴィッド・スタックラー＆サンジェイ・バス『経済政策で人は死ぬか』草思社、二〇一四年）。スタックラーとバスは次のように述べている。

> ロシアの死亡危機が悲劇的だというのは、それをもたらしたショック療法が当初の目的を達成できなかったからである。……何百万人という死者を出しながら、ロシアの民営化（資本主義化！――引用者）が何をもたらしたかといえば、ほんの一握りの新興財閥《オリガルヒ》が富と権力を掌握する格差社会でしかなかった。（同書、八六頁）

コペンハーゲン演説でトロツキーが言ったように、「今度はわれわれが問う番」である。民営化という名の資本主義化は何をもたらしたのか、その犠牲は正当化しうるのか？

次の一〇〇年に向けて

トロツキーがコペンハーゲンで演説した後に生起したさまざまな歴史的諸事件（ソ連の崩壊そのものを含む）は、一方では、ロシア十月革命とそれによって成立したソヴィエト国家に対するより厳しい審判を下すものであったと同時に、他方では、そのいっさいにもかかわらず、ロシア十月革命とソヴィエト国家の正当性を改めて、そしてより強力に証明するものでもあったと言える。

トロツキーはこのコペンハーゲン演説において、フランス大革命を擁護して、それはある程度まで近代文明の全体を生み出したと語ったが、一八世紀のフランスよりもはるかに広大で、はるかに複合的な社会で起こった二〇世紀のロシア大革命は、ある程度まで、社会的平等を重視する多元的な現代世界の全体を生み出したとも言えるだろう。数世代にわたって、その恩恵は世界中の人々によって享受された。したがってその崩壊は、世界をますますもって弱肉強食の新自由主義的資本主義によって一元化する方向へと（イスラム原理主義のテロや排外主義的民族主義によって補完されつつ）作用している。二〇一七年のフランス大統領選の決戦投票が示した、極端な新自由主義か排外主義的民族主義かという二者択一ほど、現代の悲劇を明瞭に示すものはない。未来への希望がこのような方向にないのは明らかである。

ケン・ローチの映画『わたしは、ダニエル・ブレイク』で描き出されているように、先進福祉国家であったイギリスでさえ、新自由主義的福祉改革のもと、一握りの富裕層を除くすべての人々の尊厳と生存権とが容赦なく奪われている。日本でも大同小異であり、おそらくもっとひどい。それはけっして個人の問題ではなく、システムの問題である。すべての人々の尊厳と生存権が保障されるような新しい社会システムが必要なのだ。

ではそれに至る展望はいかなるものだろうか？　トロツキーのような予見能力を持たない私には、それについて具体的に語ることはできない。しかし、少なくとも言えるのは、トロツキーが「スターリニズムとボリシェヴィズム」で述べているように、ロシア革命の正負の歴史をすっ飛ばして、「マルクスに帰れ」と呼号するような姿勢ではまったく不十分だということである。ロシア革命とそれを準備した種々の理論、革命後の労働者国家の苦闘と紆余曲折、さまざまな誤謬と敗北、同じくさまざまな成果と貢献を真摯に学び、それらを清算主義的にではなく建設的に教訓化しなければならない。過去を繰り返すためではなく、まったく新しい条件の下で、新しい希望を勝ち取るために、である。それは、次の一〇〇年に向けた貴重な準備作業になるだろう。本書がそれに少しでも役立つならば、幸いである。

トロツキー年譜（一九一七年末まで旧暦）

一八七九年
一〇月　レフ・ダヴィドヴィチ・ブロンシュテイン（トロツキー）、南ウクライナのヘルソン県ヤノーフカで、ユダヤ人自営農五番目の子供として生まれる。

一八九七年　一七～一八歳
労働者活動家のムーヒンらと知り合い、「南部ロシア労働者同盟」を結成。このころ、マルクス主義者に。

一八九八年　一八～一九歳
一月　南部ロシア労働者同盟のメンバーが一斉逮捕され、トロツキーも逮捕され入獄。
三月　ミンスクで社会民主労働党の創立大会が開かれるも、参加者は全員逮捕。

一八九九年　一九～二〇歳
流刑の判決を受け、モスクワの中継監獄に移される。

一九〇〇年　二〇～二一歳
春　獄中でソコロフスカヤと結婚。
秋　イルクーツクのウスチ・クート村に流刑。長女ジーナ生まれる。

一〇月　アンチド・オト名で「東方評論」に文芸評論をはじめさまざまな評論を書き始める。
一二月　レーニン、マルトフ、プレハーノフらが亡命地で「イスクラ」を創刊。

一九〇二年　二二〜二三歳

次女ニーナ生まれる。
夏　流刑地を脱走。脱出の際の偽造パスポートにトロツキーと記入。
一〇月　ロンドンのレーニンのもとへ到着。
一一月　トロツキー、初めて「イスクラ」に評論を執筆。

一九〇三年　二三〜二四歳

七〜八月　ロシア社会民主労働党第二回大会が開かれ、多数派（レーニン・プレハーノフ派）と少数派（マルトフ派）に分裂。トロツキーは少数派につく。

一九〇四年　二四〜二五歳

二月　日露戦争勃発。
九月　メンシェヴィキから離脱。

一九〇五年　二五〜二六歳

一月　ロシアで「血の日曜日事件」起こる。
二月　ロシアに帰国し、偽名で地下活動を開始。
夏　一時的にフィンランドに逃れ、その地で永続革命論を仕上げる。
一〇月　ロシア全土にゼネストが勃発し、ペテルブルク・ソヴィエトが結成。トロツキー、フィンランドからペテルブルクに舞い戻って、ソヴィエトの指導者となる。
一一月　パルヴスとともに「ナチャーロ」を創刊し、永続革命論を展開。ペテルブルク・ソヴィエト議長に就任。
一二月　トロツキー、ソヴィエトの他の指導メンバーとともに逮捕。ソヴィエト壊滅。モスクワの武装蜂起は敗北。
一九〇六年　二六〜二七歳
獄中で「総括と展望」を執筆。
四月　第一回国会選挙でカデットが多数党に。
九月　ソヴィエトの公判開かれる。
一一月　シベリアへの終身流刑と市民権の剝奪の判決。
一九〇七年　二七〜二八歳
一月　流刑地に行く途中で脱走。ウィーンへ。
二月　第二国会開設。
六月三日　ストルイピン、急進的な第二国会を解散し選挙法を改悪（ストルイピンのクーデター）。
一一月　第三国会開設。
一九〇八年　二八〜二九歳
六月　キエフの急進的民主主義派の新聞「キエフスカヤ・ムイスリ（キエフ思想）」に評論を執筆しはじめる。
一〇月　ウィーン「プラウダ」を発行し、党統一派の結集軸となる。
一九〇九年　二九〜三〇歳
ドレスデンで『革命のロシア』を出版。
一九一二年　三二〜三三歳
一月　ボリシェヴィキ、プラハで単独

の「全党」協議会を開く。
八月　トロツキー、ウィーンで開かれた全党協議会に出席（八月ブロック）。
一〇月　第一次バルカン戦争勃発。トロツキー、「キエフスカヤ・ムイスリ」の特派員としてバルカン半島に向かう。その後、同地で多数の戦争記事を執筆。
一一月　第四国会開設。

一九一四年　三四〜三五歳
七月　オーストリア、セルビアに宣戦布告。第一次世界大戦勃発。
八月　トロツキー一家、スイスに亡命。
同月　ドイツ帝国議会でドイツ社会民主党が戦時公債に賛成の投票。
九月　『戦争とインターナショナル』を執筆。
一一月　「キエフスカヤ・ムイスリ」の戦時特派員としてパリへ向かう。

一九一五年　三五〜三六歳
九月　ツィンメルワルト会議に出席。

一九一六年　三六〜三七歳
四月　キンタール会議開催。トロツキーは出席できず。
九月　フランスを追放され、スペインに。
一二月　スペインからニューヨークに追放。

一九一七年　三七〜三八歳
一月　ニューヨークに到着。
二月　ロシアで二月革命勃発。ニコライ二世退位。臨時政府成立。ソヴィエトが全国で結成される。
三月　トロツキー一家、ニューヨークを出発。
四月　船上でイギリス軍に逮捕され、強制収容所へ。
同月　レーニン、封印列車によってロシアに帰国。「四月テーゼ」を発表。
五月　トロツキー釈放され、ロシアに帰国。
七月　七月事件勃発。革命運動への弾圧が巻き起こり、レーニンは地下に潜る。トロツキーら主要幹部が逮捕。
七～八月　ボリシェヴィキ第六回党大会が開催され、トロツキーは中央委員に選出。
八月　コルニーロフの反乱。ボリシェヴィキ派の赤衛軍がコルニーロフ軍を粉砕。再び革命の上げ潮。トロツキー釈放される。
九月　トロツキー、ペトログラード・ソヴィエトの議長に選出される。
一〇月　トロツキー、軍事革命委員会の議長として十月蜂起を指導。ほとんど無血のうちに革命は勝利。第二回ソヴィエト全国大会でボリシェヴィキは多数をとり、ソヴィエト政府の成立。レーニンは首相に、トロツキーは外務人民委員に。
一一月　ドイツとの単独講和交渉開始。
一二月　トロツキー、ソヴィエト講和代表団の団長としてブレスト・リトフスクに向かう。

一九一八年　　三八〜三九歳
一月　憲法制定議会開催、すぐに解散。
二月　トロツキー、外務人民委員の辞任を表明。
三月　ブレスト講和条約成立。
同月　トロツキー、軍事人民委員および最高革命軍事会議の議長に就任し、赤軍建設に着手。
同月　モスクワに政府が移転。
五月　チェコスロバキア軍団の反乱、内戦勃発。
七月　左翼エスエルの反乱。
同月　ソヴィエト憲法公布。列強諸国、内戦に干渉。
八月　トロツキー、特別の軍用列車を編成。

一九一九年　　三九〜四〇歳
一月　ドイツでローザ・ルクセンブルクとカール・リープクネヒトが虐殺される。
三月　第三インターナショナル創立大会開催。
一一月　トロツキー、ペトログラード攻防戦を指導し、勝利に導く。

一九二〇年　　四〇〜四一歳
二月　トロツキー、穀物徴発を累進現物税に置き換える提案をするも、中央委員会で否決される。
四月　ポーランド軍がソ連に侵攻。ロシア・ポーランド戦争勃発。
六月　赤軍がポーランド軍を打ち破り、その勢いを駆って、赤軍がポーランド国境を越える。
一〇月　リガ講和条約成立。
一九二一年　四一～四二歳
三月　クロンシュタットの反乱。
同月　ボリシェヴィキ第一〇回党大会が開催され、新経済政策（ネップ）が採択されるとともに、分派の禁止が決議される。
同月　ドイツ三月事件。
六月　コミンテルン第三回大会が開催され、統一戦線の路線が提起される。
一九二二年　四二～四三歳
五月　レーニン、発作に倒れる。
六～七月　社会革命党の裁判。
一一～一二月　コミンテルン第四回大会。
一二月　レーニン、「大会への手紙」を書く。
同月　ソヴィエト社会主義共和国連邦成立。
一九二三年　四三～四四歳
一月　レーニン、スターリンを書記長から更迭するよう口述。
三月　レーニン、二度目の発作を起こし、政治の表舞台から姿を消す。
四月　ボリシェヴィキ第一二回党大会。トロツキーは「工業報告」を行ない、市場経済と結びつけて計画経済を発展させることを訴える。
一〇月　トロツキー、病床から中央委員会に第一の書簡を出し、党内民主主義と工業化を訴える。

同月　四六人の声明（左翼反対派の最初の声明）が発表される。
同月　ドイツ革命の失敗。
一二月　トロツキーの一連の新路線論文が「プラウダ」に掲載。

一九二四年　四四～四五歳

一月　トロツキー、グルジアのスフミへ病気療養に出発。
一月二一日　レーニン死去。
秋　トロツキー、再び熱病に倒れる。
一〇～一二月　トロツキーの「一〇月の教訓」をめぐって、トロイカ側からの猛烈な攻撃キャンペーンが展開される（文献論争）。

一九二五年　四五～四六歳

一月　トロツキー、軍事人民委員を解任される。
五月　トロツキー、最高国民経済会議の利権委員会、電気技術局長、工業科学技術局長官に就任。
秋　ジノヴィエフ、カーメネフらの新反対派がスターリン＝ブハーリンの主流派と対立。
一二月　ボリシェヴィキ第一四回党大会開催、工業化を打ち出す。新反対派敗北。

一九二六年　四六～四七歳

四～五月　病気治療のためにベルリンに。
五月　イギリスでゼネスト発生。
七月　合同反対派とスターリン＝ブハーリン派との公然たる党内闘争始まる。

一九二七年　四七～四八歳
四月　蒋介石による上海クーデター起こる。中国革命をめぐって分派闘争が激化。
九月　第一五回党大会に向け反対派の政綱が執筆され、地下出版。
一一月　十月革命一〇周年に反対派のデモ行進。トロツキー、ジノヴィエフ、カーメネフが除名。ヨッフェ自殺。
一二月　ボリシェヴィキ第一五回党大会開催。反対派の主要メンバーがまとめて除名。
一九二八年　四八～四九歳
一月　トロツキー、アルマ・アタに追放。
同月　穀物調達危機が起こり、その対処をめぐって主流派内部で深刻な危機と分化が生じる。
一九二九年　四九～五〇歳
一月　トロツキー、ソ連から追放される。
二月　トルコのインスタンブールに到着。
三月　ソ連共産党政治局の決定により「ウラル・シベリア方式」と呼ばれる強制的穀物調達方式が大々的に適用される。
七月　長男のセドフとともに「反対派ブレティン」を創刊。
同月　コミンテルン第一〇回拡大執行委員会総会で「第三期論」「社会ファシズム論」が正式に打ち出され各党に

極左路線が押しつけられる。
一〇月　アメリカで株が暴落し、世界恐慌始まる。

一九三〇年　五〇～五一歳
この年、『永続革命論』が出版される。
二月　スターリンの超工業化と農業強制集団化を批判する論文を執筆。
九月　ドイツ情勢に注意を向け、反ファシズム労働者統一戦線を提唱。

一九三二年　五二～五三歳
二月　トロツキー一家、ソ連の市民権を剥奪される。
七月　ドイツの総選挙でナチ党が第一党となる。
一一月　デンマークに短期旅行し、コペンハーゲンにて「十月革命とは何か」と題して講演。

一九三三年　五三～五四歳
一月　長女ジーナ、ベルリンで自殺。
同月　ヒトラー、ドイツの首相となる。
七月　トロツキー、コミンテルンの改良路線を転換し、第四インターナショナルをめざすと宣言。
同月　トロツキー一家、フランスに移る。

一九三四年　五四～五五歳
一二月　キーロフ暗殺。スターリンによる血なまぐさい粛清劇が開始される。

一九三五年　五五～五六歳
二月　亡命日記を書き始める。
六月　トロツキー一家、フランスからノルウェーに移る。
七月　コミンテルン第七回大会開催。

人民戦線路線に転換。

一九三六年　五六～五七歳

二月　スペインに人民戦線政府成立。

七月　スペインでフランコのクーデター勃発。スペイン内戦へ。

八月　第一次モスクワ裁判始まる。被告はジノヴィエフ、カーメネフなど。全員に死刑が宣告され、ただちに銃殺。

この年の末、『裏切られた革命』(仏語版)が出版される。

一二月　ノルウェー政府、トロツキー一家を追放。

一九三七年　五七～五八歳

一月　トロツキー一家、メキシコに到着。ディエゴ・リベラとフリーダ・カーロのもとに身を寄せる。

同月　第二次モスクワ裁判始まる。被告はラデック、ピャタコフ、ソコーリニコフなど一二名。

四月　哲学者ジョン・デューイを委員長としてモスクワ対抗裁判が開かれる。

六月　赤軍の大粛清始まる。トハチェフスキーなど赤軍幹部がほとんど銃殺される。

一二月　デューイ委員会、トロツキーとその息子セドフに無罪を言い渡す。

一九三八年　五八～五九歳

二月　セドフが病院で不審死。

三月　第三次モスクワ裁判始まる。被告は、ブハーリン、ルイコフ、ヤーゴダ、ラコフスキーなど。

九月　第四インターナショナルがパリ

で創立。

一九三九年　五九〜六〇歳

八月　独ソ不可侵条約成立。

九月　ドイツがポーランドに侵攻。第二次世界大戦勃発。

一九四〇年　六〇歳

二月　遺書を書く。

五月　シケイロスらの武装集団によってトロツキーの自宅が襲われる。トロツキー一家は奇跡的に無事だった。

八月二〇日　スターリンの放った暗殺者ラモン・メルカデルによって後頭部をピッケルで打ち抜かれる。

八月二一日　トロツキー、病院で死亡。

訳者あとがき

数年前に、二〇一七年の「ロシア革命一〇〇周年」に向けてトロツキーの論文集を光文社古典新訳文庫から出すことが企画されたとき、そこに収録するものとして決まっていたのは、一九三二年のコペンハーゲン演説だけであった。この演説は英訳からの翻訳とドイツ語からの翻訳がすでにあったが、ロシア語テキストからの翻訳はなかったので、それをロシア語から訳しなおして収録し、それを中心に編集するということだけは決まっていた。

しかし、この演説だけでは短すぎる。ロシア革命一〇〇周年にふさわしい企画として他にどの論文ないし演説を入れるべきか、これがなかなか決まらなかった。いろいろな論文を入れたりはずしたり、さまざまな構成を立てたり放棄したり、さんざん迷った挙げ句、最終的には、思い切って一九〇五年革命関連のものと亡命後のものとの二部構成としてまとめることにした。

まず第一部は、一九〇五年革命の経験を踏まえてトロツキーが最もまとまった形で自己の永続革命論について展開した「総括と展望」（「結果と展望」とも訳される）をメインに配置し、それの一九一九年版に収録された付録と新版序文とを追加した。

この「総括と展望」にはすでに、英訳からの翻訳とロシア語原文からの翻訳とがあるが、どちらもとっくに絶版であり、今日ではきわめて入手しがたい。トロツキーの永続革命論の最重要文献が普通に入手できないのは大いなる損失である。そこで、これを第一部に入れることにした。この論文を読めば、当時のトロツキーのロシア社会分析や革命のダイナミズムに対する理解が、同時代人から一頭地を抜いていたことがわかるだろう。

一九一九年版に付録として入れられた「権力のための闘争」は、パリで発行されていた国際主義派の日刊紙『ナーシェ・スローヴォ』に掲載されたものである。この「権力のための闘争」はすでに、私自身が『トロツキー研究』第四九号に訳出しておいたのだが、今回収録するにあたって、若干訳文を改善した。

「総括と展望」は当時にあっては画期的な論考だったのだが、『わが革命』という分厚い著作に収録されていたため、そこに埋没してしまっている感があった。そこで、トロツキーは、一九一七年革命の勝利から二年後の一九一九年に、内戦の真っ只中で、改めてこれを独立の小冊子にして再版することにした。その際に付されたのが一九一九年版序文である。これを第一部の最後に配することで、完全を期した。

次に第二部は「十月革命の擁護」と題して、今度はトロツキーがソヴィエト・ロシアから追放された後の基本文献を入れることにした。そのメインは何と言っても、すでに述べた一九三二年のコペンハーゲン演説である。今回、フェリシチンスキー編集の『トロツキー・アルヒーフ』第六巻（キエフ、二〇〇五年）に収録されているロシア語テキストから翻訳している。

このロシア語テキストの原題は「十月革命とは何か？」であるが、一般に「十月革命の擁護」ないし「ロシア革命の擁護」として流布しているので、これを副題に入れておいた。英語版・ドイツ語版とこのロシア語テキストとのあいだには若干の異同があるが、一部を除いていちいち訳注で示すことなく、基本的にロシア語版にもとづきつつ英語版とドイツ語版から適宜補っている。またロシア語テキストにあった日付や数字などのケアレスミスはとくに断りなく修正してある。

この歴史的演説は、これだけですでにロシア革命の全体像を知ることのできるコンパクトなロシア革命入門のような性格を有している。ちょうど『ロシア革命史』という大著を書き上げた直後であったトロツキーは、この大著のエッセンスをこの演説の中に凝縮したとも言えるだろう。

トロツキーは、ロシア十月革命をブルジョア的世論から擁護しなければならなかっただけでなく、十月革命とボリシェヴィズムの正統な後継者を自任するスターリニズムからも擁護しなければならなかった。コペンハーゲン演説が前者に基本的に限定されていたのに対し、この演説の次に収録した一九三七年の論文「スターリニズムとボリシェヴィズム」は主として後者の課題を果たしている。

最後の「ロシア革命の三つの概念」は、トロツキーが暗殺されるちょうど一年前の一九三九年夏に書かれたものであり、トロツキーが生前に書いた最後のまとまった永続革命論である。それゆえ、一九〇五年革命とその後の時期における、メンシェヴィキ、ボリシェヴィキ、そしてトロツキーの永続革命論という三つのロシア革命論が簡潔にわかりやすく比較・分析され、トロツキーの理論的到達点を示すものともなっている。

「スターリニズムとボリシェヴィズム」と「ロシア革命の三つの概念」はどちらも、私自身がすでに『トロツキー研究』にロシア語から翻訳しなおしたものにもとづいているが、今回収録するにあたってかなり手を加え、新しい注を追加し、より読みやすいものにした。

以上、第一部と第二部を通じて、本書は、トロツキーの永続革命論の全体像とロシア革命の全体像を理解する手頃な入門書になっていると思われる。そして、それは同時に、マルクス以降のマルクス主義の最も優れた成果の一つを学ぶ手引きにもなるだろう。

本書の企画を考えたとき、私は解説を上島武氏に書いてもらうつもりだった。上島氏はソ連経済の専門家であり、大阪経済大学で長年にわたり教鞭をとり、トロツキーについても造詣が深く、ロシア革命否定論が主流のアカデミズムの中でロシア革命の歴史的正当性を擁護する稀有な存在だった。また、光文社古典新訳文庫でトロツキーの『永続革命論』が出版された際、上島氏は翻訳者である私への私信の中で、「後進性」と「後発性」との区別の必要性について教えられたと率直に書いてくださった。しかしながら、氏はロシア革命一〇〇周年を迎える前年の二〇一六年八月に逝去された。返す返すも残念でならない。本人もそうだったろう。本書を謹んで上島武氏に捧げたい。

kobunsha classics
光文社古典新訳文庫

ロシア革命《かくめい》とは何《なに》か　トロツキー革命論集《かくめいろんしゅう》

著者　トロツキー
訳者　森田成也《もりたせいや》

2017年10月20日　初版第1刷発行

発行者　田邉浩司
印刷　慶昌堂印刷
製本　ナショナル製本

発行所　株式会社光文社
〒112-8011東京都文京区音羽1-16-6
電話　03（5395）8162（編集部）
03（5395）8116（書籍販売部）
03（5395）8125（業務部）
www.kobunsha.com

ISBN978-4-334-75364-1 Printed in Japan

いま、息をしている言葉で、もういちど古典を

長い年月をかけて世界中で読み継がれてきたのが古典です。奥の深い味わいある作品ばかりがそろっており、この「古典の森」に分け入ることは人生のもっとも大きな喜びであることに異論のある人はいないはずです。しかしながら、こんなに豊饒で魅力に満ちた古典を、なぜわたしたちはこれほどまで疎んじてきたのでしょうか。

ひとつには古臭い教養主義からの逃走だったのかもしれません。真面目に文学や思想を論じることは、ある種の権威化であるという思いから、その呪縛から逃れるために、教養そのものを否定しすぎてしまったのではないでしょうか。

いま、時代は大きな転換期を迎えています。まれに見るスピードで歴史が動いていくのを多くの人々が実感していると思います。

こんな時わたしたちを支え、導いてくれるものが古典なのです。「いま、息をしている言葉で」——光文社の古典新訳文庫は、さまよえる現代人の心の奥底まで届くような言葉で、古典を現代に蘇らせることを意図して創刊されました。気取らず、自由に、心の赴くままに、気軽に手に取って楽しめる古典作品を、新訳という光のもとに読者に届けていくこと。それがこの文庫の使命だとわたしたちは考えています。

このシリーズについてのご意見、ご感想、ご要望をハガキ、手紙、メール等で翻訳編集部までお寄せください。今後の企画の参考にさせていただきます。
メール　info@kotensinyaku.jp